大魚讀品
BIG FISH BOOKS

让日常阅读成为砍向我们内心冰封大海的斧头。

我妈走后，我终于成了一个正常人

[美]詹妮特·麦柯迪 / 著

薛玮 / 译

I'M GLAD MY MOM DIED

JENNETTE MCCURDY

中国友谊出版公司

图书在版编目（CIP）数据

我妈走后，我终于成了一个正常人/（美）詹妮特·麦柯迪著；薛玮译. -- 北京：中国友谊出版公司，2024.8

ISBN 978-7-5057-5786-8

Ⅰ.①我… Ⅱ.①詹… ②薛… Ⅲ.①回忆录—美国—现代 Ⅳ.① I712.55

中国国家版本馆 CIP 数据核字（2024）第 013401 号

著作权合同登记号　图字：01-2024-3407

Chinese Simplified Translation copyright © 2024 by Beijing Xiron Culture Group Co., Ltd.
I'm Glad My Mom Died
Original English Language edition Copyright © 2022 by Waffle Cone, Inc.
All Rights Reserved.
Published by arrangement with the original publisher, Simon & Schuster, Inc.

书名	我妈走后，我终于成了一个正常人
作者	［美］詹妮特·麦柯迪
译者	薛　玮
出版	中国友谊出版公司
发行	中国友谊出版公司
经销	新华书店
印刷	河北鹏润印刷有限公司
规格	787 毫米 ×1092 毫米　32 开
	11.75 印张　215 千字
版次	2024 年 8 月第 1 版
印次	2024 年 8 月第 1 次印刷
书号	ISBN 978-7-5057-5786-8
定价	52.00 元
地址	北京市朝阳区西坝河南里 17 号楼
邮编	100028
电话	（010）64678009

如发现图书质量问题，可联系调换。质量投诉电话：010-82069336

为马库斯、达斯汀和斯科特

序言

说来也奇怪，人们总喜欢在亲人昏迷时宣布重大消息，好像亲人之所以昏迷，只是因为他们的生活中没什么值得兴奋的事。

妈妈躺在医院的重症监护室。医生跟我们说她还能活四十八个小时。外婆、外公还有爸爸在外面的等候室里一边给亲戚们打电话，一边吃着从自动贩卖机买来的零食。外婆说纳特巴特牌夹心饼干能缓解她的焦虑。

妈妈已经不省人事，我和三个哥哥——沉稳的马库斯、聪明的达斯汀和敏感的斯科特围拢在她瘦小的身体旁。妈妈双眼紧闭，我用一块布揩了揩她眼角干巴的眼屎，接下来好戏要登场了。

"妈，"沉稳的那一位俯身在妈妈耳边轻声说道，"我马上要搬回加利福尼亚了。"

我们一下都来了精神，兴奋地以为他兴许能让妈妈惊醒。可她一点反应也没有。接着聪明的那位走上前去。

"妈妈，哦，妈妈，凯特和我要结婚了。"

我们再次来了精神。妈妈仍然毫无反应。

敏感的那位走上前。

"妈咪……"

他说的那些想把妈妈唤醒的话,我一个字也没听进去,因为我正忙着思索,我得宣布些什么才能让妈妈睁开眼。

现在轮到我了。我一直等到大伙儿都下楼去吃饭,这样我就能单独跟妈妈待在一起了。我把吱呀作响的椅子拉到她床前,坐下来。我面带微笑,马上要使出我的撒手锏。什么结婚、搬家啊都不叫事儿,我要宣布的才是重磅新闻。我确信这是妈妈最关心的事情。

"妈咪,我……现在很瘦,我终于减到 89 磅[1]重了。"

我在重症监护室陪伴着奄奄一息的妈妈,我确信有一个事实能把她唤醒,那就是在她住院的这些日子里,我的悲伤和恐惧已经演变成了厌食症的完美诱因,终于让我减到了妈妈最近给我定的目标体重——89 磅。我坚信这个事实一定能起作用,于是我向后靠在椅背上,扬扬自得地跷起二郎腿。我等着妈妈醒过来。等啊等。

但她没醒。一点反应也没有。我不明白,如果我现在的体重都不能让妈妈醒过来,那就没什么能让她醒过来了。如果没什么能让她醒过来,那她就真的要死了。如果她真的死了,我该怎么办?我的人生目标就是让妈妈高兴,变成她希望我变成的样子。如果妈妈没了,那我现在是谁呢?

---

[1] 约合 40 公斤。——本书注如无特别说明均为译者注

此前

1

那是 6 月底的一天，可摆在我面前的礼物却是用圣诞礼品纸包装的。我们家有好多没用完的节日礼品纸，因为外公在山姆会员店买了很多卷，尽管妈妈跟他说了无数次那根本不划算。

我把包装纸一层一层拆开——千万不能撕哦，因为我知道妈妈喜欢把每件礼物的包装纸都收起来，撕的话纸就会破，而妈妈想要的是一整张完好无损的纸。达斯汀说妈妈是个有囤积癖的人，但妈妈说她只是喜欢留存事物的记忆。我一层一层把纸拆开。

每个人都看着我，我抬头看了看他们。扁鼻子的外婆顶着一头蓬松的卷发，眼睛一眨不眨地盯着我，看到有人拆礼物她总是这样。哪儿买的？多少钱？打折没？她对这些问题非常感兴趣，不弄清楚她决不罢休。

外公也在看，边看边拍照。我讨厌别人拍我，但外公就喜欢拍照。老头子要是喜欢上什么东西，没人能拦得住他。比方说，妈妈叮嘱外公晚上睡觉前不能吃满满一碗蒂拉穆克牌香草冰激凌，因为他心脏已经开始衰竭了，这么吃对心脏不好，但他就是不听。冰激凌照吃不误，照片照拍不误。还好我很爱他，不然我八成会被他气死。

爸爸也在，跟往常一样昏昏欲睡。妈妈一直在轻轻推他，低声说她不相信他甲状腺没问题，爸爸恼火地回了一句"我的甲状腺很好"，五秒钟没到就又开始昏昏欲睡。这就是我们一家人的日常相处方式。要么是这样，要么是个个儿扯着嗓子吵嚷个不停。比起吵架，我还是更喜欢现在这样。

马库斯、达斯汀和斯科特也在。我爱他们每一个人，原因各不相同。马库斯很有责任心、很可靠。按理说他也该这样，他毕竟15岁了，基本上算是个大人了。但他身上似乎有一种我在周围很多成年人身上所看不到的坚定。

我爱达斯汀，尽管大多数时候他似乎都嫌我烦。他擅长绘画、历史和地理，我喜欢他这一点，这三样我都很逊。对于他擅长的事，我总是大夸特夸，可他却说我是个马屁精。我不清楚马屁精到底是什么意思，但从他说话的语气来看，那肯定不是什么好话。不过我敢肯定，他心里其实受用得很。

我爱斯科特，因为他很恋旧。"恋旧"这个词是从妈妈每天念给我们听的那套《词汇卡通》书里学来的，我们几个没去学校上学，妈妈自己在家教我们，这个词我现在每天至少要用一次，因为我怕我会忘。用"恋旧"形容斯科特真的很合适。"对于过去的感伤情绪。"他确实会有这样的情绪,虽然他才9岁,谈不上有多少过去。过完圣诞节、过完生日他会哭,过完万圣节他会哭,平常日子过去了他也会哭。他哭是因为那天结束了,就算还没结束,他已经渴盼它的结束。"渴盼"是我从《词汇卡通》里学来的另一个词。

妈妈也在盯着我。哦,妈妈。妈妈多漂亮啊。可她并不觉得自己漂亮,所以她才会每天花上一个钟头的时间打理头发、化妆,哪怕出门买菜也要打扮那么久。我不能理解。我发誓,她不化妆更好看。那样看着更自然。你能看到她的皮肤、她的眼睛,最真实的她。可她把它们全盖了起来。她往脸上抹美黑液,沿着泪腺画眼线,给两颊涂厚厚的粉底,再往上面扑一堆粉。她把头发梳得老高。她穿高跟鞋,这样她看起来就有5英尺2英寸[1]高,因为她说4英尺11英寸[2]——她的实际身高——太矮了。其实这之中有很多东西她根本不需要,我也希望她别去用,不过我能看清楚她本来的模样。而她本来的模样才是最美的。

妈妈看着我,我也看着她,我俩总是这样。我俩总是连在一起,缠绕在一起。一个结。她朝我笑了笑,示意我

---

1 约合157厘米。

2 约合150厘米。

快点,我也笑了。我赶紧把包装纸一层一层拆开。

在看到6岁生日礼物的那一刻,我心头立刻涌起一阵失望,或者说是惊恐。没错,我是很喜欢动画片《淘气小兵兵》,但是这套T恤和短裤两件套上面印的是孖辫妹[1](我最不喜欢的角色),孖辫妹的周围是雏菊花(我讨厌衣服上有花)。袖口和裤腿一圈镶的是荷叶边。要是让我准确说出一样与我的灵魂格格不入的东西,那一定是荷叶边。

"我太喜欢了!"我兴奋地大叫,"这是我收到过的最棒的生日礼物!"

我赶紧挤出最灿烂的笑脸。妈妈没看出来我是装的,她还以为我真喜欢这套衣服。她叫我穿上这身衣服参加生日派对,说着就动手帮我脱睡衣。我感觉她更像是在撕,而不是脱。

两个小时后。我穿着孖辫妹那套衣服出现在东门公园门口,几个朋友围在我身边,更确切地说,我接触的同龄人只有他们几个。他们都是我在教会的儿童班[2]认识的。卡莉·雷泽尔来了,她戴着她的波浪形发箍。麦迪逊·索玛也在,她有语言障碍,我希望我也有,那可真酷。还有正聊起粉色的特伦特·佩奇,一谈到粉色他总是没完没了,

---

[1] 该角色原名"Angelica",人物形象为一个扎着两个小辫的女孩。
[2] 摩门教会的儿童班由信仰摩门教的18个月至11岁儿童所组成,通常在礼拜日开课,由教区的志愿教师授课。

并且他只爱聊这个,闹得大人们很不高兴。(一开始我也搞不懂为什么大人们这么介意这个,后来我大概明白了。他们以为他是同性恋。而我们是摩门教徒。要知道,同性恋做不了摩门教徒,摩门教徒也不可能是同性恋。)

蛋糕和冰激凌被推出来了,我兴奋极了。从决定要许什么愿开始,我已经为这一刻等了整整两个星期。许生日愿望是我拥有的最大的权力,也是我掌控自己的最好机会。我绝不能浪费这个机会,一定要好好利用才行。

唱生日歌时每个人都唱跑调了,麦迪逊、特伦特和卡莉每唱完一句还要喊三声"恰恰恰"——烦死人了。我知道他们以为"恰恰恰"很酷,可我觉得生日歌就不那么纯粹了。干吗多此一举呢?

我和妈妈对视了一眼,让她知道我最关心她、最在意她。妈妈没唱"恰恰恰",对此我很感激。她皱起鼻子冲我开心地笑了一下,这让我觉得一切都很美好。我也冲她笑了笑,努力想要记住这一刻。我的眼眶一下子湿了。

我2岁那年,妈妈被诊断出患有第四期乳腺癌。我几乎什么都记不得了,只记得几个画面。

我还记得妈妈给我织了一条绿白相间的大羊毛毯子,她说她住院时我可以随身带着它。我讨厌这条毯子,确切地说,我讨厌她给我毯子时的样子,讨厌她当时给我的感觉——我也记不清到底讨厌她什么,但在那一瞬间,我确实非常讨厌。

我还记得我握着外公的手走过草坪，那一定是医院的草坪。我们本来是要采些蒲公英送给妈妈的，可我却拔了些不起眼的棕色草梗，因为我更喜欢这些杂草。妈妈把这些小草放在玩具架上的塑料蜡笔杯里，放了好多年。为了留住记忆。(也许斯科特天生就那么恋旧是遗传了妈妈？)

我还记得我坐在教堂角落房间里一块凹凸不平的蓝色地毯上，看着两位年轻英俊的教士把手放在妈妈光秃秃的脑袋上，给她做圣职祝福，而家里其他人都坐在房间四周冰冷的折叠椅上。一位教士将橄榄油祝圣[1]，大概就是要把它变得非常神圣，然后把油倒在妈妈头上，这下妈妈的光头看着更亮了。随后，另一位教士说了些祝福，他说若是上帝的意旨，妈妈的生命就能延长。外婆从座位上跳了起来，说："哪怕不是上帝的意旨，该死的！"外婆的这番话搅扰了圣灵，教士只好又祈祷了一遍。

那期间发生的事我基本上什么也不记得，但其实记不记得也没多大关系。在麦柯迪家，那些事经常被提起，就算你没亲身经历，它们也会深深地刻在你的记忆里。

---

[1] 祝圣（Consecration）是摩门教会内施行的一种礼仪行为，借着这一行为，某个人或某种物件最终服务于天主或被用于对天主的敬礼。

妈妈逢人便讲她的抗癌事迹——化疗、放疗、骨髓移植、切除乳房、植入假体，第四期乳腺癌有多可怕，她当时只有 35 岁……无论是摩门教徒、街坊邻居，还是在超市买东西时碰到了谁，只要对方愿意听。尽管这些事听着叫人悲伤，但我敢说，那段经历给了妈妈深深的自豪感，以及深深的目标感。黛博拉·麦柯迪，她这样的人之所以来到这个世界，就是为了得癌症并活下来，向每一个人讲述她的故事……至少讲上五到十遍。

妈妈喜欢追忆这段经历，就像大多数人喜欢追忆美好的假期。她甚至每周都要重看一遍她在得知自己患癌后不久拍的家庭录像。星期天从教堂一到家，她就吩咐马库斯、达斯汀或者斯科特放录像，因为她不知道怎么用录像机。

"好啦，你们，嘘……安静。咱们看录像吧，妈妈能有今天，你们得懂得感恩才是。"妈妈说。

尽管妈妈说看录像是为了让我们感恩，可我总觉得哪里有点不对劲。我看得出来，哥哥们不好受，我也不好受。我觉得我们兄妹几个谁也不想回忆起生命垂危的母亲头发全都掉光、受苦受罪的样子，但我们谁也没说什么。

录像开始了。妈妈给我们四个孩子唱摇篮曲，我们围着她坐在沙发上。每周放的录像都一样，妈妈说的话也一样。每次看完录像，妈妈都会说它太沉重了，"让马库斯承受不了"，所以马库斯只能三番五次地走到门廊那边，等心情平复了再回来。从妈妈说话的语气来看，我们知道这是她对孩子的最高赞美。马库斯因为妈妈患了绝症而心烦意乱，这说明他是个了不起的孩子。她还说我是个"讨厌鬼"，她说这个词时口气很恶毒，听着像是咒骂。她说她怎么也不相信，气氛那么悲伤，我居然还能扯着嗓子一直唱《铃儿响叮当》。她不相信我是真不懂。周围的一切明明很沉重，我怎么能那么高兴呢？那时我才 2 岁。

年龄不是借口。每次重看家庭录像时，我都非常内疚。我怎么那么不懂事呢？真是个白痴。怎么就没感觉到妈妈需要什么呢？她需要我们每一个人都严肃起来，对这件事十万分认真，十万分难过。她希望我们没了她，什么都不是。

尽管我知道妈妈在抗癌过程中所接受的治疗——化疗、骨髓移植、放疗——这些词别管是谁听了都会大吃一惊，都无法相信妈妈到底受了多少罪，但对我来说，这些词就是医学术语，毫无意义。

对我来说，有意义的是麦柯迪家的整体氛围。从我记事起，这个家里的空气就像是屏住的呼吸，这是我能想到的最恰当的形容。每个人好像都憋了一口气，就等着妈妈癌症复发。我们不断地重演妈妈确诊后的场景，再加上医生经常上门随访，家里的气氛说不出的沉重。妈妈脆弱的生命是我生命的中心。

而我觉得，我可以用生日愿望做点什么。终于，生日歌唱完了。机会来了。重要时刻。我闭上眼睛，深吸一口气，在脑海中许下愿望：

我希望妈妈能再活一年。

2

"再夹一排就好啦。"妈妈一边说一边仔细地往我头上夹蝴蝶发夹。我讨厌这种发型，妈妈先把一绺一绺的头发扎紧，然后用发夹固定住，把我头皮拽得生疼。我宁愿戴棒球帽，但妈妈喜欢这种发型，她说我这样好看，我只能听她的。

"好的，妈妈。"我说。我坐在盖好的马桶盖上，两条腿晃来晃去。晃腿能很好地掩饰我在说谎。对，就这么做。

屋里电话响了。

"你说。"妈妈打开卫生间门，探出身子，使劲去够挂在厨房墙上的电话。她一只手还抓着没扎好的一绺头发，我整个人只能往妈妈那边靠。

"喂，"她拿起听筒说道，"嗯哼。嗯。**什么**？晚上9

点？最早？！随便吧，反正孩子们**今晚**又见不到**爸爸**了。你可真行，马克。你可真行。"

妈妈"砰"的一声挂断了电话。

"是爸爸。"

"我猜到了。"

"那个男人，妮特，我跟你说，有时我只是……"她焦虑地深吸了一口气。

"有时你只是什么？"

"我本来可以找个医生、律师，或者……"

"印第安酋长。"我替她把话说完，她总爱这么说，我太熟悉了。我问过妈妈，她是跟哪个印第安酋长谈恋爱的，她说她不是这意思，这只是个比喻，她只是想说，她当姑娘那会儿男人可是随便她挑，但有了孩子后她不像以前那样招人喜欢了。我说我很抱歉，她说没关系，说她宁愿要我也不要男人。她亲了亲我额头，说我是她最好的朋友。她想了想又告诉我，她确实和一个医生约会过几次，"高个子，红头发，收入非常稳定"。

妈妈继续给我夹头发。

"还有制作人。电影制作人、音乐制作人。有回昆西·琼斯[1]与我在街角擦肩而过，他看了我两眼。说实话，

---

1 昆西·琼斯（Quincy Jones），美国著名黑人音乐家、唱片专辑制作人、作词家、作曲家。

妮特,这些人随便哪一个我都能嫁,而且我也应该这么做。我本来是能过好日子的。名利双收。你知道,我有多想当演员。"

"可外公外婆不给。"我说。

"可外公外婆不给,对。"

我想知道为什么外公外婆不给,但我没问。我知道,有些问题最好别问,比如这种刨根问底的问题。妈妈想说什么就说什么,我就仔细听着,看她眼色决定怎么做。

"哎哟!"

"对不起,夹到耳朵了?"

"嗯,没事。"

"我从这边看不清楚。"

妈妈揉了揉我耳朵。我的心情立刻舒畅起来。

"我知道。"

"我想给你我从未有过的生活,妮特。我想给你我本来能过上的生活,我父母不让我过的生活。"

"好。"我很紧张,不知道接下来要面对的是什么。

"我觉得你应该学表演。我觉得你会成为一个出色的小演员。金发,蓝眼睛。那个地方的人就喜欢你这样的。"

"哪个地方?"

"好莱坞。"

"好莱坞不是很远吗?"

"一个半小时。当然,要走高速。我还得学怎么在高速路上开车。不过我愿意为你做牺牲,妮特。我可不像我父母那样。我想要的都是为了你好。一直如此。你明白的,对吗?"

"明白。"

说到这儿,妈妈顿了顿,在说一些她认为关键的事之前她都会顿一下。她弯下腰,看着我的眼睛——手里仍然抓着没扎好的头发。

"你怎么想?你想演戏吗?你想成为妈妈的小演员吗?"

正确答案只有一个。

3

我觉得我还没准备好。我知道我还没准备好。我前面的孩子从舞台台阶上蹦了下来,他这副样子让我很困惑。他看起来一点也不紧张,跟平时没两样。他找了个座位,挨着另外十几个孩子坐了下来,这些孩子已经表演过独白了。

我往四周瞅了瞅,刷着白漆的墙面光秃秃的,一点也不好玩，金属折叠椅上坐了几排小孩。我紧张地捏紧手中的纸。下一个是我。我排在最后，这样我可以有更多时间练习，但我现在宁愿自己排在前面，因为等得越久，我就越紧张。我从未有过这种感觉。我的胃难受极了。

"上去吧，詹妮特。"那个扎着黑色马尾、留着山羊胡子的人对我说，他是决定我命运的人呢。

我向他点点头，走上台。我把那张纸放下，这样我就能更自在地做手势了——妈妈教我的手势，然后我开始讲那段与果冻有关的独白。

最开始我的声音一直在抖，我脑袋里能听见，很响亮。我想把这声音关掉，可它越来越响。我挤出一个灿烂的微笑，希望山羊胡子没注意到。终于讲到了最后一句："……因为弹弹的果冻能让我咯咯笑！"

说完我咯咯笑了起来，这是妈妈叮嘱我的——"声音要高亢，要可爱，最后得皱皱鼻子。"我听到自己的笑声很不自在，希望别人不会觉得。

山羊胡子清了清嗓子——这绝不是个好兆头。他叫我再试一遍，叫我"放松一点，就像和你的朋友说话一样……还有，不要做手势"。

我很矛盾。手势是妈妈叫我做的。如果一会儿回到等候室告诉她我没做那些手势，她一定会很失望。可如果告诉她我没被选中，她会更失望。

我又说了一遍独白，没打手势我感觉稍微好一些，但我看得出，这并不是山羊胡子所期待的。我让他失望了。我感觉很糟。

等我说完，山羊胡子念了九个名字，里面有我，然后告诉其他五个孩子，他们可以走了。我看得出来，只有一个孩子明白她刚刚被淘汰出局了。另外四个孩子就像是去吃冰激凌一样，欢天喜地跑出了房间。我替她感到难过，但为自己高兴。我是"天选之子"。

山羊胡子告诉我们，学院童星公司会代理我们的群众演员工作，也就是说，我们会出现在电视节目和电影的背景中。我一下子就反应过来，山羊胡子只是说得好听，这其实是个坏消息，因为他脸上的表情实在太夸张了。

山羊胡子让我们把消息告诉等候室里的妈妈，随后点了三个孩子的名字，叫他们留下来。我故意走得慢吞吞的，想最后一个离开房间，这样我就能知道那三个受到特别优待的孩子——三个比我还幸运的"天选之子"是怎么回事。山羊胡子告诉他们，他们被选为"主要演员"，也就是有台词的演员。他们独白说得特别好，所以可以不做"人形道具"，做货真价实的、经过认证的、有资格说台词的**演员**。

我感到身体里有种不快在发酵。嫉妒、被拒绝的痛苦夹杂着自怜。为什么我不够好，为什么我不能有台词？

我走出等候室，跑到妈妈跟前，她正在对账，这周她已经对了四次账。我告诉她，我被选中做群众演员，她好像真的挺高兴。我明白，这只不过是因为她不知道，其实我还有机会做更高级别的演员。我害怕她会发现这一点。

妈妈开始填写代理文书。她用笔指着一道虚线，让我在那儿签名。她已经在旁边那道虚线处签好了名——她也得签，因为她是我的监护人。

"这签的是什么？"

"合同上写着，经纪人拿走20%，我们拿走80%。这80%中的15%会打进童星专用账户，等你长到18岁，你就可以自己管理账户。大多数父母就给孩子那么些钱，但你很幸运，除了工资加上基本开支，妈妈不会多拿你一分钱。"

"什么是基本开支？"

"你干吗一下子不依不饶的？是不相信我吗？"

我赶紧签字。

山羊胡子出来给每位家长反馈情况。他最先找到妈妈，告诉她我有做主要演员的潜力。

"潜力？"妈妈质疑道。

"是的，更何况她才6岁，起步算早了。"

"但为什么是潜力？为什么现在不行？"

"呃，独白时她很紧张。挺害羞的。"

"她是害羞，但她正在慢慢克服。她能做到。"

山羊胡子挠了挠胳膊上文的一棵树。他深吸了一口气，好像要说些什么会让他紧张的话。

"得詹妮特自己想演戏才行，这很重要，这样她才能演好。"他说。

"噢，她最想当演员了。"妈妈一边说，一边在下一页的虚线上签好字。

最想我当演员的是妈妈，不是我。这一天又累又不好玩，要是让我选，我再也不要做这些事。但话说回来，妈妈想要什么，我就想要什么，所以她说得也不是没有道理。

山羊胡子对我笑了笑，我真希望我能明白他那样笑是什么意思。我不喜欢大人做我看不懂的表情，说我听不懂的话。这让我很沮丧，让我觉得漏掉了什么。

"祝你好运。"他语气稍显沉重地对我说，然后转身走了。

4

与学院童星公司签约后的那个星期五，妈妈凌晨 3 点就把我喊醒了，我要在电视剧《X档案》中做群众演员，这是我第一次演戏。我的出场时间要到凌晨5点，但由于第一次开车上高速，妈妈有点害怕，所以她想提早出发。

"你看我，为了你克服了恐惧。"妈妈说着跟我一起挤进1999年产的福特风之星迷你厢式车。

到达20世纪福克斯电影公司片场时才4点，于是我们摸黑在里面走了一圈。我们经过摄影棚边上巨大的卢克·天行者与达斯·维德[1]的壁画，妈妈高兴地尖叫，拿出她的一次性照相机，拍了一张我站在壁画前的照片。我觉得很难堪，就好像我们不属于这里。

凌晨4点45分，妈妈觉得时间差不多了，于是我们就在摄影棚外面个子矮小的光头制作助理那儿签了到。他说我们来早了，不过在去片场之前，我们可以先去餐食区那边看看。

餐食区真是个好地方。摄影棚边上的帐篷里摆满了食物。麦片、糖果、咖啡和橙汁，银色托盘里有各种各样的早餐——松饼、华夫饼、炒蛋和培根。

"而且还不要钱。"妈妈兴奋地说，她把各种口味的松饼和羊角面包用餐巾纸包好，塞进她超级大的派勒斯牌皮

---

[1] 卢克·天行者和达斯·维德皆为乔治·卢卡斯导演的科幻电影《星球大战》正传三部曲中的重要人物。

包里，打算一会儿带给哥哥们。托盘里放着一堆鸡蛋。妈妈说这是煮鸡蛋，我拿了一个准备尝尝。妈妈教我怎么把鸡蛋放在硬物表面来回滚动，把蛋壳弄碎然后从蛋白上剥下来。我撒上盐和胡椒粉，咬了一大口。太好吃了。我也抓了一袋里茨贝茨迷你奶酪夹心饼干。以后我都要这样。

我咽下最后一口鸡蛋，这时其余的群众小演员——我们总共有三十人——都到了，助理编导叫我们马上开始。

我们跟在秃头助理编导后面，他领着我们去片场。一走进摄影棚，我就被震撼到了。棚顶很高，上面布满了数百盏灯和灯杆。我能闻到新鲜木材的气味，能听到锤子和钻头的声音。很多穿着工装裤的人从我们身旁经过，有人腰带上挂着工具，有人手里拿着场记板，有人拿着对讲机急促地低语。这让我觉得有点神奇，感觉像是有什么大事要发生。

我们到了片场，导演——一个小个子男人，浅棕色的头发长得能挂到耳朵后面——一边领我们进场，一边急急忙忙地跟我们讲话。他看着我和其他二十九个孩子，兴奋地告诉我们，我们演的是被关进毒气室窒息而死的孩子。我跟着点头，努力记住他说的每一个字，这样如果开车回家的路上妈妈问起的话，我可以把导演的话告诉她。窒息而死，明白。

导演告诉我们每个人要站在哪儿，我本来是站在这群孩子后面，后来他要个子矮的孩子站到前面，于是我被换到了前面。接着他飞快地把我们挨个儿指了一遍，要我们装出"怕得要死"的表情，越像越好。我是第九或者第十个被他指到的，做好表情后，他让身旁的摄影师给我拍了脸部特写。我不知道这意味着什么，但我猜是好事，因为导演说完话还冲我眨了眨眼。

"再拍，要装得更怕！"导演对我喊道。我稍微睁大了眼睛，希望这能有用。我想这确实有用，因为导演说："好，继续！"然后拍拍我的背。

这一天剩下的时间我既要拍戏，又要写作业，作业得在片场做完，所以我就在这两件事之间来回切换。因为妈妈是自己在家教我，所以她用回形针把一沓练习题夹好，把当天要做的功课都带在身上。公司的片场教室有个12岁的女孩坐在我旁边，她总用手肘顶我，告诉我如果不想做功课可以不做，因为我们是群众演员，而片场负责群众演员的老师根本不关心我们作业写了多少，他们只想教那些主要演员。我假装没听见，把关于各州首府的那张练习写好。大概写了半个钟头，助理又把我们喊回了拍摄现场。同样的场景。整整一天，都是同样的场景。

我不知道同一场戏为什么要拍那么多遍，我想我最好还是什么都别问，但我注意到，每次回到拍摄现场，摄像机都换了个位置，我觉得可能跟这个有关。好吧，不琢磨了，至少每次回去我都能看到妈妈。

每次助理带我们回片场都会经过"群众演员家长等候室"，那是一间小平房，所有父母都挤在里面。我跟妈妈挥手，每次她都会注意到我。无论她看她的《女性世界》杂志有多入神，她都会把书页折起来，满面微笑地抬头看我，竖起大拇指。我们心有灵犀。

一天下来，我筋疲力尽。整整八个半钟头，要演戏，要做作业，从现场走到教室，听导演指挥，听钻孔声，闻烟味（为了增强气氛，毒气室里装了一台烟雾器）。漫长的一天，我并不是特别喜欢，不过我倒是很喜欢吃煮鸡蛋。

"窒息而死。"回家路上妈妈迫不及待地说道，把我说的话又复述了一遍，"**特写镜头**才能体现出你的演技有多好。我敢打赌，等到这一集电视播出了，学院童星公司一定会求你当主要演员。**求你**。"

妈妈难以置信地摇了摇头，与此同时兴奋地拍着方向盘。这一刻她看起来是那么无忧无虑。我尽可能地让自己沉浸在她的表情中。我希望她能经常这样。

"你会成为明星的，妮特。我就知道。你会成为明星。"

5

"十五分钟内必须出发去教堂!"妈妈在另一个房间喊道,接着我听到化妆刷砸到镜子上,"啪"的一声。妈妈肯定又把眼线画歪了。

我们家去的摩门教堂在加登格罗夫[1]第六教区。外婆在 8 岁那年受洗成为摩门教徒,妈妈也是在 8 岁那年受洗成为摩门教徒——就像我也在 8 岁受洗成为摩门教徒一样,因为约瑟夫·史密斯[2]说,从 8 岁开始你就要对你的罪负责(在那之前你可以不受惩罚)。尽管外婆和妈妈都受洗了,但她们原先并不去教堂。我想她们是既想进天堂,又不想跑腿。

但妈妈被诊断出患有癌症后,我们家就开始去教堂做礼拜了。

"我只知道,如果我能做忠实的好仆人,主会帮助我好起来。"妈妈跟我解释说。

"哦,所以只有当我们想从上帝那里得到什么时才会去教堂吗?"我问。

---

[1] 加登格罗夫(Garden Grove),美国加利福尼亚州橙县的一个城市。
[2] 约瑟夫·史密斯(Joseph Smith,1805—1844),摩门教创始人。

"不是。"尽管妈妈是笑着回答我的,但听起来她有点神经质,甚至有点恼火。她岔开话题,说汤姆·克鲁斯在《碟中谍2》的预告片中多么帅。

我再也没有问过我们什么时候去教堂、为什么去教堂。我不需要知道具体原因,我只知道我喜欢去教堂。

我喜欢教堂的气味——松木味的瓷砖清洁剂和粗麻布的味道。我喜欢上儿童班,也喜欢所有与信仰和耶稣有关的歌曲,比如《我希望他们召唤我去传教》《摩门教的故事》,还有我最喜欢的《爆米花》,但仔细想想,我也不清楚这首歌和信仰或者耶稣有什么关系(歌词讲的是爆米花在杏树上爆开的故事)。

但我喜欢去教堂的首要原因是我喜欢这种逃离方式。教堂美丽宁静,每周去教堂的三小时能让我暂时逃离我最讨厌的地方:家。

家,就像教堂一样,也在加利福尼亚州的加登格罗夫,但住在里面的人对家可没什么感情,把它叫作"垃圾场格罗夫"[1],因为就像达斯汀说的,"到处都是白色垃圾[2]",每次他这么说,妈妈总叫他赶紧闭嘴。

---

1 原文中加登格罗夫为"Garden Grove","garden"的词义为"花园、庭园",原文中垃圾场格罗夫为"Garbage Grove"。"garden"与"garbage"两词的首字母都是"g",而词义对比鲜明,颇具讽刺意义。
2 白色垃圾是美国人对贫穷白人,特别是对美国南方乡村地区白人的贬称。

房子是爷爷奶奶的，所以租金很便宜，但显然还不够便宜，因为妈妈总爱抱怨这事。

"咱们一分钱也不该给。家人嘛就是要互相帮助，"妈妈在洗碗或修指甲时会跟我倒苦水，"要是他们在遗嘱里没把房子留给你爸，我就要……"

我们几乎每个月房租都迟交——妈妈总为这事哭。经常凑不够房租——妈妈也总为这事哭。有时，妈妈、爸爸、外公、外婆的钱加起来还是不够。妈妈治疗癌症期间，外公外婆"暂时"搬到了我们家，妈妈病情好转后，他们仍然跟我们住一起，因为这样对大家都好。

妈妈说这是"最低工资的诅咒"。外公是迪士尼乐园的检票员，外婆在养老院当接待员，爸爸在家得宝的厨房设计部门工作，也给好莱坞娱乐公司做纸板模型，妈妈上过美容学校，但她说生孩子让她的事业偏离正轨——"再加上漂发剂散发出来的气味有毒"——所以节假日她会去塔吉特百货公司打工，但她说她的主要工作是确保我能成功进军好莱坞。

尽管我们经常交不起房租，而且几乎每个月都迟交，但我们从没被赶出门。我觉得如果这房子不是爷爷奶奶的，我们可能早就被扫地出门了。我其实挺巴望那样的。

如果我们被扫地出门，那就意味着我们不得不搬到别的地方。如果我们不得不搬到别的地方，那就意味着我们不得不把想带走的东西打包装箱。而如果我们不得不打包装箱，那就意味着我们不得不把房子里的所有东西都整理一遍，并扔掉一些。这听着很不错。

我们家原来并不是这样。我看过我出生前的照片，那时家里看着挺正常的——房子有些简陋，有些杂乱，不过跟寻常人家没两样。

哥哥们说，妈妈生病后家里才变得越来越乱，她不肯扔东西。也就是在我2岁那年，从那时起，问题越来越严重。

车库里堆满了东西，从地板一直堆到天花板。成堆的塑料箱里塞满了旧文件、收据、婴儿衣服、玩具、缠在一起的珠宝首饰、日记本、圣诞装饰品、条形糖的旧包装纸、过期的化妆品、空洗发水瓶和装在密封袋里的杯子碎片。

车库有两个门——后门和车库大门。从后门进去的话你基本不可能穿过去，因为东西多得连一条走人的通道都腾不出来，就算用胳膊肘能辟出一条道，你也不想那么做。车库里有老鼠和负鼠，每隔几周爸爸就会在车库给它们下套，所以你在这条道上唯一能看到的就是死老鼠和死负鼠。臭极了。

由于没法穿过车库，所以我们把家里另外一台冰箱巧妙地放在车库的最前面，这样只要打开车库大门就能轻而易举地拿到冰箱里的东西。

轻而易举当然是夸张的说法。

车库门是手动的，整个街区只有我们家是这样，而且门太重了，连铰链都已经断了。只要爸爸或者马库斯——家里只有这两人有力气抬门——把它抬得足够高，它就会发出响亮的咔嚓声。而只要听到这种咔嚓声，你就知道车库门能自己悬在那儿了。

不过现在不行了。几年前，车库门咔嚓响了几声后，"砰"的一声又掉了回来，打那以后就不能自己悬在那儿了。

所以现在去车库拿东西必须得两个人。不管打开车库门的是谁——通常是马库斯——都得用整个身体撑住门，以免门砸到自己，而另一个人——通常是我——得赶紧跑进车库里拿要拿的东西。

马库斯和我都害怕大人叫我们去车库拿东西。马库斯得使劲顶住重重的车库门，门把他压得龇牙咧嘴的，而我得争分夺秒地打开塞得满满当当的冰箱，在堆成小山一样的食物里找到我要拿的东西。我觉得自己就像印第安纳·琼斯[1]——眼看巨石就要滚过来了，我必须在巨石砸到我之前抢到宝藏。

---

[1] 《夺宝奇兵》系列电影的主角。《夺宝奇兵1：法柜奇兵》中印第安纳·琼斯被滚动的巨石追赶的画面是电影史上的经典一幕。

卧室也乱七八糟的。我记得有段时间，马库斯、达斯汀和斯科特睡在带了张额外拖床的双层床上，我睡在婴儿房，可现在卧室里到处都堆满了东西，根本找不到床在哪儿，更别提在床上睡觉了。我们现在不睡卧室。大人在好市多[1]买了几块三层折叠垫子，让我们睡在客厅。我很确定，那是小孩练体操用的垫子。我不喜欢在体操垫上睡觉。

这所房子真叫人难堪，叫人丢脸。我讨厌它。我讨厌住在里面，它让我紧张、焦虑，整个星期我都在期盼三个小时的逃离，逃离到箴言和松木味瓷砖清洁剂的世界。

所以，家人总不能按时出门会让我非常沮丧，可无论我怎么操心也没用。

"快点，你们，走啦，走啦，走啦！"我一边喊一边扣上左脚的鞋子。

达斯汀和斯科特才醒。他俩搓了搓干巴的眼屎，而外公则笨手笨脚地跨过他们的折叠"床"。外公外婆睡在他们房间的沙发上，那个房间本来是我的婴儿房，现在成了他们的卧室兼放更多东西的储藏室。

"你们每个人只有十分钟时间吃早饭、换衣服、刷牙。"我对达斯汀和斯科特说。他们正准备去厨房给自己

---

[1] 即"Costco"，美国最大的连锁会员制仓储量贩店。

胡乱倒些麦片——达斯汀吃的是幸运符牌麦片，斯科特吃的是通用磨坊吸血鬼主题早餐麦片[1]。他们冲我翻了个白眼，我看得出，他们嫌我对他们发号施令，但我可没这种感觉。我感到绝望。我想要秩序。我想要安宁。我想要远离此处、没有痛苦的三小时。

"你们听到我说的话没？"我问道，但没人理我。外公站在厨房的角落里，正往吐司上抹黄油，他抹的黄油多得让我很紧张——那么大一块黄油得花多少钱啊，再说他身体也吃不消啊！妈妈总跟我说外公"每天要抹半块黄油，我们可买不起，他的糖尿病也消受不起"。

"外公，您能少抹点黄油吗？这样妈妈会不高兴的。"

"啊？"外公喊道。我向上帝发誓，每当我问外公他不想回答的问题时，他就会假装没听清。

我气呼呼地走到客厅，把"白东西"在灰色地毯上摊开。这名字起得不好，其实那就是一片薄薄的白色方块，上面有花纹，能折叠成三个边长 10 英寸[2]的正方形。这个能三层折叠的方块就是我们的"餐桌"。显然，我们家人对能三层折叠的东西情有独钟。

达斯汀和斯科特一前一后走进客厅，我已经把"桌

1　北美通用磨坊公司生产的系列麦片，只在万圣节前后几个月有售。

2　约合 25.4 厘米。

子"摆好了。他们走起路来就像走钢丝的人一样小心翼翼，因为他们碗里的牛奶和麦片装得太满了，牛奶从碗边溅了出来，落在灰色的地毯上。妈妈每天都跟他们说，她有多讨厌他们把牛奶洒在地毯上，多讨厌牛奶的那股子酸臭味。但不管她说多少遍，他们仍然把碗倒得满满的。他们就是不听。

妈妈还没换上去教堂穿的鞋，她要等到最后才换鞋，因为那双鞋会让她拇囊炎发作。我知道，只要一踏上那块浸透了牛奶的地毯，妈妈就会扯掉丝袜，歇斯底里地大喊大叫，还要我们路过来德爱药店时停一下，让她买双新丝袜。可如果中途停车，我在教堂就待不了三个钟头了。无论如何也不能停。

我冲向毛巾柜。途中路过卫生间。我把耳朵贴在关着的门上，听到外婆在和她朋友打电话抱怨。

"珍给我买的毛衣价格标签还在。每次买到打折的东西她就会这么干，假装是全价买的。心眼真多。反正我去了默文百货公司，看到了那件毛衣，打七折。她甚至都不舍得给我花 15 美元……"

"外婆，出去吧！哥哥们要用卫生间！"我一边敲打着门一边喊道。

"你干什么这么讨厌我！"外婆喊道。她跟别人打电话时总是这样说话，让自己看起来像个受害者。

我走到毛巾柜前,一把抓起印有圣诞灯饰的红色小擦碗巾,打开厨房水龙头,把毛巾一头打湿,然后把湿的那头按在浸了牛奶的地毯上。我抬起头,看到达斯汀和斯科特在"白东西"旁吃东西。斯科特默默地咀嚼着,速度均匀、不慌不忙的,几乎像是在做慢动作。怎么能一点不着急?到底想干吗?而达斯汀张着嘴咀嚼着,大声地咀嚼着。着急但没效率。

我看了看时间。上午11点12分。不管怎样,我们得在八分钟内出门,坐进厢式车,这样我们才能赶上教堂11点30分的礼拜。

"快点,慢吞吞的家伙!"我对哥哥们吼道,同时用尽全身力气压着地毯上的那条湿毛巾。

"闭嘴,笨蛋!"斯科特恶狠狠地回敬我。

外公越过我,他手上的纸巾里掉出好些面包屑。外婆从房间的另一头走了过来,身上裹着一条破得都能让人看到里面的浴巾——令人作呕。外婆顶一头卷发,外面裹着一条用卫生纸和发夹做成的临时裹头巾。

"你高兴了,小丫头?我出来了。"她边说边往厨房走。

我没理她,我一边告诉哥哥们卫生间现在没人了,他们可以去刷牙了,一边把他们的麦片碗放进水槽。感谢上帝的安排,我们也许能准时到达教堂。

我很高兴。我把按在地毯上的湿圣诞毛巾拿起来,走到厨房重新把毛巾打湿,准备再清理一遍,这时妈妈穿过厨房,往客厅走去。焦虑裹挟了我。我正准备提醒妈妈,但当她走出厨房时,我知道为时已晚。

"这是什么?"从说话语气听得出,妈妈很清楚她刚刚踩到的是什么。

我告诉妈妈我已经在清理了,地毯上湿漉漉的地方基本上都是水,但没用。她的心情急转直下。她扯下丝袜,喊来爸爸,说我们得在来德爱停一下,她要买双新丝袜。

我在想我本来能不能再做些什么,让一家人快点出门。我想知道在这之后我还能做些什么。大家伙一股脑儿地挤进汽车往来德爱开去。也许我们还能赶上唱《爆米花》。

6

"爸爸!"爸爸一进门,我就高声喊起来。我跑过去,用头顶住爸爸的肚皮,每次他下班回到家我都这么干。我闻了闻爸爸的法兰绒上衣——嗯,新砍的木材味和没干的油漆味,爸爸的专属气味。

"嗨,妮特。"爸爸说,语气比我期待的要平淡。我总祈祷爸爸看到我能开怀大笑,揉揉我的脑袋,或者抱抱我,但他从来没这么做过,至少到现在还没有。但我仍然期待着。

"工作顺利吗?"

"顺利。"

我很想跟爸爸聊点别的,为了建立某种联系。跟妈妈聊天一点都不费劲,怎么跟爸爸说什么都那么难呢?

"有什么好玩的吗?"我和爸爸一起走进客厅。

他没回答。他和谁对视了一眼,脸上闪现出担忧的神情。我转过头,想瞧瞧他看到了什么。

妈妈。从妈妈的身体语言和面部表情——她下巴扬得很高,瞪着眼睛,咬牙切齿,后背挺得笔直——我立刻就能看出,妈妈不是失望,也不是生气,而是勃然大怒。她就要"爆炸"了。哦,不,我一定能做点什么。

"马克!"她咂了咂嘴以凸显她的愤怒。机不可失,时不再来,是时候插手了。

"爱你,妈咪!"我喊道。我跑过去抱住妈妈。

我能搞定,我能让她冷静下来。可我还没想好下面要怎么说……

"马克·尤金·麦柯迪!"妈妈的嗓门越来越大。

哦,不。"尤金"都喊出来了,他们八成要大吵一架。

"我也没办法,客户需要帮忙,我走不了。"爸爸解释道。他听上去很害怕。

"晚回来三个小时,马克……"

我朝达斯汀和斯科特望了望,想要搬救兵。他们正在玩任天堂64游戏《007:黄金眼》。要说有什么时候他们能做到充耳不闻,视而不见,那就是在玩《007:黄金眼》的时候。外公外婆上班去了,只能靠我自己了。

"妈妈,我们看杰·雷诺吧?你想看吗?今晚播的是'头条新闻'[1]呢。"

"安静点,妮特。"

我只好闭嘴。她已经说了,叫我安静。我还以为这招肯定管用。当然,我更喜欢《柯南秀》[2],但看《杰·雷诺今夜秀》是我们家的保留节目。(我在教堂跟人聊起杰·雷诺时,赫夫米尔修女说他说话有点下作,还说我应该在十一点半之前上床睡觉,但妈妈告诉我,赫夫米尔修女总爱评

---

[1] 杰·雷诺(Jay Leno),美国著名脱口秀主持人,"头条新闻"是在《杰·雷诺今夜秀》上每周播出的板块之一。

[2]《柯南秀》(*The Tonight Show with Conan O'Brien*)是一档夜间脱口秀节目,也是美国最受欢迎的脱口秀节目之一,该节目的当家主持人是柯南·克里斯托弗·奥布莱恩,其主持风格活泼、无厘头,深受全球观众喜爱。

头论足,不管她说什么,我都可以不听。)

我端详着妈妈。她的胸部开始起伏,幅度越来越大。双耳涨得通红。她向爸爸扑过去。爸爸往后退了几步,妈妈膝盖着地摔倒了。"家暴!家暴!"她尖叫道。爸爸抓住她的手腕,想让她平静下来。妈妈朝他脸上啐了口唾沫。那边不知道是谁游戏打赢了,在空中挥舞着拳头表示庆祝。

"黛比[1],我是晚了几个小时才到家,可这也没什么大不了!"伴随着妈妈的尖叫声,爸爸也高声嚷嚷起来。

"拿我不当回事是吧!**拿我不当回事是吧!**"妈妈挣脱出她的手腕,朝爸爸脸上扇过去。

"加油,妈妈!你可以的!"我像往常一样,等害怕劲儿一过去,就会给妈妈呐喊助威。

"黛比,你不讲道理。你需要帮助!"爸爸恳求道。哦,不。难道他不知道这话是妈妈的痛点吗?但凡他或者外公与妈妈吵架时说"你需要帮助",妈妈只会更生气。

"**需要帮助的不是我,是你!**"妈妈尖叫道。她跑进厨房。爸爸开始脱鞋,傻乎乎地以为这件事过去了,也许妈妈心情已经好了,恢复正常了。他怎么就不明白呢?怎

---

[1] 黛博拉的昵称。

么会一直都不明白呢?

一、二、三,我在心里数着。要不了十秒钟妈妈就会杀回来。四、五、六、七。她回来了,手里拿了把菜刀,是外公每天晚上用来切菜的那把大菜刀。

"**从我的房子里滚出去!**"她大喊,"**给我滚!**"

"黛比,求你了,你不能老是这样……"

上一次妈妈逼爸爸睡在车里还是几个月前。这回隔得比以往都要久。一般来说,大概每隔一星期妈妈就会把爸爸赶出门,而且理由充分。妈妈说他对家庭贡献得太少,他总是下班晚回来,说不定他在出轨,他不关心孩子,缺席孩子的成长等。这么久没被赶出去真是个奇迹。他应该感恩才是。

"**滚出去,马克!**"

"把刀收起来,黛比。这不安全。这对孩子来说太危险。"

"**才不会。我永远不会伤害我的孩子。我是永远不会这样做的,你居然敢这么指责我!**"

泪水顺着妈妈的脸颊流下。她双目圆睁,浑身颤抖,很吓人。

"**给我滚!**"

她又向他扑过去。他往后退。

"好,好。我走。我走。"

他穿上鞋,匆匆走了出去。妈妈走回厨房,把刀放回抽屉。她跪倒在地,痛苦地呜咽起来。我蹲在妈妈身旁,抱住妈妈。哥哥们那边,不知道这一回007游戏是谁赢了。

7

早上6点到达片场,从那之后我一直站在这沙堆上。已经是中午了,太阳火辣辣地照在我身上。在拍摄间隙,周围的主要演员可以躲到遮阳伞下面,坐在折叠椅上歇歇脚,还可以喝上几口刚从冰块满满的冷藏箱里拿出来的冰水。但我不可以。我可没有这样的待遇,因为我只是个群众演员。

拍摄地位于兰开斯特[1]郊外炎热的沙漠,穿着大萧条时期服装的群众演员站在沙堆上,没有遮阳伞,没有冰水,浑身发痒,身上的衣服散发着霉味,每一层都被汗水浸透了。之所以穿成这样,是因为我们要在短片《金色梦想》里扮演大萧条时期的穷人。这部短片展现了加州历史的各

---

[1] 兰开斯特(Lancaster),美国宾夕法尼亚州东南部的城市。

个阶段，据说会在新建的迪士尼联名主题乐园——加州冒险乐园播放。我们凌晨4点30分就从家出发了，路上妈妈激动地把这个消息告诉我，可唯一让我觉得兴奋的是加州会多一家迪士尼。

最糟糕的是牙上要滴东西。早上做发型、化妆时，化妆师先是给我梳了两条辫子，然后叫我张大嘴。我照做了，化妆师往我嘴里滴了一些棕色的、黏糊糊的玩意儿，有点像果汁，她说这样看着才像蛀牙。黏糊糊的玩意儿很快就干了，感觉很恶心，就像一个月没刷牙。一整天都是这种感觉，讨厌死了。我总忍不住用舌头舔那玩意儿，实在是太烦人、太叫人心神不宁了。

"你好像不太高兴。试着高兴点吧。"妈妈说道。我和妈妈走进群众演员专用的房车卫生间。我已经憋了一个小时便便，实在憋不住了，最后我只好问一个拿对讲机的人，我能不能上厕所，尽管妈妈告诉我，这样剧组也许会觉得这个小孩很不听话。

"对不起。"我一边说一边拉，妈妈用水把厕纸打湿。我对妈妈执意要给我擦屁股这件事感到窘迫。我最近很想告诉妈妈，我已经8岁了，我自己能擦屁股，但她看着就要哭出来了，她说等到10岁才能让我自己擦屁股，因为她不希望我的风中奇缘[1]内裤上有屎痕。我知道我自己能擦干净,但比起窘迫,我更害怕的是妈妈的眼泪。

"别皱眉头了,好吗?"妈妈说,确保我听到了她的要求,"瞧你眉毛弯的,看起来挺生气。"

擦。擦。擦。

"好。"

我回到沙堆上,尽力表现得高兴,可太阳太毒辣了,我做不到。我忍不住眯起眼睛。

"那个看起来很悲伤的孩子呢,我之前点的那个?就用她吧!"导演对副导演喊道。

副导演开始挨个儿指孩子,导演摇了摇头,直到副导演指到我。

"对,就是她。"导演点点头。

"来吧,跟我来。"副导演说着拉起我的手,向导演走去。

导演让我坐在一辆老式汽车里,稍微向右看。"什么也别做。"我点点头。拍了几次后,他说拍到了。

妈妈在剧组后勤保障区等我,副导演把我带了过去。他说我今天的工作结束了,因为他们起用我出演了关键镜

---

[1] 《风中奇缘》(*Pocahontas*)是迪士尼动画于1995年制作并发行的一部动画电影,该电影讲述了英国探险者庄麦斯与土著公主宝嘉康蒂联手阻止异族战争的故事。

头，所以我不用再当群众演员了。

"关键镜头？"妈妈问道，看着很激动。

"是的。我得拿新合同过来，因为确切地说，这是个主要角色。"

妈妈高兴得几乎在发抖。"具体是什么情况？"

"是这样的，我们雇的那个小女孩不听指挥——我们跟她说了看起来要悲伤，可不管说了多少遍，她还是笑。您的女儿不一样。她这张脸可悲伤了。"他笑着说。

"的确。她这张脸确实悲伤。"说着，妈妈眉开眼笑地点点头，她似乎忘了，半小时前这张悲伤的脸正是她不想看到的。

"总之，我们把那个角色换成你女儿了，她现在是主要演员。"

副导演跑去拿新合同，妈妈转过身，紧紧攥住我的双手。

"他们用你了，妮特！他们用你了！"

妈妈回到家立刻给学院童星公司打电话，滔滔不绝地谈论着我当上主要演员这事。他们告诉妈妈，这是个好消息，这说明我在积攒口碑——肯听指挥，愿意合作，而对于儿童演员来说，这两个品质非常有利。他们还告诉妈妈，他们会帮我留意有没有长期的群众演员差事——"核心群众演员"。刚开始做临时演员的孩子一般找不到这样的差事，因为负责临时演员的选角导演并不知道孩子的口碑如何。听到这个消息，妈妈显得很不安。

"核心群众演员？说得倒挺好听，还不是临时演员吗？主要演员不行吗？《金色梦想》导演刚把她换成主要演员，她不能试镜主要演员吗？"

"嗯，还不行。先让她积累些经验，以后我们再重新评估。"

妈妈说好的，但我看得出，她一点也不满意对方的答复。

"重新评估个屁。"妈妈说着挂断电话。我总担心妈妈发牢骚时对方还没挂断电话，幸运的是，到目前为止似乎没出现过这样的状况。

那天晚上妈妈有点紧张，第二天早上，学院童星公司打电话来，说他们给我物色到一个试播集中"核心群众演员"的角色，她心情一下子就好了。总共要拍摄八天。

"虽然你现在只是一个升级版的临时演员，宝贝，"妈妈一边刷牙一边对我说，"但只要坚持，你很快就会成为货真价实的主要演员。"

她往水槽里吐了一口牙膏泡沫。

"'货真价实'[1]是这么用的吧，我也不确定。"

---

[1] 原文用的是拉丁语"bona fide"。

8

试播集拍摄得很顺利,虽然我还只是个升级版的临时演员,但那天片场发生的一件事让我离妈妈的目标——成为主要演员又近了一步。

有个和我同龄的女孩,她是主要演员,她妈妈对我妈妈很有好感。她把她女儿的经纪人芭芭拉·卡梅隆的电话给了妈妈。

"芭芭拉·卡梅隆,妮特!天哪,芭芭拉·卡梅隆!"

"耶!"

"你知道她是谁吗?"

"不知道。"

"她的几个孩子可出名了。好几个呢。《成长的烦恼》中的柯克·卡梅隆、《欢乐满屋》中的坎迪斯·卡梅隆[1]都是她的孩子。她也是他们的经纪人。后来她也给其他孩子做经纪人。现在她是最有影响力的童星经纪人之一,真的很厉害。"

---

[1]《成长的烦恼》(*Growing Pains*)是由柯克·卡梅隆(Kirk Cameron)等主演的情景喜剧片,主要讲述了一个普通的美国家庭的日常生活。《欢乐满屋》(*Full House*)是由坎迪斯·卡梅隆(Candace Cameron)出演的喜剧片,讲述了美国旧金山一个单亲家庭的故事。

妈妈立刻打电话给芭芭拉,给我和大哥马库斯安排试镜。最初他很抗拒,但不久前妈妈说服了他,他愿意试一试。

"瞧,你笑起来很爽朗,牙齿真大,"她说,"还有那么多痣。像年轻的马特·达蒙[1]。"

我心里很羡慕达斯汀和斯科特。我不明白为什么妈妈对他们跟对我和马库斯的期望不一样。我很想知道这个问题的答案,却又感觉这个问题不能拿到明面上讲。它好像是私下里商量好的事。

芭芭拉在家办公。试镜是在她家进行的。到了她家后,马库斯和我各自拿到了一份独白,我们有半个小时的准备时间。我不知道这些独白是哪部电影里的,马库斯扮演的是一个女朋友自杀身亡的高二学生,而我扮演的是一个想要说服父母别离婚的小女孩。

妈妈在车里陪我们一起练习独白,然后马库斯和我挨个儿回去试镜。

马库斯先进去了。他在里面待了大概半小时。出来时他心情很好。他说芭芭拉和屋里另一个女人谈笑风生的。

我走了进去,浑身颤抖。我说了一遍独白。芭芭拉和那个女人交换了一下眼神,让我再说一遍,并让我"扔掉

---

[1] 马特·达蒙(Matt Damon),美国男演员,代表作《心灵捕手》《谍影重重》。

包袱"。我很不解。

"再随意点。"芭芭拉解释说。

我又试了一遍。那个女人对芭芭拉耸了耸肩。芭芭拉做了个"嗯"的表情。

"谢谢你。"她们一起说。

我慢慢吞吞地走出房间,能多慢就多慢,我希望多耽搁几分钟,因为我知道,如果在里面待了没多久,妈妈会很失望。可走得再慢也只是拖了一分钟时间。我回到车上,妈妈关切地看着我。

"怎么样?"

"还算顺利。"

"她们跟你说了很多话吗?"

"没有……"

"她们被你逗笑了吗?"

"没有……"

"嗯。"

开车回家的路上,我看得出妈妈很失望。她好像为马库斯感到骄傲和兴奋,但我知道她的心思,我看得出她在装。她对我的失望掩盖了她对马库斯的骄傲和兴奋。

* * *

"我们很喜欢马库斯,我们想把他签下来。但詹妮特——她……缺乏感染力。"

传达这个消息的人是劳拉,芭芭拉房间里的那个女人。劳拉是芭芭拉的副手,公司只有两个经纪人,另一个就是她。她做事干净利落,说话一点也不拖泥带水,是个大嗓门。妈妈一边搅拌着拉面,一边听电话,她的嗓门大到我隔着电话都能听见。

"能签马库斯太好了,不过能不能把詹妮特也签了,要是她六个月没接到活儿,你们再放弃,行吗?"妈妈恳求道,同时冲我竖起大拇指,她似乎很激动,认为自己想到了一个好点子。

"我们这儿有很多会演戏的小姑娘……"劳拉的声音越来越小。

"她学东西快,而且听指挥。"妈妈欢快动听地说着,像是在诱惑劳拉。摇尾乞怜的人不该是这副口气。

劳拉说她要跟芭芭拉商量一下,马上打过来。妈妈向我转过身。

"妮特,赶紧祈祷,祈祷芭芭拉愿意签下你。我得拌面条,你双手合十,代我一起祈祷吧。"她说。于是我按照摩门教教规祈祷。我们都闭上眼睛。

"亲爱的天父，"我说，"感谢您赐予我们这美好的一天，给我们那么多祝福……"

"该死！"妈妈说。

我猛地睁开眼。妈妈放下搅拌勺，吮着手指。她打开水龙头，用凉水冲手指。

"烫到手了，"她解释说，"继续，亲爱的，继续。"

我点点头，继续祈祷。

"请保佑芭芭拉·卡梅隆接受我。请保佑我们今晚一切顺利。请保佑妈妈睡个好觉，她有时睡不好。谢谢你，天父。以耶稣基督的名义，阿门。"

"阿门，亲爱的，干得好。"

妈妈把拉面倒进碗里，这时电话又响了。她把锅丢进水槽。"砰"的一声巨响，拉面的汤汁溅到厨房台面上，但妈妈根本没注意。她满脑子想的都是签约的事。

"嗯哼。"她说，听起来很高兴。这次我听不到电话另一头的劳拉在说什么，因为妈妈坐立不安地在屋里来回踱着步。

"嗯哼。"她又说了一遍，眼睛盯着我。这让我很不舒服。

"太棒了，你绝对不会后悔的。"妈妈说着挂断电话。她久久地看着我，满眼都是喜悦。

"怎么了？"我问。

"芭芭拉·卡梅隆决定要你了。她希望你能每周上一次表演课,说这样你能更自在、更放松之类的,总之她决定要你了。"

妈妈难以置信地、自豪地晃了晃头。她舒了一口气,把我拉过去抱住我。

"你现在是主要演员了,亲爱的。我的宝贝再也不是群众演员了。"

9

我讨厌表演课。芭芭拉·卡梅隆坚持要我报名上表演班,如果想要她做经纪人的话。我每周六上午11点到下午2点30分去上课,已经上了两个月。尽管上课可以让我逃离那个家几个钟头,可我并不像期待去教堂那样期待上表演课,因为那比困在家里还叫人难受。

每堂表演课一开始会让大家"放松"。十几个小孩走来走去,模仿拉斯基小姐。劳拉姓拉斯基。她不仅是芭芭拉的副手,也是我们的表演老师。她把自己的脸扭曲成奇怪的模样,嘴张得奇大,瞪着眼睛。我不清楚这对表演有什么帮助,但我知道,最好别当爱问问题的烦人精。

"课堂上始终要保持'专注'，"每次开车回家时妈妈都提醒我，"拉斯基小姐看着呢。那些不听指挥、总爱问问题的烦人孩子别想试镜。闭上嘴、听指挥的孩子才有机会。"

做完"面部体操"后，我们会假装成各种动物。有一些孩子似乎对这部分很感兴趣，可我觉得自己就是个白痴。我不知道怎么像大象一样吹号，像小猫一样打呼噜，或者像猴子一样咕哝。说实话，我也不想这么做。动物的声音就由动物来完成吧。

有时拉斯基小姐会让大家都别动，然后指令某个孩子单独模仿动物的声音。这大概是为了让我们克服拘谨。

"吹号，詹妮特！要有真情实感！"

我没有真情实感，但我尽力了。我觉得很丢脸。

可怕的动物声音模仿结束后会进入背诵技巧环节。拉斯基小姐会给我们分配场景，要我们三十分钟之内记住各自角色的台词，然后一个接一个地、"冷漠"地说台词，在演艺界，这个术语的意思是"快速、不带感情"。拉斯基小姐告诉我们这个技巧很重要，特别是对孩子来说，这样试镜时就不会过度演绎台词，那样听起来太做作。很明显，先滚瓜烂熟地、不带感情地记住台词，然后再加入情感，这才是让表演清新自然的最好办法。

我最不讨厌的就是背诵，也许是因为我最擅长这个。

通常我在十五分钟内就能背完台词，剩下来十五分钟复习巩固。我不介意说话没感情。对我来说，感情才是问题所在，而不是背台词。本来硬加入感情已经让人很不舒服了，还要装给别人看，真恶心。让我感觉自己脆弱、容易受到伤害、赤裸裸的。我不想让别人看到我那样。

背诵之后是场景表演，这是我最不喜欢的环节，因为在这个环节我必须表演。每周在准备场景表演时，拉斯基小姐会给大家分配场景，我们必须背台词、分解场景。分解场景就是让我们问有关角色和场景的问题，弄清楚台词所隐藏的含义。我的角色实际上想要什么？演对手戏的那个角色究竟想要什么？它们是如何相冲突的？我的角色如何看待对手的角色？将场景分解后，我们必须充分排练，然后周六在全班同学面前表演。

每次会有一个孩子站起来进行场景表演，然后和拉斯基小姐演练。我真希望我能不表演。我不喜欢坐在摄影棚的小舞台上，当着大家的面表演。我不喜欢被人观察。我喜欢观察别人。

拉斯基小姐在第一堂课上就说了，父母不可以参加场景表演环节，但妈妈执意参加。

"我得了第四期转移性导管癌——乳腺癌，化疗后骨头非常脆弱。在车里坐久了我会浑身骨头疼，不能在烈日下四处走动。"

"好吧，这条街上就有家咖啡店。"拉斯基小姐局促地笑道。

"一杯咖啡要 2.5 美元呢。"妈妈更局促地说。

事情就这么定了。从开课到现在，妈妈是唯一全程参加场景表演的家长。我很高兴妈妈能如愿以偿地看我表演。但这确实给我徒增压力。我从余光能瞥见妈妈对我表演的意见和反应。我说台词时她也跟着念，表情过于生动，她是想让我模仿她。我既要专心表演，又要应付妈妈的旁敲侧击，太难了。

下课后我觉得如释重负，因为妈妈给我放了一天假。我可以等到明天再看下周要演的场景。今晚我是自由的。

10

"我不想说那个词。"我告诉妈妈。我将要参加电视节目《疯狂恶搞电视》的试镜，我们正在看台词。这个短剧模仿的是凯思琳·李·吉福德[1]和她的两个孩子——我要模

1　凯思琳·李·吉福德（Kathie Lee Gifford），美国著名电视主持人、歌手、演员。

仿的是她的女儿。

"这个词有很多意思。有时就是'快乐'的意思。你看,这是圣诞歌曲,是要大声唱出来的。'我们都很快乐。[1]'"妈妈唱道。

我知道妈妈是有些同情我的,否则她不会费那么多劲解释。

"我必须说吗?"

"是的,妮特,这是你第一次参加有台词的角色试镜。咱们得照做,这样芭芭拉就知道你不是不听话的孩子。另外,我们得争取到一些角色,这样她才会继续派你去试镜。"

我用拇指翻了翻面前的台词。

"听着,如果你表演得好,我就带你去吃冰激凌,好吗?我这儿有约翰逊修女给孩子们发的优惠券。"

"好。"

* * *

第二天,我正等着试镜。房间很小。墙是白色的,光

---

[1] 英文歌词是"Don we now our gay apparel",单词"gay"既有"愉快的"之意,又有"同性恋"之意。

秃秃的。其他试镜的孩子和妈妈们有的坐在折叠椅上，有的背靠墙站着。所有女孩都是金发。所有母亲都很焦虑。

负责选角的人出来带我进去。我的嘴唇很干，每次试镜前都这样，我必须尿尿，尽管刚刚已经尿了四次。在参加喜剧角色试镜前妈妈会让我喝无糖红牛，她说不这样我就没有喜剧热情。我猜我老想尿尿是这个原因。

"詹妮特·麦柯迪。"那人喊道。我咽了口口水。

"在这儿！"我兴奋地答道，按照妈妈教的那样。

"来吧。"那人做了个手势。

妈妈拍了拍我的屁股，以示鼓励。

"你能行的，妮特。你比其他女孩都棒！"我看到一个竞争对手低着头，很伤心。她的母亲在安慰她。我跟着选角导演走进选角室，里面坐着两个男人。

"准备好了就开始吧。"一个人说。

选角导演说了她的台词，然后我说了我的第一句台词。

"你太老了。"

那两个男人突然大笑起来。我肯定表现得不错。我的嘴还是很干。马上就要说下一句台词了，我有点紧张，因为那个词就在这句话里。

"格尔曼，你可真'基'。"

他们又开始大笑。我说完了台词，去等候室里找妈妈。

"他们说什么了？"我们在芭斯罗缤冰激凌店排队时，妈妈问。

"他们说我很搞笑。"

"没错，我的宝贝很搞笑，也可以很严肃，这得看情况。她是个多面手呢。想吃坚果椰子口味吗？"

"呃，不，我想要曲奇奶油味。"

妈妈转过身，吃惊地看着我。

"你不想吃坚果椰子？"

我愣住了。我不知道该说什么。没选"坚果椰子"似乎让妈妈很不安。我停下来，想先看看她是什么反应，再决定怎么做。我们站在冰激凌柜台前，但有那么一瞬间，我们看着对方，而不是看着冰激凌。接着妈妈的态度变得柔和起来，眼泪汪汪的。

"从八个月大到现在，'坚果椰子'一直都是你的最爱。你变了。长大了。"

我拉住她的手。

"没事。我想吃坚果椰子。"

"你确定吗？"

"确定。"我点点头。

妈妈点了一份儿童杯，她把优惠券递给售货员，那女孩十几岁，眼睛周围涂得黑乎乎的，看起来像只浣熊。我和妈妈坐在冰激凌摊位前,一起享用冰激凌。椰子味让我觉得恶心,但我接二连三地"嗯啊",妈妈还以为我很喜欢。吃了几口,妈妈的灰色传呼机响了。这部传呼机是她给自己买的圣诞礼物,这样芭芭拉就能及时联系到她了。就像现在。

"是芭芭拉!芭芭拉呼我!"

妈妈跳起来,一蹦一跳地走到冰激凌柜台前。妈妈没看我,所以我干脆不吃了。

"你们后台有电话吗?"妈妈问那个姑娘。

"有,但仅供员工使用。""浣熊眼睛"干巴巴地说。

"我女儿是个演员,也许她刚刚拿到了《疯狂恶搞电视》里的角色,这是她第一个有台词的角色。你听说过《疯狂恶搞电视》吗?特别搞笑。比《周六夜现场》还恶搞。我能不能用一下你的……"

"行了,你用吧。"姑娘厌烦地说。

妈妈把手伸进柜台,给芭芭拉回电话,号码早已烂熟于心。妈妈瞥了我一眼,十指交叉。我咬了一口冰激凌。

"啊啊啊!!"妈妈尖叫起来,那姑娘堵上耳朵,"妮特,你拿到了!你拿到了《疯狂恶搞电视》的角色!"

妈妈挂上电话,冲到我身边。她把我拉过去,紧紧抱着我。我喜欢她温暖的皮肤混合着羽翼牌香水的味道。她高兴,我也跟着高兴。

"这真是太棒了,妮特。这是你第一个有台词的角色。这可是件大事。大事。"

妈妈兴奋地亲吻我的额头,用勺子挖冰激凌,把最后一点坚果椰子冰激凌吃完。我很高兴,这下我不用吃了。

11

"你真漂亮。"我对妈妈说。

她站在卫生间镜子前化妆,我给她梳头。她喜欢我给她梳头。她说这样她很舒服,很放松。

"谢谢你,小天使。不过凯伦才漂亮。她看起来就像选美皇后。"妈妈把口红盖盖上,抿了抿嘴,把玫红色的口红抿开。我觉得她本来的唇色要好看得多。

"你看起来也像选美皇后。"我说。这么说主要是为了让妈妈自信点,虽然本来我也是这么想的。她没多少同龄朋友,有的那几个也不经常见面。所以今天和朋友见面吃午饭是件大事。

凯伦是妈妈高中时最要好的朋友,毕业后,她们一起去了美容学校。妈妈与她的关系似乎很复杂。前一分钟她还说凯伦是个了不起的人,心肠好又体贴,下一分钟她又说凯伦其实是个贱货[1]。

"我们不该说这个词。"

"我不过说了五个字母,妮特,要是上帝认识凯伦,他会明白我为什么这么说的。我有没有告诉过你,她是怎么偷了我给孩子起的名字的?"妈妈一边问,一边往身上喷香水。

"嗯嗯。"我答道,继续梳她的头发。

妈妈低下头。我看得出我伤了她的心。这事她明明已经给我讲了很多遍,现在又要讲一遍。好吧,她只是想有人听她说话。

"不过我可以再听一遍。"

"名字我都想好了,"妈妈马上开始了,"杰森。我觉得这是个好名字,听着让人觉得孩子很结实。不太常见,但也不像现在人起的那些新名字那样古怪。'Lagoon'[2]之类的。但名字想好了不能告诉别人,你知道吗?那样不吉利。谁都不能告诉。"

"嗯嗯……"

"你在听吗,妮特?你看起来好像走神了。"

"我在听。"

---

1 原文是"B-I-T-C-H"。

2 这个单词的意思是"潟湖"。

"但我告诉别人了。我告诉了凯伦,她是我最好的朋友,她也想知道我给宝宝起了什么名字,再加上我们又是同时怀孕,一起经历了那么多。你知道吗,最后她先生了孩子,她给宝宝起了什么名字?杰森。她偷了我想的名字。"

"反正我更喜欢马库斯这个名字,"我说,"更特别。"

"哦,我知道,但这是原则问题。"

"嗯,我知道。"我附和道。

妈妈深吸一口气,给睫毛刷上第三层睫毛膏。

"不管怎么说,我根本不相信她,但她仍然是我的好朋友。"

这种逻辑让我很困惑,所以我回了句"嗯哼"。

"但不是我最好的朋友,"妈妈继续说,"你是我最好的朋友,妮特。你是妈妈最好的朋友。"

我高兴极了。我很高兴能成为妈妈最好的朋友,成为这个世界上与她最亲密的人。这是我的使命。我感觉棒极了。

"你怎么停下来了?"

我继续梳。

12

"够了,今早真是糟透了!"妈妈边喊边把盘子扔进水槽。听到这声音我吓了一跳,但还是硬着头皮走进厨房。总得有人帮妈妈干活啊,可一大家子人几乎都还在睡觉。

"也许这次应该换个人刷这些该死的碗!"她又喊道,"砰"的一声把杯子摔进水槽。杯子把手断了。妈妈把杯子碎片扔进密封袋里,她要留住记忆。

"我来,妈妈。"我小心翼翼地说,害怕她会更生气。

"噢,不,不是说你,亲爱的。"妈妈说着伸出她沾满洗涤剂的手,抚摸着我的头发,"我可不想让你的手皱皱巴巴的。那对你没好处。谁会要手指皱皱巴巴的小姑娘演戏啊?"

"好吧。"

"马克!你能带詹妮特去跳舞吗?我得先把碗洗了,一会儿我带她去上表演课!"

爸爸从客厅里朝我们走来。他跨过正在好市多垫子上酣睡的达斯汀和斯科特。

"啊?"爸爸回答道,他总算走到了厨房。

"詹妮特的舞蹈课,你能送她去吗?"

"当然。"爸爸淡淡地答道。

"你可真是关心孩子。"妈妈说。

"对不起。"

"好啦,别什么事都说对不起。快点吧。二十分钟后出门,准时把孩子送到。"

我之前参加了宝拉·阿巴杜[1]特别舞蹈节目的试镜,表现得非常糟糕,于是妈妈就给我报了舞蹈课,课程强度很大。那天参加试镜的其他女孩都会劈叉,能连续转上三四圈,可我什么也不会。工作人员教了我们一分钟的舞蹈编排,虽然我很擅长背台词,但记住舞蹈动作跟背台词显然是两码事,我一个动作也记不住。妈妈告诉我,她不想我再受那样的羞辱,于是每周给我报了十四节舞蹈课——爵士、芭蕾、抒情、音乐剧和嘻哈各两节,外加一节拉伸和三节踢踏。她还告诉我,一个月只要做两次群众演员就够付舞蹈班的学费。

其实我喜欢跳舞。非常喜欢。我喜欢让身体动起来,摆脱头脑的束缚。我喜欢和我一起跳舞的大多数女孩——她们对我很好、很热情。我心里也想远离妈妈——与表演不同,跳舞时妈妈不会盯着我。也许因为她希望自己能成为演员,而不是舞蹈家吧。也许妈妈只有在我成为她想

---

[1] 宝拉·阿巴杜(Paula Abdul),美国女舞蹈编排家、歌手、作曲家、演员。

成为的那个人时，才会坐在旁边。我也搞不懂。不管怎么说，她不在身边的感觉很好，虽然我永远不会告诉她这件事。这是一种解脱。我不用担心时时刻刻有人监视我。

爸爸送过我几次。我很高兴，因为如果是妈妈送我去上舞蹈课，你不知道她会不会大喊大叫，或者跟舞蹈工作室的老板抱怨我扮演的芭蕾舞角色不够重要，或者其他什么事。爸爸从不这样。他甚至好像都没意识到有这些事。他只是……在那儿。

"你想骑自行车去上课吗？"爸爸问我。

"想！"我真的很兴奋。我想过要不要问问妈妈，但最后没问，因为我不想给她拒绝我的机会。

爸爸和我在一起的时间并不多，他同时要做两份工作——家得宝和好莱坞。他一般很晚回家，回来就直接进房间睡觉。虽然房间里堆满了东西，但床上还是能腾出一小块地方——勉强够一个人睡，爸爸就睡在那儿。这也是因为妈妈说她绝不会跟她厌恶的人睡在同一张床上，甚至同处一个房间。而妈妈有时会睡客厅沙发，有时会跟我们一起睡客厅垫子，爸爸自然也就睡在离她最远的那间房里。

此外，我要忙我的演艺事业和功课（尽管妈妈在家教我们，我们每月仍然要向州政府交作业，以证明我们在学习），现在又多了舞蹈课。

和爸爸在一起的时间并不多，所以非常"难忘"。比如，我8岁那年，爸爸参加了我在公共游泳池举办的生日派对——因为他的工作安排，这是他第一次参加我的生日派对。他破天荒地给我写了一张生日卡。但信封上我的名字拼错了。经常有人把我的名字拼错，我一般也不会多想，但那次我很伤心。我打开卡片，想看看他写了什么。反正这才是更重要的。卡片上印了一首诗，下面写着"爱你的爸爸"，他总共就写了这五个字，这下我更伤心了。但转念一想，重要的是爸爸的心意，他的心意对我来说意义才重大。直到在回家路上，我听到妈妈说："你给她买生日卡了吗？我交代过的，你应该培养父女关系，你要有父亲样。"这时我才明白，这其实是妈妈的主意。

有些时候就比较平常，比方说如果爸爸提前下班，他会跟我们一起看《百战天龙》或《吉利根岛》的重播，或者星期天从教堂回来后他会做一锅炖菜。虽然他每次都换花样——牛肉炖菜、玉米杂烩汤、辣椒炖菜、豌豆炖菜，但我发誓，吃起来都是一个味儿——扁豆味。和爸爸在一起挺好，但没什么特别的。我希望我和爸爸能像和妈妈那样心意相通。和妈妈在一起当然很累，但至少我知道怎么做能让她开心。而和爸爸在一起时，我从不清楚他的想法。我付出得少，回报也少。

不过今天我很兴奋，因为他提议我们骑车去。我知道他喜欢骑车，爷爷去世后，自行车就给了爸爸。

"自行车可当不了房子住，"妈妈抱怨道，"我看我们得等到费依奶奶去世，不过那恐怕有的等了。她今年82岁，身子骨比以前还硬朗了。"她咂了咂舌头，她生气时经常这样。

我也喜欢骑车，我的车是我7岁生日时琳达姨妈送我的，车子小了，不过稍微弯下腰也能凑合。也许今天爸爸和我能共同创造出美好的回忆。也许今天我俩都会很开心。

于是我们骑上车，向位于邻镇洛斯阿拉米托斯的舞蹈工作室进发。我们在橙树公园停下来，飞快地玩了一圈单杠。爸爸笑着，好像玩得很开心。我知道我也很开心。好极了。

到达舞蹈工作室时，我已经晚了十分钟。规定是如果超过十五分钟就不允许上课，但老师还是让我进去了，只是给了我一个白眼。我心甘情愿地接受了。

课很快就结束了，大家被放了出来，去等候室找父母。我看到爸爸坐在长椅上，跷着二郎腿，吃着克利夫能量棒。妈妈不喜欢他跷二郎腿。

"这哪儿来的？"我问，担心自己猜得没错。

"工作室前面的点心台。"

"妈妈说不能吃点心，太贵了。"

"1美元。"

"没错。"

"昨天发工资啦。"爸爸挥挥手说,带我走到外面自行车那儿。

我们跳上车回家,经过空无一人的洛斯阿拉米托斯高中和波利馅饼店。爸爸往右一拐,拐到一家户外购物中心,接着往冰沙店骑过去。

"我们去哪儿?"

"去买冰沙。"

"冰沙要花……"

"发工资啦。"爸爸提醒我。

爸爸和我点了杯草莓香蕉冰沙,准备一起吃。搅拌机正搅拌着,我突然心里一沉,想起了什么。我跟爸爸在一起太兴奋了,我给忘了。忘了我还有表演课。忘了骑车肯定是赶不上表演课的。

但现在我想起来了。在搅拌机搅拌着各种水果,吵得要命的时候,我想起来了。我望着爸爸。

"可以的话,再多加点柠檬汁。"他站在柜台前,看着店员手里的柠檬。

我不知道爸爸是否清楚这件事。如果他知道我讨厌上表演课,所以故意带我骑车,故意停下来买冰沙的话,那也许他想帮我。也许他想救我。

"再、再、再来点柠檬吧。"他又叮嘱了一遍。

我觉得我这样想肯定是疯了。显然,爸爸更关注的是他冰沙里放了多少柠檬,而不是我是否开心、是否满足。

我在犹豫要不要提醒他表演课的事,提醒他我们得抓紧时间,而且就算抓紧我还是会迟到。最后我决定还是不告诉他。我干吗要那么做?我很喜欢跟爸爸在一起,尽管我们并不是心意相通,但我很享受这种轻松的氛围,所以我什么也没说。

我们吃完冰沙,慢慢蹬车回去。我们又在公园停了下来,玩起了秋千。到家时已经 11 点 5 分了。妈妈在前院焦躁地踱着步,晃动着钥匙,像是一种威胁。

"**你们跑哪儿去了?!**"她尖声喊道。

巴德,我们爱管闲事的邻居,从栅栏上探出脑袋。我不知道他会不会又威胁说要给社会服务机构打电话,就像上次妈妈在前院草坪上尖叫时那样。我祈祷妈妈能小声点,这样他就没法威胁我们了。

"我们停下来吃了杯冰沙。"爸爸耸耸肩说道,反应有点迟钝。

"**你们停下来吃了杯冰沙?**"妈妈气急败坏。

我对巴德挥挥手,起码得让他知道有人看见他在看热闹。他一头埋到栅栏下面。

"是的……"爸爸说。他想弄清楚妈妈为什么生气。

妈妈冲进屋里，把门一摔。爸爸跟在她后面，我跟在爸爸后面。

"黛比，别这样……"

妈妈走进厨房，把家用电器的门开了又关——先是冰箱，接下来是烤箱，然后是微波炉。我不知道她为什么这么做、她在找什么。她的动作有些癫狂，叫人害怕。

"我说了，詹妮特有表演课。现在**不用去了**。他们这周演的是《我是山姆》[1]中的一个场景。《我是山姆》，马克。詹妮特肯定能演得特别出彩。"

妈妈踹了一脚橱柜门。她的脚被卡在木头里。她猛地抽出脚，木头已经成了一堆碎片。

"我很抱歉。"爸爸说。

"我看她根本就不用演，她的生活**本来就是这样**。**聪明女儿**加**智障爸爸**。"

13

人们常会说好莱坞哪个演员一夜爆红，但到目前为止

---

[1] 电影《我是山姆》(*I Am Sam*) 讲述了一个智力水平只有 7 岁的父亲与天才女儿的故事。获 2002 年第 74 届奥斯卡金像奖最佳男主角提名。

我没那么好的运气。每次就在我差不多以为自己不会有希望时，我就会取得一些小突破。妈妈说，好莱坞就像一个坏男友。

"他们一直吊着你，可又不给你任何正式承诺。"

我不太明白这话是什么意思，但听着感觉很对。

在得到《疯狂恶搞电视》的角色之后，我取得了这样一些小突破：

• 拍摄牙科诊所广告。要拍摄广告的牙科诊所位于韦斯特菲尔德购物中心，所以午饭后的休息时间我们可以在购物中心里逛逛，妈妈给我买了一个三丽鸥盲袋，因为我是"到目前为止，这组最棒的小演员"。实际上广告刚开始拍，所以我不确定妈妈为什么认为我比其他小孩演得好，不过反正盲袋也买了，我就接受妈妈的赞美吧。

• 参演低成本独立电影《绝命复制人》。妈妈抱怨说，他们甚至没有给我主要演员的报酬。"我的宝贝在万圣节那天蹲在一个假死的人跟前，胳膊上流的满是玉米糖浆做的血，总该给份差不多的报酬吧。"在电影中的这一幕，我的"爸爸"中枪了，我在楼上听到枪声，下楼抱着他的头，看着他死在我怀里。糖浆做的血还不是最糟糕的，虽然它黏糊糊的，让人很不舒服。但到目前为止，最糟糕的部分是麦克风包。因为预算很低，他们连像样的、能放麦克风包的腰带都没有，只能用胶带把它粘在我身上。晚上他们把胶带从我身上撕下来时,我哭了。不过我们回家还算及时,正好赶上了凌晨2点30分重播的《柯南秀》,看电视时妈妈给我涂了些芦荟胶,所以这倒也不全是坏事。

• 在《马尔柯姆的一家》的某一集里扮演了一个角色。这让我特别激动,因为这是我第一次客串,而不是联袂出演。客串的角色通常只有十五句台词,也可能更少,在剧集最后还会特别致谢客串明星。客串的角色通常更重要,剧集开头也会注明。这一集讲的是剧中的妈妈做梦梦到她的五个儿子变成了女孩。我扮演的是儿子杜威变身后的女孩,名叫黛西。他们在我的耳朵后面涂上很硬的蜡,这样我就有了一对招风耳,因为杜威的标志就是他醒目的大耳朵,而我的耳朵很小。厚厚的蜡弄得我耳根生疼,不过我很喜欢这一集的拍摄团队,制片人对我非常好。我觉得弗朗基·穆尼兹[1]很帅,在走廊里碰到时他会跟我打招呼,我喜欢他这样。我以为我藏得挺好的,直到妈妈对我大吼:"想都别想。他的年龄对你来说太大。更重要的是,他不是摩门教徒。"

• 给斯普林特公司拍摄广告——我的第一支全国性广告,这意味着……我有后端收入!这笔钱足够我给自己买

---

[1] 弗朗基·穆尼兹(Frankie Muniz),美国演员、制片人,在《马尔柯姆的一家》中饰演马尔柯姆的哥哥。

一张橡木双层床。妈妈没食言,她在外公外婆房间给我腾了个地方放床。不过,她在上铺堆满了文件、旧玩具和书之类的东西,这让人有点懊恼,因为我最开始想睡上铺。妈妈说那样太危险,她绝不会同意。"万一掉下来头摔破了呢?之前达斯汀在诺特贝里主题乐园就从婴儿车里掉出来了!我到现在也没原谅自己,要是你有点闪失,我也不能原谅自己。不过乐园补偿了我们一些博伊森莓潘趣酒,这还不错。"

除了这些小突破,还有很多更小的突破、可能取得的突破。我试镜了很多角色,约有 75% 的角色收到回电,邀请我参加第二轮试镜。芭芭拉说这是一个好兆头,即使我没得到角色。

"显然她这条路走对了。"芭芭拉在电话里对妈妈说。(现在接妈妈电话的已经换成了芭芭拉,而不是劳拉。势头不错!)

"还可以更好。"妈妈总爱这样补一句。

"她会成功的。我告诉你,她会的。"芭芭拉说,"你得有耐心。"

妈妈气急败坏地挂断电话。

"天父啊,请赐予我耐心。快点。"

14

"嗯，詹妮特，我们得跟导演赶紧沟通一下，然后再告诉你消息。"选角导演跟我说。我点点头。腿开始紧张地抖动。我没法让它停下来。

我坐在房间里，等待《公主天堂乐园》的第四次试镜。这部家庭剧情片很受欢迎，7—10岁的女孩都可以参加试镜。试镜的女孩有几千个，但现在只剩下我和另外一个女孩竞争这个角色。这是我人生第一次如此接近这样的大制作。

在妈妈的帮助下，我已经把十七页的台词背得滚瓜烂熟。有时我们一起出门办事时，妈妈会说："冲啊！"我知道她是什么意思，《公主天堂乐园》这部电影的试镜长达一个月，在这一个月里我还参加了其他的试镜，但它的要求最高，是我最可能得到的角色，也是妈妈最在意的角色。

"芭芭拉说，这部电影是大制作，这个角色能让你出名。"每次有其他剧组回电让我参加二次试镜时，妈妈都会这么说，"成了明星你就片约不断了，不用再试镜了。"

不用试镜听着确实不错。我坐在房间里等着导演喊我进去，这时我开始幻想，要是能不用再参加让我紧张得要死的试镜，那该多好。再也没人不停地在我耳边唠叨、给

我压力,就算没选上也不再难过。我正幻想着,这时我的脑海里响起了**他**的声音,洪亮而清晰:

"詹妮特,我,圣灵,现在命令你在签到表上划掉你的名字,去洗手间,连续摸内裤腰头五次,单脚转圈,开关洗手间门五次,回来,在签到表上重新签到。"

我很高兴。他开口了。圣灵,也就是我"良心的声音"[1],终于对我说话了。从我8岁生日时受洗到现在,我一直在等着他对我说话。

圣灵的恩赐[2]绝对是最让我激动的礼物。其次是教会的一个朋友送我的起泡胶玩具。

圣灵在天堂里是个好心肠的家伙,他帮助天父和耶稣。在精神和态度上,他有点像他们,但他又不一样,因为他住在每一个摩门教徒的身体里。我们每天都可以随时与他交谈,他也可以与我们交谈,指引我们做正确的事,他会告诉我们要怎么做。我们真是太幸运了。

领受圣灵恩赐的头几个星期并没什么特别的,甚至可以说是叫人失望的,但我从没在教堂跟人说过这些。每当有人问我有没有与我"良心的声音",即我体内的圣灵沟通,我都说有,我们一直在愉快地对话。然后他们问我对

---

[1] "良心的声音"(Still Small Voice)出自《圣经》,意为"人人都怂恿我去揍他,但我的良心警告我不要这样做"。
[2] 此处原文是"gift",既表示"恩赐",也有"礼物"的意思。

话是什么样，我学到了什么，我就说我不能告诉他们，因为这是私人对话。

但我说的不是实话。事实是，如果我真与圣灵对话了，我会很乐意告诉所有人，我与圣灵的对话是什么样。但我们没对话。我也不知道为什么。每天早上、下午和晚上我都会偷偷祈祷，甚至跪在地上祈祷，希望能听到圣灵的声音。虽然摩门教徒在8岁之前不用对自己的罪孽负责，但我还是怀疑自己是不是做了什么错事。

为什么我没听到圣灵的声音？我在祷告时会问。我是不是做错了什么，所以不配得到他？是因为我对弗朗基·穆尼兹有不纯洁的念头吗？请原谅我，并给予我圣灵的恩赐，如果不忙的话。我知道你很忙，但我现在非常绝望。我想听听他的声音是什么样，他会叫我怎么做。谢谢。

很长一段时间，我的祷告都没什么用。好几个月。但就在今天，在《公主天堂乐园》的最终试镜的日子，他出现了。

好的，圣灵，你为什么要我这样做？我在心里问。

"为了确保你试镜时能好好表现。按我说的做，你最后就能拿到这个角色。你拿到角色，你的母亲会很高兴，你家的所有问题也会迎刃而解。"

哇。我喜欢他这么直接。我从座位上跳起来，准备按照他的指示去做。

"你去哪儿？"妈妈问我。

"我要尿尿。"我一边说一边在签到表上划掉自己名字。她跟着我进了卫生间，然后进了隔间。我摸了内裤松紧带五下。

"你在做什么，妮特？"妈妈问，看起来很担心我。

"圣灵跟我说话了！"我激动地告诉她，这肯定能让她少点担忧。我用左脚转着圈。

"嗯嗯。"妈妈说。

"他跟我说话了！"我又说了一遍。她一定没听到我的话，不然她会跟我一样激动。妈妈看着我，我把洗手间的门打开又关上，开开关关五次。

"你干吗那样看我？"我问。

她顿了顿，看起来有点悲伤："没什么。"

我们回到等候室，我在签到表上重新写了名字。

谢谢你，圣灵。谢谢你。

15

"你的睫毛不明显,知道吗?你以为达科塔·范宁[1]不涂睫毛膏吗?"

妈妈正在给我涂棕色睫毛膏,她大概每个月都会去来德爱采购,除了睫毛膏,她还会买欧莱雅金发挑染剂、3美元一管的透明睫毛膏和来德爱自有品牌的牙齿美白贴片。她说这是"美容采购"——就是为了让"天生丽质"的我更美丽。

妈妈说我"天生丽质"。她说我睫毛很长,但颜色太淡,看起来就像没睫毛。她说我的头发有几缕是亮金色,不过是在发根,重要的是脸周围也要有亮金色,这样才能衬托我的脸蛋。她说我的头发很浓密,这很好,但它有自己的想法,这很糟,我们得驯服它。她说我的笑容很灿烂,但牙齿还不够白。每说到一处优点,妈妈总要再说一处缺点,正因为如此,她才要去来德爱买一些不那么时髦的美容用品,以增添我的天然美。但似乎我每一处"天生丽质"的地方都有缺点,需要美容用品来改进,所以我开始怀疑

---

1 达科塔·范宁(Dakota Fanning),美国著名女演员。7岁时出演上文提到的电影《我是山姆》中的女儿一角而备受关注。

我是不是真的天生丽质，也许妈妈认为的"天生丽质"在别人眼中就是"丑"。

"哎哟！"

"哎哟什么？"妈妈问，因为这会儿能叫我喊"哎哟"的原因实在太多了。

我眼睛下面的纸质眼贴紧贴在睫毛上，紧到可能会戳到眼珠，这会让我喊"哎哟"（妈妈贴得又紧又服帖，还用凡士林把它们固定住，因为她不想让棕色睫毛膏滴在我的皮肤上，把皮肤染成棕色）。

头发里像是一层层地卷了一千张铝箔。多层、大量的铝箔让我的头发支棱起来，几乎是水平地环绕着我。这里有两个原因会让我喊"哎哟"：首先，铝箔拉扯着发根很疼；其次，漂白剂很熏人，可能灼伤眼睛。

山寨版的佳洁士美白贴片压在牙齿上，尽管按说明只要贴十五分钟就行，可妈妈让我贴了四十五分钟，以防万一。

尽管我过一会儿就要吐一遍讨厌的牙齿美白液，但它有时会从牙齿漏到牙龈上，牙龈不仅会变白，还刺痛得厉害，这也会让我喊"哎哟"。

"染……到……眼。"牙上贴着美牙贴，我只能尽量把话说清楚。

"快吐出来，再说一遍。"妈妈催我。

我照做了。

"染发剂弄到眼里了!"

"该死。该死该死该死。你为什么不早点告诉我?这玩意儿能把你弄瞎。往后靠!"

我把头往后甩,头撞到了马桶上,我又"哎哟"了一声。妈妈往我眼里喷眼药水。泪水混着眼药水,顺着我的脸颊淌下来。我想坐起来,但头发被马桶按钮钩住了。妈妈帮我解头发。我动弹不得。

我的外表对妈妈来说一直都很重要。就算以前没拍戏时也是这样。

我能记起的最早的事就是我穿着大大的蛋糕裙。裙子又硬又扎人,而且看着傻乎乎的,很夸张。妈妈却总说我看起来很漂亮。每次她说我漂亮,我都会拼命尖叫,我说自己不是漂亮,是"帅"[1]。当时我年龄太小,还不会说"帅"这个词,但我又足够成熟,知道自己希望别人能像夸哥哥那样夸我,而不是用那些专门夸女孩的愚蠢、次等词汇。

演戏只会让妈妈更在意我的外表,尤其是在我没能得到电影《都是戴茜惹的祸》的主角试镜机会之后。

"给我找梅雷迪思·费恩!"妈妈对着此岸彼岸经纪公司前台年轻的接待员大喊,这可把对方吓坏了。几个月前,妈妈说芭芭拉·卡梅隆已经是"明日黄花"了,而这个新

---

[1] 此处原文是"hampsome"而不是"handsome"。

的此岸彼岸经纪公司，招募到的都是最优秀的年轻人才，于是我们把经纪人换成了梅雷迪思。梅雷迪思是该公司的人才主管。

"没错，梅雷迪思，我是黛博拉·麦柯迪。你怎么没推荐詹妮特参加《都是戴茜惹的祸》试镜呢？！怎么回事？！她非常适合那个角色。你只是不够关心她，没优先考虑她，就是这么回事。"妈妈喊道。

"黛博拉。黛……"

"我敢说你推荐的是泰勒·杜雷！"

"黛博拉，你冷静一点，别不分青红皂白地指责我。我推荐了詹妮特，但他们不想要，因为他们要找的是气质超凡脱俗的漂亮女孩，而詹妮特更朴实一些。"

妈妈看起来很惊愕，她挂断电话，开始号啕大哭，好像有人死了一样。这是我第一次希望自己能更漂亮，我已经不在乎自己帅不帅了。

16

"你确定我该穿这个吗？"

我低头看着妈妈给我在破沙发上摊好的衣服，自从上次竞争《都是戴茜惹的祸》失利后,我每次试镜穿的都是同样的衣服:一件毛茸茸的粉色衬衫,中间镶的是心形水钻,黑色人造皮革短裤,一双方根中筒黑靴。

"是的,我确定。"

"可我觉得这么穿就像站街女。"我说道,头上的电热卷发棒噼啪作响。卷发棒也是上次失利之后添置的新家伙。

妈妈放声大笑。

"你怎么知道什么是站街女?"

"是你叫我看的《出租车司机》啊。"

"噢,那就对了,"妈妈想起来了,"朱迪·福斯特[1]是个……"

"无人能及的儿童演员。"我抢着把话说完,因为每次提到朱迪·福斯特,妈妈都会说同样的话。

"是的,宝贝。无人能及。除了你之外,无人能及。"

我点点头,又低头看了看那身衣服。我害怕穿它。它让我觉得很狼狈,不像我自己。

"你确定我该这么穿吗?"

"是的,你穿这身很漂亮。不是站街女那种漂亮,但

---

[1] 《出租车司机》(*Taxi Driver*)是由马丁·斯科塞斯执导的美国剧情片。当时只有14岁的美国著名女演员朱迪·福斯特(Jodie Foster)在电影中饰演一名雏妓,并凭借该片第一次提名奥斯卡最佳女配角奖。

非常漂亮。"

"你的漂亮是指？"

"**胳膊**。"妈妈命令道，打断我的话。我举起胳膊。她扯下我身上的衬衫，给我换衣服。

我正想问她今天需不需要打扮得漂亮。我马上要试镜《实习医生格蕾》中一个双性人角色。我不知道双性人是什么意思，后来我问了妈妈，妈妈说双性人是指一个人既是女孩又是男孩。如果这个角色也有男孩的一面，那水钻衬衫能很好地表现出这个特点吗？我不知道。

虽然打扮成这副模样，但我还是当场就接到了剧组的二次试镜通知。选角导演走出来，要和妈妈谈谈。

"我们想让詹妮特参加最终试镜。只有她和另外一个女孩。"

妈妈跟着点点头，高兴极了。

"不过你能给她换套衣服吗？稍微……中性点的？"

"嗯好，我们住得真的很远，在加登格罗夫。你知道那地方吗？恐怕没人知道。特别远。我们得走101号公路，再到405号公路。也可以走5号公路，但那条高速路上总是排长龙。车道太少——"

"格雷格？"选角导演打断了妈妈，对助手喊道。格雷格匆忙跑过来。"你能不能把你的法兰绒衬衫借给詹妮特，让她再试一次？"

格雷格脱下法兰绒衬衫。他里面穿了件纯色T恤。选角导演接过来递给妈妈。

"OK了。问题解决了。"

"呀,太感谢你了。真好!我们不用走5号公路回去拿衣服了!"

妈妈拉着我的手走进卫生间。她给我换上法兰绒衬衣。这身搭配很奇怪,上身是法兰绒衬衣,下身是短裤和中筒靴。可再一想,上半身像男孩,下半身像女孩,也行吧。也许这么穿恰到好处呢?

试镜很顺利——我感觉自己发挥出了最高水平。但在回家路上,梅雷迪思打电话告诉妈妈,我没得到这个角色。

"什么?!为什么?!"妈妈突然变得咄咄逼人。

"他们说她太漂亮了。"

妈妈挂断电话。这次她没骂人,没尖叫,也没哭泣,而是近乎喜悦。我很震惊。我从没见过妈妈因为我没得到角色而高兴,从没有……也从没因为太漂亮而没得到角色。但现在我是了。我太漂亮了,演不了10岁的双性人。

17

"黛比,我觉得詹妮特有强迫症。"外公闷闷不乐地说。他以为我听不见他说话。他和妈妈在看杰·雷诺,他以为我躺在好市多垫子上睡着了。我可没睡着。我只是不太喜欢杰·雷诺,我正闭目养神,等着柯南的节目呢。

"哦,行了。"听妈妈的语气我就知道,她说这句话时肯定不屑地挥了挥手。

"你应该带她去看心理医生。"外公说。

"拉倒吧。詹妮特可不是那会抽风的麻烦小孩。"

"我也闹不清,我看她总是忙着做各种各样的小仪式,做的时候慌里慌张的,看着叫人难受。"

"爸爸,拜托啦,她很好。你就爱瞎操心。看电视吧。凯文·尤班克斯[1]真有魅力。看他笑得多迷人。"

外公不再说了。我听到他们笑了两次。然后他又开口了:

"也许应该带她去看看医生,检查一下。她可能需要专业人士的帮助。"

"她不需要,"妈妈厉声说,"詹妮特很完美,好吗?

---

[1] 凯文·尤班克斯(Kevin Eubanks),美国黑人作曲家、吉他手。

她不需要帮助。"

他们继续看电视。我闭着眼睛，想着妈妈说的话。说我很完美。我知道对她来说，相信这一点很重要，我不能有任何缺点。尽管我不知道为什么。

然后我想到了外公说的话。他认为我有强迫症，因为我那些仪式。坦率说，我倒是希望外公能直接问我是怎么回事，那样我就可以跟他解释，我不是强迫症，我是在跟圣灵对话。我不知道他会不会相信我。我甚至怀疑我是否相信自己。

我做那些仪式是因为圣灵吗？如果是因为圣灵，那我不应该像他说的那样，在两年前第一次听到他声音时就能得到《公主天堂乐园》的角色吗？而最后这部片子的投资方撤资了。圣灵会让这样的事发生吗？有没有可能我脑子里的那个声音并不是圣灵，而是强迫症？那妈妈能接受吗？如果我不完美，她能接受吗？

开始插播广告了。外公起身去拿了一碗冰激凌，妈妈起身去小便。

圣灵？我在心里问。你是圣灵，还是强迫症？

"我当然是圣灵。"良心的声音在我脑海中答道。

问题解决了。我直接问他了，他也直接回答了我。这就是答案。我心中的那个声音就是圣灵。

"现在快速眯眼五次，卷起舌头，然后收紧臀部五十五秒。"良心的声音告诉我。我照他说的做了。

我知道他是好意,但有时良心的声音会有点吵。尽管我讨厌这么说,有时我真的希望良心的声音能闭嘴。

18

我声嘶力竭地尖叫。歇斯底里。我叫嚷着,说毛绒玩具会杀了我,我知道它们会杀了我。我在地板上翻身打滚,四处乱撞,撞到了沙发腿和梳妆台的边缘,撞得身上青一块紫一块。我尖叫,尖叫,尖叫,直到……

"停!"妈妈认真地喊道,我们正在演练选角导演选定的试镜场景,每次排演完,妈妈都是这样喊停。

"哇,妮特,"妈妈凶巴巴地看着我,差点吓到我,"你都是从哪儿学的这些?"

"我不知道。"尽管我知道。我很清楚我是从哪儿学的。

给了我角色灵感的正是妈妈反复无常的狂暴行为,不过我知道最好别告诉妈妈。那只会让她更反复无常、更狂暴。我希望她能平和、稳定、快乐。

"好吧,不管你从哪儿学的,电视也好,电影也罢,反正挺有用。这是你这辈子最精彩的表演,"妈妈说着,难以置信地摇摇头,"我不想把你弄得筋疲力尽,这股子魔怔劲儿你得留着,收收好,今天我们就练一遍。"

我点点头。我要留着这股子魔怔劲儿。

第二天,我要试镜电视剧《妙手良方》某一集里患有躁郁症的小女孩。

妈妈往东边的停车场开过去,尽管我已经小声跟她说了三遍,根据两边指示牌,我很肯定我们应该去西边的停车场。

"好啦,我们很快就出来,"妈妈对面无表情的东边停车场的保安说,"她2点10分有个试镜,我们不想迟到。迟到给人的第一印象多不好。"

"东边的停车场只对剧组固定工作人员和制片人开放,他们每天都来这里上班。"

"就不能破个例吗?我得了癌症,第四阶段,有时我的骨头——"

"好吧。"保安打断了妈妈。每次妈妈跟不认识的人讲她的患癌经历我都很尴尬,人家似乎根本不在意,但我不得不说,这招有时挺管用。

我们停好车,跑到试镜的平房那儿,妈妈给我签了名,我紧张地在走廊上踱步。

"别紧张,妮特,"妈妈走到我身边说,"你可以的。"

我相信她。我总是相信她。我的身体语言立即发生了变化。妈妈那一套对我总是有用。就像她能让我变得急躁，让我因为恐惧或焦虑而肢体僵硬，她也能让我平静。她有这种能力。我希望她更多地让我平静。

试镜很顺利，当天晚些时候我接到了二次试镜通知。为了打发时间，我和妈妈去当地的购物中心逛了逛。下午6点左右，我们回到了试镜现场。现场就我一个小孩，其余都是大人，他们要试镜的是这一集的客串角色和联袂演出角色。

很快就叫到我名字了，我走进房间，开始说台词。我又踢又叫，在地上使劲打滚。我完全沉浸在角色里。一部分的我简直觉得这样做非常过瘾。仿佛憋了很久，仿佛我一直压着它，把它往下推，它终于爆发出来了。这就是我的真实感受，我想尖叫。

导演盯着我，说他被吓到了，不知道说什么好。我很自豪。我做得很好，又踢又叫的。

我走出选角办公室。走廊两边座位上的大人们都开始鼓掌。我不明白怎么回事，然后我反应过来，他们一定是隔墙听到了我的声音。他们在为我鼓掌。妈妈坐在走廊那头，泪水在她眼里打转，她是那么开心。这一刻我也很开心。是的，让妈妈开心感觉很棒，觉得自己能做好一件事也很棒。即使那件事有时会让你很难受。即使那件事给你带来很多压力。即使那件事让你紧张。但有时觉得自己能做好一件事就是很棒。

19

"就用那个片段,就那个,瞧,她眼睛里有火花。"妈妈指着剪辑师面前的大显示器说。

我们站在一间黑乎乎的小屋里,墙是隔音的,上面装了软垫。只有妈妈,我和那位正在剪辑我作品集、急需刮胡子的剪辑师。作品集的作用是让演员展示他们在镜头前的表现。通常情况下,作品集的目标是展示演员多样的、精彩的表演,还有跟大明星搭戏的场景。作品集有很多用途:可以发给选角导演,这样也许你能获得好的试镜机会;可以发给制片人或导演,这样也许不用试镜直接就能拿到角色。而我要把样带发给经理人,这样也许他们愿意签下我。

妈妈希望我找个经理人,她认为这样我的事业能更上一层楼。

"我们马上就要取得重大突破了,只是得有人帮我们一把,"妈妈常说,"我们需要能真正打动苏珊·柯蒂斯的作品集。"

苏珊·柯蒂斯是妈妈决心让我签约的经理人。听说她是好莱坞最厉害的童星经纪人。

所以我们今天才会来这家专门制作作品集的公司,把我的表演片段整理分类,包括《妙手良方》(我得到了这个角色,妈妈说我拍摄时的表现不如二次试镜时好)。

作品集两三天就做好了,我们把它寄给了苏珊。几天后,我们接到一个电话,对方说她想做我的经理人。

"是的,宝贝,是的!"妈妈尖叫起来,激动坏了,"虽然拍摄当天表现不佳,但你还是叫她刮目相看。想象一下,如果她看到你二次试镜时的表演,她会多惊叹!"

我照做了,我开始想象,但我感觉很糟。我在二次试镜时的表现比我在拍摄当天的表现好。我演砸了。我希望妈妈不要再提这件事了,但我知道她只是想让我做得更好。我知道她是为我好。她只是希望我下次别再演砸了,而是要发挥出最高水平。她只是希望我能尽全力给别人留下深刻印象。她只想做个好妈妈。

20

"把佳得乐灌下去,灌下去!"妈妈对我吼道,像拳击教练在吼拳击手。

我仰起头猛灌。红色的佳得乐顺着我的嘴角流下来。

"但别弄到衬衫上!"

我身体向前倾,就怕弄到衣服上。

"接着灌!"

我照做了。

"好,这下应该可以了,宝贝。"

我把饮料放到汽车杯架上,深呼吸了几下。灌佳得乐真能累死人。

"这肯定能帮你退烧。乖,妮特。真乖。"

与苏珊签约已经一个星期了。我发烧到103度[1],还得了重感冒,说话听着像是捏住了鼻子,可妈妈说如果签约后的第一次试镜都不来,会显得很没诚意,所以我们就来了。

还好试镜是在环球影城,我最喜欢的试镜地点。去试

---

1 约合39.4摄氏度。

镜间的路上会经过史蒂文·斯皮尔伯格[1]的试镜间，看到环球影城的电车驶过，感觉非常浪漫。机会在向我招手。

我试镜的是犯罪电影《凯伦·西斯科》中的角色，11岁的流浪儿乔西·博伊尔。妈妈和我争论过，试镜时要不要往脸上抹些泥，但最后决定还是别这么做了，因为"这太夸张了"。她的决定让我松了口气。

平房等候室里挤满了参加试镜的女孩，门都关不上了，小女孩们坐在台阶上过台词。选角导演一定很想选到贴合角色的演员吧。

我差不多等了一个钟头，这期间妈妈不断地给我喝止咳药，还把我拉到洗手间过台词，灌佳得乐和泰诺。因为生病，我的眼睛烧得滚烫，人很困，身体也很沉。我只想蜷成一团。但我不能。我还有工作要做。

终于叫到我名字了，我走进挤挤攮攮的选角办公室。在试镜场景中，这个角色要发出哼哼声，而我的鼻子里堵满了鼻涕，我发出了一声特别长、特别响的哼哼声，听着就令人作呕，像得了鼻窦炎。选角导演似乎并没注意。她说我演得很好。

第二天我去参加二次试镜，我的病还没好。这一次没

---

[1] 史蒂文·艾伦·斯皮尔伯格（Steven Allan Spielberg），美籍犹太裔导演、编剧、制片人，是全世界最著名的电影导演和制片人之一。代表作有《夺宝奇兵》《辛德勒的名单》《大白鲨》《拯救大兵瑞恩》等。

在平房里试镜,而是在摄影棚附近一栋漂亮的大楼里,房间更宽敞一些。又是只有选角导演在场,她没给我录像,也就是说我还得参加第三次试镜。选角导演基本没有决定权,除非是很不重要的小角色。他们通常只是缩小选择范围,然后由制片人和导演决定角色的人选。

几天后的一个星期五,我接到第三次试镜的电话。幸运的是,高烧差不多已经退了,只有 99.6 度[1],我可以坚持。导演是一个戴着棒球帽、穿着领尖带扣衬衫的英国人,他看着我。今天我哼哼时没流太多鼻涕,台词说得也很顺。他跟我说我演得很好,给我指点有几句台词要怎么说,然后让我再演一遍。他说我学得很快。出来后我把情况一五一十地告诉了妈妈。

剧组第三次给我打来电话,让我下周二过去试镜,也就是第四次试镜。我从来没有为了电视剧某一集中的角色试那么多次镜,但显然这个角色很难演,他们要确保选角万无一失,因为演员客串的是主角(而不是配角,就是升级了),很难演,要与卡拉·古奇诺[2]和罗伯特·福斯特[3]演

---

1 约合 37.6 摄氏度。

2 卡拉·古奇诺(Carla Gugino),意大利裔美国女演员,代表作有《守望者》《末日崩塌》。

3 罗伯特·福斯特(Robert Forster),美国男演员,主演或参演了《穿行的月亮》《敢死队》等多部影片,1998 年入围奥斯卡最佳男配角奖。

对手戏。妈妈是从苏珊那儿听说的这个消息，她反复说跟苏珊签约是个英明的决定。

"她消息灵通着呢。就是灵通。"

第四次试镜时我很紧张。我简直希望我病还没好，因为生病就顾不上紧张了。生病会让人变得迟钝。现在只剩下我和另外两个女孩了。她们都比我有名气，妈妈每隔半分钟就焦虑地跟我低语，好像我有什么办法似的。

"安德莉·鲍恩[1]出演了《绝望的主妇》。那部剧反响挺好。我也搞不懂为什么。要我说，演得可真做作。"

我是最后一个被叫进去的。我又见到了导演，这次房间里有一台摄像机。他说他们要把试镜过程录下来给制片人看。我点点头。

"你很文静，是吗？"他问。

我不知道该怎么回答。我紧张坏了。

"我看是，"他和气地笑着说，"别担心。就当是来玩的。"

这话让我有点闹不明白，因为我试镜的场景是这样的：（1）我饰演的角色目睹一直照顾她的流浪汉被枪杀；（2）我饰演的角色和罗伯特·福斯特所饰演的角色坐在一起，告诉他她不想和她的父亲有任何瓜葛，因为她还是个

---

[1] 安德莉·鲍恩（Andrea Bowen），美国演员，6岁就开始了演艺生涯，在美剧《绝望的主妇》中饰演乖乖女朱莉·梅尔。

婴儿时父亲就抛弃了她;(3)我饰演的角色和她的父亲坐在一起,告诉他她不想和他有任何瓜葛,因为她还是个婴儿时他就抛弃了她。

这怎么能是玩?我没觉得哪里好玩。

六分钟稀里糊涂地过去了。导演告诉我,我演得很好,他认为我在演艺界会有所作为。我说了声谢谢,就离开了。那天晚上,我们接到了电话,我得到了那个角色。妈妈高兴得跳了起来。我也是。

"我的宝贝要演流浪儿了!我的宝贝要演流浪儿了!我的宝贝戏路宽了!我的宝贝要演流浪儿了!"

21

"加粗吧。"妈妈站在我身后说。她一边用洗碗布把盘子擦干,一边看着我打字。

我把鼠标拖到那三个词上,点击页面顶部的"**B**",把字体加粗,转过头打量妈妈的反应。

"对,就这样。"妈妈点点头,对自己的"英明决定"很满意,"我要给斯科特做意大利面。你弄好了打印出来,给我看看。"

妈妈走进厨房，我回过头继续搞我面前电脑上的Word文档。这两样东西——电脑和Word文档——都算是麦柯迪家的新事物。上高中的马库斯在学校的电脑组装课上组装了这台电脑，我呢，就用联袂出演电视剧《犯罪现场调查》挣的钱买了其他硬件，我在里面扮演的是杀人犯的妹妹。演这个角色叫人心力交瘁，但妈妈说我可以用付完家用剩下的钱买Microsoft Word和游戏《模拟人生》，总算没白辛苦一场。

我正在给自己做简历。我觉得很自豪，我有能力，有头脑。有多少11岁小孩能自己做简历？我比其他孩子强。

可妈妈建议我把这三个词加粗让我内心深处产生了一种深深的恐惧感。我盯着这三个词看了很久。

在简历上"特长"那一栏，最重要的就是这三个词。它们排在跳跳杆、呼啦圈、跳绳（包括双摇）、钢琴、舞蹈（爵士舞、踢踏舞、抒情舞、嘻哈舞）、柔韧性运动、十二年级[1]的阅读能力之前——在妈妈看来，拥有这些特长能在演艺事业上助我一臂之力，没有就只能与好机会失之交臂，比如我不会玩跳跳杆，所以没能抢到博亚迪厨师牌意面罐头的广告。妈妈马上去买立省超市给我买了个跳跳杆，让

---

1 美国的十二年级相当于中国的高中三年级。

我每天练习一小时，连着练了两个星期，直到能跳到一千次不掉下来。没错，我确实很会玩跳跳杆。

但这些特长都没那放在一起的三个词[1]重要。那三个词妈妈指定必须放在最前面，必须加粗……

该哭你就哭。这是小演员必须具备的技能。相比之下，其他一切都显得微不足道。如果你的眼泪能"随叫随到"，那你才够格做真正的选手。真正的竞争者。状态好时，我可以根据剧情该哭就哭。

"你就像海利·乔·奥斯蒙特[2]，只不过你是女孩，"妈妈常说，"除了你，能做到该哭时就哭的孩子就他一个。哼，达科塔·范宁也许可以，但她的眼泪只是在眼眶里打转，没流下来。在镜头前，眼泪应该顺着脸颊流下来。"

我第一次根据剧情需要哭泣是在表演课上。拉斯基小姐叫每个孩子从家找一样东西，这样东西能让我们联想到一件伤心事，下周上课时要把东西带到教室，在舞台上讲这个故事。

我带的是订书机。达斯汀和斯科特画了很多画，为了

---

1 原文是"crying on cue"，总共三个单词，意思是"根据剧情需要哭泣""该哭时就哭"。

2 海利·乔·奥斯蒙特（Haley Joel Osment），美国童星演员。1994年参演第一部电影《阿甘正传》。2000年凭借电影《第六感》获得奥斯卡金像奖最佳男配角提名，2002年在电影《人工智能》中主演智能机器人，在这两部电影中饰演的角色均忧郁而感人。

方便分类，他们的画订成一摞一摞的。我编了个故事，说家里着火了，我的几个哥哥在火灾中丧生，唯一没烧毁的就是他们的订书机。其实我也可以设想妈妈死了，那样我肯定会号啕大哭，但我不能这么做。尽管这些年来她的病情有所好转，但她的身体仍然很脆弱，我不想给妈妈找晦气，她的生命可是掌握在我的手中啊，我可是每年生日都会这么许愿。我的责任重大，绝不能掉以轻心，绝不能为了独白时掉几滴眼泪而前功尽弃。而"牺牲"哥哥们的性命则一点问题都没有，这不就是为艺术"献身"。

那天我在表演课的小舞台上给大家讲这个故事时，眼睛里涌出泪水，模糊了我的视线。不过眼泪并没有流下来。这个故事让我很悲伤，可眼泪没流下来又让我感到沮丧。拉斯基小姐雄赳赳气昂昂地走上舞台，她朝我靠过来，离我的脸只有3英寸[1]远，我们的脸几乎碰到了一起。我害怕极了。我不知道接下来会发生什么。然后她举起手，在我眼前打了个响指。她突如其来的举动把我吓了一跳，随着这一跳，眼泪掉下来了。拉斯基小姐笑了。我也笑了。流着泪的我笑了。

从那时起，如果听说试镜时需要哭，我觉得自己基本上肯定能得到那个角色。圈内人口口相传。以至于到后来，

---

[1] 约合7.6厘米。

苏珊给妈妈打电话时会骄傲地告诉她:"我又接到了一个选角导演的电话,他说'快给我讲讲那个会哭的孩子'。"

当然,我觉得这一点也不好玩。这是我这辈子最痛苦的经历之一,坐在冰冷的选角办公室里,想象着悲惨的事,想象着亲人受到伤害。一件悲惨事可以让我流四到六次眼泪,但最后我会对这件事免疫——妈妈说这叫"情绪哭干了"——那我们就得换件悲惨的事想。于是订书机的故事换成了达斯汀死于脑膜炎。实际上他几年前确实得过一次严重的脑膜炎,于是妈妈跟我说:"想象一下,万一腰椎穿刺出了什么差错呢!"达斯汀死于脑膜炎的故事后来又换成了马库斯死于阑尾炎,然后是斯科特死于肺炎,然后是外公老死了。("想象一下,他在病床上攥着你6岁时给他做的袜子娃娃。")

我哭得最厉害的一次是试镜电影《好莱坞重案组》中的一个小角色,这部电影由哈里森·福特和乔什·哈奈特[1]主演。我要试镜的角色和家人出门旅行,正行驶在好莱坞大道上,她坐在休旅车后座,乔什·哈奈特劫持了他们的车,抢过方向盘,把一家人吓得惊声尖叫。

不知道那天怎么回事,我的泪腺特别充盈。我不过就

---

[1] 哈里森·福特(Harrison Ford),美国男演员。代表作《星球大战》《夺宝奇兵》。乔什·哈奈特(Josh Hartnett),美国男演员,成名作是1998年的电影《H20抓鬼节》,代表作《珍珠港》《黑鹰坠落》《黑色大丽花》等。

是在选角办公室一屁股坐下来,想象着外公攥着我做的袜子娃娃,然后一下子我就泪流满面。眼泪多到离谱。那不是普普通通地哭,而是哭到上不来气。整个身体都在抽搐。歇斯底里地哭泣。

"哇!"我刚说完台词,选角导演就赞叹道。她一头红棕色的卷发,声音醇厚,像是会在你耳朵里融化。她人很好。

"我说,这个角色铁定是你的了,但我有点想看你再演一遍,就再看一遍。"坐在选角导演身边的那个头发灰白、穿着棕色皮夹克的人说。

于是我又演了一遍。我现在就是太阳马戏团[1]的演员,需要我哭我就哭。人们想看我一遍又一遍地流眼泪,就好像我是在表演高空绸吊或高空吊环。该哭就哭确实是我的特长。

22

艾米丽的父亲刚被谋杀,她的母亲是嫌疑人。我刚通

---

1 太阳马戏团(the Cirque du Solei)是加拿大的娱乐演出公司,也是世界最大的戏剧制作公司,表演类型有杂技、歌曲、小丑、舞蹈、体育等。

过了另一部刑侦剧《寻人密探组》的试镜，试镜时同样需要哭泣。场景是艾米丽接受警察问讯，最开始她感到不知所措，后来就开始哭泣。

我坐在等候室，努力调动所有的悲伤情绪，这时我的内心发生了变化。感觉很奇怪，我不知道该怎么形容，但我知道，我的直觉告诉我，这次我哭不出来。我感到疏远、支离破碎，然后是烦躁。

我扯了扯妈妈的胳膊。她把这一期《女性世界》杂志关于饮食的那几页折了起来。饮食部分是她的最爱，虽然我不知道为什么。妈妈身材娇小，只有4英尺11英寸[1]，"体重却达92磅[2]！"她经常这么得意地说反话，她知道自己压根就不重。她把杂志放在腿上，凑近我，这样我就能贴着她的耳朵说悄悄话了。

"妈妈，我觉得我今天哭不出来。"

妈妈看着我，起初很疑惑，然后变得严肃。我立刻看得出来，她已经切换到激励模式。她经常切换到这种模式，尽管有时根本没必要，因为这样会让她觉得我离了她根本不行。她皱起眉头，抿紧嘴唇。这副表情有一股孩子气，她看着像是一个故作老成的孩子。

---

[1] 约合150厘米。

[2] 约合42公斤。

"你当然能。你是艾米丽。你是艾米丽。"

妈妈在"帮我入戏"时经常这么说。她会说:"你**就是艾米丽**。"或者凯莉、塞迪。总之都是要试镜的角色。

可是今天,现在,我并没有觉得自己是艾米丽。我不想当艾米丽。以前从没出现过这种情况,但现在它出现了,这让我很害怕。我内心的一部分十分抗拒,抗拒大脑把情感创伤强加在自己身上。我的一部分正在说:"不,那太痛苦了。我不会那么做。"

这一部分的我是愚蠢的。这一部分的我没有意识到这是我的特长,这对我、我的家庭,对妈妈都有好处。我越能随心所欲地哭,就越能得到更多角色。我越能得到更多角色,妈妈就会越高兴。我深吸一口气,抬头对妈妈笑了一下。

"你说得对,我就是艾米丽。"我这么说一半是为了说服妈妈,一半是为了说服自己。

但我并没有说服我的那一部分。我内心深处尖叫着说,我不是艾米丽,我是詹妮特,而我,詹妮特,值得被听见。我的需要、我的渴望,都值得被听见。

妈妈翻到了刚刚折页的地方,但就在翻开杂志之前,她又一次凑近我。

"你要拿到这个角色,艾米丽。"

但我没有。试镜并不顺利。我心不在焉的。我无法

"体会台词"。最糟糕的是，我没能哭出来。我落败了。

我们开车回家了，南101公路上车水马龙。我坐在增高座椅里，我个头太小，按规定还得用增高座椅。我本来想写历史作业，但没办法集中注意力，刚刚试镜时的表现让我心烦意乱。

我一直在胡思乱想，那个可怕的部分决定大声说出它的想法。那一部分再也不想做这些事了。

"我不想再演戏了。"我张口而出，自己都没反应过来。

妈妈从后视镜里看着我。她的眼睛里充满了震惊和失望。我当即后悔了。

"别傻了，你喜欢表演。在这个世界上，你最最喜欢的就是表演。"妈妈说，听着像是威胁。

我看着窗外。想取悦妈妈的那部分认为也许她是对的，也许这是我最喜欢的，而我只是不知道，没意识到。但不想按照剧情需要哭泣，不想演戏，不想取悦妈妈，只想取悦自己的那部分，尖叫着让我大声说出内心的想法。我的脸很烫，迫使我说些什么。

"不，我真的不想。我不喜欢。演戏让我觉得不舒服。"

妈妈的脸看着就像她刚吞了一个柠檬。那副扭曲变形的模样把我吓坏了。我知道等待我的是什么。

"你不能放弃！"她哭得上气不接下气，"我们的机会！这是我……我们的机……机会！"

她猛拍方向盘,不小心碰到了喇叭。睫毛膏顺着她的脸颊滴下来。她歇斯底里,就像我试镜《好莱坞重案组》时的表现。她的歇斯底里让我惊恐,我不能坐视不理。

"别往心里去。"我大声说,好让哭得歇斯底里的妈妈听见。

她的哭声顿时停止了,我只听到她吸了吸鼻子,吸完鼻子就一点动静也没了。看来能根据"剧情需要"哭泣的人可不止我一个。

"别往心里去,"我重复道,"就当我没说。对不起。"

我提议我们一起听菲尔·柯林斯[1]的《郑重其事》,这是妈妈现在最喜欢听的专辑。她听了我的提议后笑了笑,把专辑放进 CD 机。她切到歌曲《天堂的另一天》,扬声器里响起柯林斯的歌声。妈妈跟着唱了起来。她在后视镜里偷看我。

"来嘛!你怎么不跟着唱,妮特?!"她轻快地问道,她的心情一下子好了。

于是我也跟着唱,而且我还辅以最"灿烂"的假笑。虽然在试镜《寻人密探组》时我没能挤出眼泪,但在开车回家路上我能为了妈妈挤出笑容。反正都是演戏。

---

1 菲尔·柯林斯(Phil Collins),英国著名歌手,曾经获得过七次格莱美奖。

23

"一个小姑娘怎么操心全家的事呢。"这天下午外公对我说。

他看得出来我有压力。我在门前的草坪上走来走去已经有半个钟头了,我在背台词,马上我要试镜一部低成本电影——《我女儿的眼泪》。瞧瞧这电影名,还有比这更符合我特长的电影吗?妈妈不让我看剧本,她说里面有太多"成人内容",说实话,这倒是让我松了一口气,明天就要试镜了,我得把十四页台词背下来,说台词还要带俄罗斯口音,本来就够辛苦了。我试镜的角色,也就是电影名指的那个女孩,是俄罗斯人。妈妈给我预约了一个口音教练,但现在我还是发不准大舌音"r"。

妈妈不允许我一个人出门。妈妈说我可能会像萨曼莎·鲁尼恩那样,被人绑架、虐待,最后杀掉。鲁尼恩在还差三个星期就6周岁时被绑架,她家到我们家只要五分钟,所以我出门时必须有人跟我一起。今天是外公。他一直在给草坪浇水,而我一直在背台词。

"啊?"我问,这倒不是因为我没听到他说什么,而是因为我很困惑。小姑娘当然要操心一家人。小姑娘就该这样。

"我只是……"他走近我,"我只是觉得……你就是个孩子。"

我的双眼涌出了泪水,不是挤出来的,而是自然而然地涌出来。我不记得上一次自己想流泪是什么时候。我猝不及防。我不好意思地把脚动来动去。

"过来,给外公一个拥抱。"

我走上前,用胳膊揽住他的大肚子。他用空着的那只手拍了拍我的背。

"爱你,老顽童。"我对他说。

"我也爱你,宝贝。"

外公想用另一只手搂住我,这样才像拥抱呢,可他忘了手里还拿着水管,水喷了我一身。

"哎呀!"

外公把水管放到草坪上,让水流到草地上,然后给了我一个"大熊抱",把我紧紧搂在怀里。感觉好温馨,尽管他闻起来有点像牛肉干。

"知道吗,我本来打算等你背好台词再送你一个小礼物,不过也许我现在就应该把它给你。"

"好耶!"我很兴奋。哪有人不喜欢礼物呢?

外公把手伸进屁股口袋,四处翻找着。皱巴巴的收银凭条散落在草地上。最后,他掏出了一个小小的汽车天线顶。原来是大眼仔,动画片《怪兽电力公司》里的主要怪物之一。免费的电影周边是迪士尼乐园员工的一项福利。

我把大眼仔放在手掌心。有点黏,是用泡沫塑料做的。

"我特别喜欢他那副滑稽样,"外公说,"看着是不是很滑稽?"

"是啊。"

"看到他我就想开怀大笑。我希望他也能让你开怀大笑。"

"谢谢你,老顽童。"

"应该的,"他点头说,"知道吗,我希望你能记得,要开心。孩子的生活应该是开心的。"

外公弯下腰拿起水管,继续浇水。我低头看着大眼仔,用拇指抚摸着他的橡胶皮肤,思考着外公刚刚说的话。

开心并不是我特别熟悉的东西。生活是严肃的,有很多事要做。做好准备,努力工作,好好表现,这比开心要重要得多。

我把大眼仔塞进口袋,继续练俄罗斯口音。

24

我低头看着我面前的一摞纸。刚刚打印好，总共一百一十张，用的是 12 号 Courier New 字体。这是我写的第一部剧本，《亨利之路》。

我迫不及待地想让妈妈看看我写的剧本，便把它打印出来了。妈妈在医院，这个能给她打气。妈妈很不容易，得经常住院——一般每年都要住进去几次。虽然并不是每一次都因为癌症住院（如这次是因为憩室炎还是憩室病，我也分不清到底是哪个），但我总是害怕……害怕医生给她做检查、检验或者做手术时，发现她癌症复发了。

外公开着他那辆破旧的深蓝色别克车送我去医院，车保险杠上贴着布什／切尼贴纸。我坐在后座，翻着剧本。

"当心点，宝贝，别被纸划伤了。"外公对我说。在交通灯就要变红的时候，外公把车开了过去。

我们到了医院。妈妈的身体出过各种各样的问题，所以我去过很多医院，但我从没来过这家。医院很小，看着像服装精品店。它不像一般的医院那样叫人心里直打怵，也不太像迷宫，我们很快就找到了妈妈住的病房。

妈妈正在休息，但一听到我的脚步声，她忽地睁开眼睛，满面笑容。"嗨，妮特！"看到她笑，我也笑了。

"嗨，妈咪！"

我在她床边的椅子里坐下，握住她的手。我注意到我们的手腕一般粗细。

"你带的什么？"妈妈问，指了指我另一只胳膊下夹着的一摞纸。

我几乎无法抑制心里的激动。这家医院有那种带轮子的、能推到病床上的餐桌——比家里吃饭用的白色折叠垫子可豪华多了。餐桌上的托盘里有火鸡、青豆、土豆泥、鸡肉汤面和配菜，还有饼干，但妈妈碰都没碰。我把托盘推到边上，腾出一块地方，自豪地把那一摞纸放在桌子上。

"这是我写的剧本。《亨利之路》。"

"你写的剧本？"妈妈问。我很肯定，妈妈觉得我很了不起。但随后她脸上掠过一丝关切。

"你有没有每天去室外待二十分钟，补充维生素D？"

"当然。"我说，让她放心。

"舞蹈课也都上了？"

"对。"

她翻了翻第一页，但不像我翻看它时那样骄傲，而是有些悲伤。

"怎么？"我问。

"就是……"妈妈低下头，伤感地笑着。我觉得这是她最为刻意的表情。每次看到她这副表情,我总觉得,在那一刻她并不是发自内心地伤感。总觉得很勉强。

"就是什么?"我问。

"就是……我希望你能更喜欢演戏,而不是写作。你很会演戏。非常,非常擅长。"

我突然觉得很狼狈,我不该把剧本给妈妈。我懊悔极了。我怎么这么傻?妈妈永远不会支持这个。

"当然,我不会更喜欢写作。永远不会。"

听到这句话从我嘴里说出来,我觉得自己很假,就像《反斗小宝贝》[1]里故作天真的小孩。电视上重播这部电影时外婆总坚持要看,但我非常讨厌这部片子。

妈妈没注意到我在撒谎,但我很清楚我在撒谎。比起演戏,我更喜欢的绝对是写作。通过写作,我有生以来第一次感受到了力量。我不用重复别人的话。我可以自己写。我可以做一次自己。我喜欢它的私密。没人在看我。没人评头论足。没人指手画脚。没有选角导演、经纪人、经理人、导演或是妈妈。只有我和那一页纸。对我来说,写作与表演恰恰相反。我感觉表演本质上是虚假的,写作本质上是真实的。

---

[1] 《反斗小宝贝》(*Leave it to Beaver*)是一部美国家庭喜剧电影,讲述的是美国中产阶级家庭生活的故事。

"很好，"妈妈看着我，好像在琢磨我的话能不能信，"作家们都邋里邋遢的，还会长得很胖，知道吗？我可不希望咱们小演员的蜜桃臀变成作家那样的西瓜屁股，又肥又大。"

知道了。我写作妈妈会不高兴。演戏妈妈才高兴。我从餐桌上拿起那摞纸，又塞到胳膊下。

临了妈妈想了想，问我剧本是讲什么的。

"一个10岁的男孩和他最好的朋友的故事，这两个男孩都是单亲，他们想把父母撮合到一起。"

"嗯，"妈妈看了一眼窗外说，"《天生一对》讲的就是这样的故事。"

25

早上8点，我在好市多垫子上醒了。双层床上堆满了东西，我只能回到垫子上睡觉。我穿着我的露华浓2002跑步/健走[1]T恤。我喜欢它的设计。印花上有一大片紫色，

---

[1] 露华浓女性跑步/健走活动是一项专门帮助抗癌的公益活动。参加者可以跑步或健走，经常有社会知名人士参加，所有收益均用于抗击癌症，尤其是乳腺癌、卵巢癌和子宫癌。

我最近正喜欢紫色。

我不能让妈妈知道我喜欢紫色,因为妈妈更喜欢粉红色。如果我突然告诉她,我现在最喜欢的颜色是她不喜欢的,她肯定会很伤心。妈妈那么关心我,我最喜欢的颜色甚至都能叫她痛心,我可真是太荣幸了。绝对是真爱。

去年露华浓跑步／健走T恤的印花主要是银色,前年是蓝色。过去七年T恤的颜色我都知道,因为这个活动我们参加了七年。我们开始参加这项活动是在妈妈的第四期转移性乳腺导管癌有所好转后,我很熟悉"第四期转移性乳腺导管癌"这个词,因为妈妈除了叫我们每周观看录像带,还经常叫我向选角导演提到这个词。

"每个人都喜欢听克服逆境的故事。说妈妈得了乳腺导管癌,你就能拉到同情票。"

在试镜《小查和寇弟的顶级生活》和《后中之王》[1]时提到妈妈的癌症似乎很牵强,但在试镜医疗剧《急诊室的故事》时我可以更自然地插进这个话题,特别是如果这一集有角色患了癌症。

"我妈妈是第四期乳腺导管癌,所以我很能理解剧中的角色。"

---

[1]《小查和寇弟的顶级生活》(*Suite Life of Zack & Cody*)和《后中之王》(*King of Queens*)都是美国情景喜剧。

妈妈总说我们去参加露华浓跑步/健走活动是为了支持患乳腺癌的女性，她真是太高尚了。 达斯汀有次小声嘀咕说，他觉得妈妈参加只是为了领免费T恤，根本不是想帮助别人。但达斯汀是个"捣蛋鬼"，也是妈妈最不喜欢的孩子，妈妈甚至直接告诉他这一点，所以很明显，达斯汀压根不了解妈妈，不了解她的想法。

我穿着超大号癌症T恤，觉得自己很有型，计划着这个周末要为妈妈写什么诗。妈妈不喜欢我写剧本，所以我已经无限期地"停工"了，但她非常支持我写一些能表达我有多爱她的小诗，所以我坚持了下来。

我正思考着哪个词跟"妈咪"押韵，这时我发现胸部有点痛。更确切地说，是右胸乳头那一区域。我伸出右手碰了碰感觉疼痛的那个地方，我摸到……**一个肿块**。恐惧立刻在我身体里弥散。这不可能。先是妈妈，现在是我？我觉得天旋地转。我很犹豫，我有两个选择：现在就去叫醒妈妈，把事情告诉她，但这似乎会打搅到她；或者等到上午11点，那时我通常会喊她起来喝早茶。"要不是天天那么晚还要为钱烦心，我肯定能起得早，"妈妈总是这么说，"你爸要是能找到一份**养得起家**的工作，我就不用靠**孩子**……"

我不知道该选哪个，于是我就"点兵点将"——但凡有点脑袋瓜子却又被癌症吓坏了的小孩肯定都会这么做。

"哦，亲爱的。"妈妈半笑着说，她抬起手指，在我肿胀的右侧乳头那一片来回摩挲了几下，又在光滑、平坦的左侧乳头那儿划了几下，"这不是癌症。"

"那是什么？"

"就是胸部开始发育啦。"

哦。不，只有一件事比癌症更糟糕，那就是发育。我惧怕长大。首先，我看着比我实际年龄小，这在演艺圈是个优势，因为我可以得到比我年龄小的角色。而且按照法律规定，我可以在片场工作得更久，休息得更少。除了在时间安排上我比7岁的小浑蛋们有利，我也更懂得合作，更听指挥。

妈妈总是跟我说，我看着比实际年龄小很多，这真是太好了。"你会得到更多角色，宝贝。你会得到更多。"

如果我开始发育了，妈妈就不会那么爱我了。她经常流着泪紧紧地抱住我，说她只希望我能一直那么小，永远长不大。看到妈妈这样，我的心都碎了。我希望我可以让时间停止。我希望我能一直是个孩子。我觉得内疚，因为我不能。每长高一寸我都觉得内疚。每当有阿姨或叔叔说我"长大了"，我就感到内疚。每次他们这样说，我都能看到妈妈眉头紧蹙。我看得出她很痛苦。

我决心不长大。我要尽一切努力阻止这一切发生。

"好吧，有什么办法能让胸部不发育吗？"我紧张地问妈妈。

妈妈突然大笑起来，呼了一口气，是让眼睛都皱起来的那种笑。我很熟悉这个表情，我熟悉妈妈的所有表情。我已经彻底摸透了，任何时候我都能按妈妈脸色行事。

家里其他人好像都弄不明白妈妈的情绪。他们毫无头绪，从来不知道妈妈接下来会怎样。但我总知道。我生命的全部时间都在研究她，所以我总知道，因为我总想尽我所能，让妈妈每时每刻保持好心情，让她快乐。我知道妈妈生气和怒气冲冲的区别。我知道妈妈生爸爸气和生外婆气的区别（咬紧牙是爸爸，绷紧眉毛是外婆）。我知道她有点高兴（亲我额头）和非常高兴（唱菲尔·柯林斯的歌）的区别。现在，在这个时刻，她突然大笑起来，呼了一口气，眼睛都皱起来，我知道她不仅很高兴，还特别高兴，跟平时不一样的高兴。

妈妈是欣慰又高兴。

我最喜欢看到妈妈这样，因为这种高兴跟我直接相关。我见过她这样，每当我得到角色，每当她与家里人吵架我站在她这一边时，她就会欣慰又高兴。每当妈妈觉得有人看到她、重视她、关心她时，她也会欣慰又高兴。

"有什么办法能让胸部不发育？"我又问了一遍，我知道这么问能让妈妈满意，所以更认真了。

妈妈低下头，她要告诉我什么秘密时就会这样，比如她告诉我外婆的牙是假牙，或者她觉得爸爸很没劲。我知道要有好戏上演了。她要说些特别的事，只有我俩知道的事。能巩固和证实我们母女之间美好友谊的事，而能做到这一点的，只有秘密。

"好，亲爱的，如果你真想知道怎么不长大，那我告诉你，有个秘籍……叫限制热量。"

*　*　*

很快，我开始限制热量，而且我表现得挺好。我拼命想让妈妈喜欢我。她是个好老师，她已经限制热量很久了，她跟我说的。

"小时候有一回我就要睡着了，这时我听到另一个房间里爸爸妈妈在说话。他们说哥哥可以想吃什么就吃什么，他的新陈代谢很快就会把热量消耗掉，可我吃什么都会变成肥肉。他俩的话触动我了，妮特，真的。从那时起，我就一直在限制热量。"

现在想想看，我觉得妈妈确实一直在限制热量。她每天早上只喝热茶，里面什么也没有，晚上就吃一盘蒸蔬菜，什么调料也不放。我很少看到她吃午餐，就算吃也是没酱料的沙拉，或者是半根巧克力谷物棒。听妈妈的准没错。

我和妈妈每晚一起计算我们摄入的热量，计划第二天的饮食,与此同时,我的体重每周都在减轻。我们的饮食标准是每天摄入的热量不超过1000卡路里,但我有个好点子,如果我只吃一半食物,那就只摄入一半热量,也就是说我减重速度会快上一倍。每次吃完饭,我都会自豪地把吃了一半的食物给妈妈看。她满面笑容。每个星期天,她都给我称体重,用卷尺测量大腿围。几个星期过后,她又拿了一摞减肥书给我,我很快就看完了。我了解到富含水分的水果和蔬菜的功效,比如凉薯和西瓜。我了解到红辣椒和胡椒能加速新陈代谢。我了解到咖啡能抑制食欲,所以我开始喝无咖啡因的黑咖啡——和妈妈一起。严格来说,无论喝哪种咖啡都违反教会规定。

"嗯,这是无咖啡因的,所以我肯定上帝会网开一面的。"妈妈说。我点头表示同意,尽管我非常确定我所知道的上帝不会这么做。

越是瘦,我对吃进嘴的东西就越严格,因为不管我吃什么,我的身体似乎都不会放过它们。

我注意到,大多数食物都会让我增加一点体重,0.4磅[1]左右。我每天称五次体重,所以我知道。"5"是我的幸运数字,每天称五次似乎很合适。另外,我还想掌握我体重的每一点变化,这样我就可以适当调整,每周妈妈给我

---

[1] 约合0.18公斤。

称体重时都能看到我的进步。

我最喜欢的食物是无糖冰棒、苹果酱和不加糖的冰茶，因为它们好像不会让我长胖。冰棒和苹果酱不会增加一点体重，而冰茶则会变成尿排出身体。它们不会带给我压力。安全食物。安抚食物。说奶酪通心粉和炸鸡是安抚食物的人一定是疯了。这些才是真正的安抚食物。

妈妈和我继续限制热量，我很亢奋。我每天感觉我们就像是《天生一对》里那对双胞胎的翻版，妈妈和我一边忙着每天计算卡路里，每周称体重，一边互吻鼻尖，高兴得手舞足蹈，傻里傻气的。（在妈妈告诉我，我的剧本跟《天生一对》雷同后，我看了这部电影。她说得没错。）限制热量让我俩比以前更亲近了，这真挺了不起的，因为我们本来就很亲近了。热量限制棒极了！

我们的限制热量计划大概进行了六个月，真的能看到差别。我的衣服尺寸缩小了三个码，现在穿的是童装瘦版7码。圣灵告诉我，每天得摸五次衣服标签上"瘦版"这两个字，因为这个仪式配合节食能让我停止长大。谢谢你，圣灵！

总的来说，一切都很顺利。但今天是个例外。

我现在坐在候诊室，等着医生叫我进去，心里十分焦虑。叫我进去就意味着叫我称体重。我很怕用别人的秤称体重。万一数字有偏差怎么办？万一这台秤把我称得更重怎么办？

妈妈似乎感觉到了我的紧张，等候时她握住了我的手。等啊等。等啊等。直到……"詹妮特·麦柯迪。"医生助理喊道。我的心怦怦跳了起来，我敢说房间里每个人都能听到。我的脸滚烫。我穿过候诊室的门走进门厅，时间开始变得模糊。妈妈脱下我的绮童堡牌灯芯绒外套，她知道衣服也占重量。我们母女可是一条心。护士告诉我可以不脱鞋，但妈妈叫我脱掉。绝不能掉以轻心！我踢掉鞋子，站到秤上。妈妈和我四目相对。

"61磅[1]。"护士边说边在她的写字板上潦草地写着。

听到这个数字从护士嘴里说出来，我感觉它是变形的、扭曲的。我彻底崩溃了。我在家称的是59磅[2]。紧接着我想弄懂妈妈的表情。妈妈看着很平静，这意味着失望。我更加崩溃了。助理把我们领到5号房间，今天我的幸运数字似乎没能带来好运。我走上小踏脚凳，坐到检查台上，台上铺的是泰迪熊印花纸，又粗又硬。助理又问了几个问题，然后随手关上了门。我张嘴想说些什么，但妈妈把话抢过去了。

"等会儿再说吧。"

---

[1] 约合27.7公斤。

[2] 约合26.7公斤。

几分钟过去了,陈医生进来了。我很失望,进来的是陈医生而不是佩尔曼医生,因为如果是佩尔曼医生给我做体检,妈妈的心情似乎要好得多(要不是违背教义,我觉得妈妈会对他有好感,我也知道,欲望是一种罪,妈妈永远不会犯罪)。陈医生一直盯着她的写字板。

"黛比,我可以和你私下聊聊吗?"

妈妈和陈医生走到外面。门比较薄,妈妈的嗓门又比较大,我能清楚地听到她们在说什么。

"呃……我想和你谈谈詹妮特的体重,"陈医生说,"这明显低于她这个年龄段的正常水平。"

"嗯,"妈妈说,听起来有点焦虑,"她的饮食很正常。我没注意到有什么改变。"

妈妈没说实话。她明明注意到了,因为想要改变的不是别人,正是她。

"嗯……"陈医生深吸了一口气,"有时患有厌食症的年轻女孩会对自己的饮食习惯守口如瓶。"

这是我第一次听人说"厌食症"这个词,听着像恐龙[1]。陈医生继续说着。

"我建议你密切关注詹妮特的饮食习惯。"

"哦,我会的,陈医生。一定。"妈妈向她保证。

---

[1] 原文分别是"anorexia"(厌食症)和"dinosaur"(恐龙)这两个词。

我一头雾水。妈妈已经在关注我的饮食了。就算没有比我更操心，至少也跟我差不多。妈妈不仅清楚我吃了什么、怎么吃的，还鼓励和支持我的饮食方式。怎么回事？到底什么意思？

几个月后，刚上完舞蹈课的我在舞蹈班的停车场那儿又一次听到了"厌食症"这个词。我坐在停车场的长椅上，边等妈妈边背台词，因为我马上要试镜一部电影，在片中我扮演瓦尔·基尔默[1]的女儿。

妈妈每次接我总会晚到二十到四十五分钟，这也情有可原，因为她有好多事要忙，比如给收账的人打电话，请他们再宽限一段时间，或者顺便去威斯敏斯特购物中心买贺卡，她会给我过去半年试镜的所有影片的导演写感谢卡。（"他们也许不记得里面写了什么，但他们一定会记得那贺卡上面漂亮的草书！"）

我注意到安吉丽卡·古铁雷斯的妈妈一直在她的车附近徘徊，但安吉丽卡是跟我一起上的最后一堂课，而且她爸妈一般都是到点接了她就走。然后我看到妈妈红铜色的福特风之星左转开到舞蹈室这边路上，在停车场停了下来。我一把抓起舞蹈包，向车走去，但古铁雷斯太太抢先了一

---

1 瓦尔·基尔默（Val Kilmer），美国男演员。代表作包括《壮志凌云》《永远的蝙蝠侠》等。

步。她走到副驾驶那边,让妈妈把车窗摇下来。

"嗨,黛比,我就是想和你简单说说詹妮特的情况。我看她体重下降了很多。她看着像得了厌食症。不知道你是不是在想办法帮她。班上有个女孩得了厌食症,她妈妈告诉我有个专家——"

"我们改天再谈吧。"妈妈打断了古铁雷斯太太,听妈妈口气,"改天"是再也别提这事的意思。我拉开车门,跳上车。就这样我们开始往回走。

"妈妈?"妈妈停下车等红灯时我问。

"怎么啦,亲爱的?"

"什么是厌食症?"

"哦,别担心,我的小天使。她们就爱小题大做。"红灯变绿了。她踩了下油门。

"台词记住了吗?"

"嗯。"

"太好了。很好。你这次胜算很大,妮特。我感觉得到。瓦尔是金发,你也是金发,咱们十拿九稳。"

"嗯哼。"

"绝对十拿九稳。"

我看着窗外,继续背我的台词。想到回家后能吃无糖冰棒,我很兴奋。

26

今天是我加入蜂巢项目的日子，这是教会为12—13岁的女孩开设的项目。加入项目后，会有人给你分配"角色"，我分配到的角色是助理秘书——一个压根不存在的职位。

"可麦迪逊已经是秘书了，"我告诉老师史密斯修女，"还要我做什么呢？"

"啊，你可以帮她啊！"

我低头看着指甲，想要掩饰内心的失望。马卡拉·林赛弯下腰对我说：

"只有一直积极参与教会事务的女孩才能分到好职位。"

我讨厌马卡拉。她是领养的，按理说我应该替她和她经历的一切感到难过，但我没有。我就是讨厌她。她还继续说：

"他们给你这个位置，是因为他们觉得你最后十有八九会不积极。"

在摩门教会，说谁"不积极"就等于骂人。积极的教徒会定期做礼拜，不积极就是"掉队"了，或是不做礼拜了，尽管教会名单里仍然有他们。每次有人在教堂提到哪个不积极的教徒，大家都会皱起鼻子，低声说着这个人的名字,好像那是一件既可耻又可悲的事。

"我们不会不积极的。"

"走着瞧吧。"马卡拉耸耸肩。

尽管我讨厌马卡拉,也非常希望她的判断是错的,我却忍不住担心被她不幸言中。仔细想想,其实已经出现了一些苗头。

从我记事开始,我们家就达不到"一等摩门教徒"的标准。每一个教区都有这种教徒,他们从不缺席布道会,熟记《尼腓三书》的章节。大家信任他们,他们也不会辜负信任,每次参加教会聚餐时总会带鸡肉馅饼,他们有这样的责任心。这些人是一等摩门教徒。

还有一种摩门教徒,他们舍不得交什一奉献[1],每次做礼拜都能迟到二十分钟。参加聚餐时他们"别的不用干,带点蔬菜沙拉就行了"——大家顶多也就指望他们带点袋装的球生菜,再往里面扔几块不新鲜的油炸面包丁。这是二等摩门教徒。

我们,麦柯迪家族,是二等摩门教徒。我早知道。一等摩门教徒对二等摩门教徒有一种怜悯,从赫夫米尔修女和米克斯修女斜眼看我们的眼神中,我感受到了这种怜悯,

---

[1] 根据摩门教的要求,教徒们需要将每年收入的10%捐给教会,这种做法被称为什一奉献。

她们都是一等摩门教徒。

大家都知道,与一等教徒相比,二等教徒更可能不积极,但我并不认为我们的命运无可改变。我相信我们可以为摩门教做点大事,从而扭转二等教徒的身份,比如马库斯可以去传教,再比如我们可以每周都做礼拜。

但现在马卡拉指出了这个问题,我想通了,我开始接受事实:也许那些大事终究不会发生。

马库斯已经到了可以去传教的年龄,但他没去。尽管传教没有年龄限制,但摩门教杂志《旗帜》(这是除了《女性世界》妈妈翻得最多的杂志)上说,如果男性到年龄后头一年没去传教的话,那他们以后的传教概率就会降低70%。妈妈说这是马库斯的女朋友伊丽莎白的错,她心里住着魔鬼,但我不太信。我看伊丽莎白挺好的。

我们开始不去做礼拜,通常是在我客串的剧集播出前后。起初是在《法律与秩序:特殊受害者》播出之后:萨拉扎修女问妈妈,让我扮演一个遭人强奸的9岁女孩是否"符合教义"。妈妈的辩护特别精彩,她说她认为演员是摩门教徒的意义大过了其所扮演角色的意义。有段时间,萨拉扎修女没再多说什么,直到我在一集电视剧中扮演了一个谋杀了另一个孩子的杀人犯。从那时起,只要正在播出的那一集电视有我的戏份,我们就会一两周不去教堂,目的是"躲开那些道德审判者",这是妈妈的原话。不管妈妈怎么辩解，反正事实就是我们有时不去教堂。想要升级为一等教徒，我们得做些大事，而不去教堂恰恰是它的对立面。

"妈妈？"回到家和妈妈一起叠衣服时我问道。

"怎么，亲爱的？"

"我们会成为不积极的摩门教徒吗？"

"当然不会。怎么问这个，妮特？"

"马卡拉说，他们让我当助理秘书是因为他们认为我们可能会不积极。"

"得了，拜托。马卡拉·林赛知道什么？她是领养的。"

27

"妮特！该洗澡了！"妈妈在另一个房间喊道。

我整个人僵住了。哦，不。我不想洗澡。

我害怕洗澡已经有段时间了，大概五年了。不知从什么时候开始，妈妈给我洗澡让我很难受。

她并不是故意让我难受，我不这么认为。她说必须由她来洗，因为我不会用洗发水和护发素。她说要是我头发没那么长，不是这种发质，那我可以自己洗，但我的头发很难伺候，而她又是个专业发型师，就该由她来。

妈妈有时会给我和斯科特一起洗澡。斯科特快 16 岁了。跟他一起洗澡真的很难堪。我看得出他也很难堪。我俩一般都不看对方，为了转移注意力，斯科特会在起雾的玻璃上画神奇宝贝。他很会画喷火龙。妈妈说她事情太多，所以才让我们一起洗澡。斯科特问妈妈他能不能自己洗澡。妈妈抽泣着说她不希望他长大，从那之后他再也没提过这件事。

无论斯科特在不在，妈妈都会查看我的胸部和"屁股前面"，也就是我的隐私部位。她说她得确定我身上没长奇奇怪怪的肿块或是疙瘩，那可能是癌症。我说好，我当然不想得癌症，妈妈得过癌症，要是我也得了，她一定能看出来。

妈妈查看我身体时，我会幻想着迪士尼乐园。我幻想着外公再一次带我们入园。我幻想着花车游行、绚烂的烟火，幻想着活蹦乱跳的动画角色等。

检查结束时，我整个身体会觉得如释重负。我意识到，妈妈开始检查的那一刻，是我第一次觉察到自己身体的存在。这太离奇了……被检查时，我似乎游离在身体之外，身体像是一具躯壳，我与它脱节了，只存在于思想中。我的小镇大街、梦幻乐园、蟾蜍先生的狂野之旅。（其实我一般不会想到蟾蜍先生的狂野之旅，虽然大家挺喜欢这个项目,可我觉得并不是很好玩。)

"妮特?!"妈妈又喊了一嗓子。

我的身体依然很僵。我咽了口唾沫,强迫我的嗓子眼应了一声。

"来了!"

今晚妈妈单独给我洗澡。我知道,因为明天我要试镜电视剧《豪斯医生》。我发现一个规律,每当第二天要试镜,妈妈就会单独给我洗澡。她大概是想给我的头发做恰到好处的洗护,这样选角导演会觉得我的头发柔顺有光泽。妈妈说这个行业浅薄得很,要是头发没光泽,也许我就接不到二次试镜电话。

我放下课本,从沙发上站起来,我颤悠悠地呼吸着,手心湿漉漉的。等妈妈检查完我就会如释重负,到那会儿澡也就快洗完了,我努力只去想这些。努力只去想那种轻快的感觉。努力只去想接下来的一整晚,一切都会更愉快、更美好。努力。努力。努力。

我走到卫生间。妈妈不让我开水龙头,她说调到合适的水温得来回转把手,不太好弄,要等她先调好。趁这个空我开始脱衣服,先是裤子,然后是内裤,最后是衬衫。我走进淋浴间,听到漏水的水龙头一直在滴滴答答。我端详着水龙头上面的霉斑。一层蓝白色的硬壳。我听到妈妈的脚步声,越来越近。我开始幻想迪士尼梦幻乐园。

28

我坐在福特风之星的后座。我们正开车去艺术用品店，今天达斯汀当班。达斯汀似乎讨厌这样，但妈妈喜欢。要去的地方刚好有认识的人在那儿工作，我猜妈妈喜欢这种感觉。我猜这会让她觉得自己是个贵宾。每次妈妈去百思买看马库斯，或者去迪士尼乐园售票处看外公，她的精气神都完全不一样。她浑身散发着光环，好像这儿由她说了算。我喜欢看到妈妈自信的样子。

路上妈妈正和一个收账的人打电话，请对方宽限点时间，这时她兴奋地转向我。

"苏珊来电话了！"

我知道苏珊为什么来电话。昨天我试镜了一部叫《爱卡莉》的电视剧，它是尼克儿童频道新开拍的剧，讲的是几个青少年一起拍摄网络节目的故事。下周我要试镜电视剧《加州靡情》，这是美国有线电视频道娱乐时间电视网的一档新节目，讲的是一个花心男人的经历。在演员试镜前，制片方一般已经拟好了合同，显然，同时试镜多档节目是件好事，因为经理人可以把它当作"谈判筹码"，为演员争取到最好的待遇。（和苏珊通话时，妈妈喜欢说"筹码"这个词。她说这样对方会以为她"很在行"。）还有一个奇怪的规则,就是你先试镜哪个节目,哪个节目就可以优先选择是否要你。他们得在规定的时间内决定是否要你,如果到时还没决定,那优先选择权就得让给另一个节目。

我昨天试镜了《爱卡莉》,所以他们有优先选择权。这个时候苏珊打电话来,说明尼克儿童频道已确定人选了。

尽管妈妈很想接苏珊的电话,但她还是跟往常一样,先和收账的人把事情谈完。

"等了一个钟头才接通,我可不能就这么挂了。"

在跟斯普林特公司一个叫布兰登的客服谈合同延期时,妈妈一直在哭,可电话一挂断,她脸上的眼泪马上就干了。她拨通苏珊的电话,把手往后一甩,伸向我。我坐在增高座椅上。(我 14 岁了,还在用增高座椅。)我使劲往前探,想抓住她的手,可安全带绕了增高座椅一圈,长度变短了,锁得也更快了。我只要一往前探,安全带就会锁紧,咔嗒咔嗒作响。我拼命够妈妈的手却够不到。咔嗒,咔嗒,咔嗒。

"你好,苏珊在吗?我是黛比·麦柯迪。"

咔嗒,咔嗒。妈妈摇晃着手,想要找到我的手。我们的手指差点就要碰到了。"好的,嗯,我知道怎么开免提。"

妈妈毫无头绪地按着手机上的按钮,终于免提开了,

扬声器里响起苏珊的声音:

"《爱卡莉》选中她了!《爱卡莉》选中她了!"

妈妈突然把手往前一挥,激动地欢呼着,照我看,她这个握拳姿势[1]很不标准。不管怎样,她的手抽走了,我整个身体都感觉到了。但我只失落了一秒钟,然后忽然反应过来。我得到了人生中第一个电视剧常驻角色。

妈妈把车开进艺术用品商店停车场,我们扯着嗓子高声尖叫。她把车停在残疾人车位上——上次被诊断出患有憩室炎后,她拿到了一张残疾人卡,对此她很高兴。我赶紧解开安全带。

我跳进妈妈的怀里。她抱紧我。我开心极了。一切都不一样了。一切都会变得更好。妈妈终于开心了。她的梦想成真了。

29

"噢,有个果篮!"

妈妈解开包装绳,拆开外面的一层玻璃纸。

---

[1] 握拳(fist pump)是一种庆祝手势。通常的动作是先握拳,然后在面前举起拳头,接着迅速猛烈地向下挥动拳头并靠近身体,同时大喊:"Yes!"

"菠萝糖分很高,但你可以吃点哈密瓜和甜瓜。"

"好耶!"

妈妈从篮子里拽出来两根甜瓜串。她正要把瓜递给我,想了想,又放了回去。

"我们可以分一串。"她说。

我们一边啃着切成花形的甜瓜片,一边看了一圈梳妆室桌子上的礼品篮。一个篮子装的是此岸彼岸经纪公司送的茶,一个篮子装的是苏珊送的居家水疗套装,还有一个篮子装的是肉制品和奶酪,是尼克儿童频道送的。

"我们可以把那个带回家给外公和你哥。"妈妈说。

原来常驻演员的待遇跟客串演员有差别。我注意到的第一项差别是你会收到很多礼品篮。客串了那么多年,我一个礼品篮也没收到过。(不过在客串《凯伦·西斯科》时,罗伯特·福斯特送了我一支刻有我名字的银色钢笔,他还送了妈妈一个银色鞋拔。他人真好。)

今天是我正式签约出演第一季《爱卡莉》后第一天上班。试播集拍摄完毕后,电视台的高管们会把所有试播集都看一遍,然后挑选出三分之一制作成电视剧。我们是那幸运的三分之一,更酷的是,在所有被选中的剧集中,我们这部剧预定的集数最多。大多数电视剧只有十集或十三集,我们是二十集。妈妈说,这可能是因为我把山姆·帕克特[1]演得活灵活现,在剧中她是个能说会道、不拘小节的假小子,有一颗金子般的心。讽刺的是,和现实中的我不一样,她是个吃货。

"台词准备好了吗,小天使?"妈妈问。

"当然。"我说,尽管我根本没准备好。和妈妈一起练台词时,我还是很紧张。我以为当上常驻演员能让她放松点,但没有。她还是那么挑剔,这让我很有压力。

我深吸一口气,准备说第一句台词,这时有人大声敲更衣室的门。

"开门欻!"妈妈拍了下大腿,刚要开始练台词就被人打断,她很恼火。

我拉开紫色的门,看到门口的地毯上又摆了一个礼品篮。篮子里装满了看电影时吃的零食:奶味糖豆、扭扭糖和几包爆米花。中间是一张面值100美元的弧光影院的礼品卡。弧光是我见过的最豪华的电影院,跟尼克儿童频道的片场就在一条路上,我们拍戏就是在那个片场。拍摄试播集那个星期,妈妈和我差点就要去那儿看电影,可妈妈说她绝不会为一张电影票花上13.75美元。"我才不管他们的音响有多环绕多立体。"

---

[1] 詹妮特的角色全名萨曼莎·帕克特(Samantha Puckett),略称"山姆"(Sam)。——编者注

我从没见过面值这么大的礼品卡。我简直不敢相信。

"是米兰达送的,"我惊愕地告诉妈妈,"100美元的弧光影院礼品卡。"

米兰达是跟我搭戏的小姑娘。她在剧中扮演卡莉·谢伊——一个可爱又温婉的少女,她和她最好的朋友山姆、弗雷迪(由另一位演员内森扮演)一起制作网络节目。妈妈说他们没能把米兰达饰演的角色塑造得有血有肉。"明明没写好还非要把戏份全给她。挺漂亮的姑娘,可惜她那角色没什么个性。"

我回头看了看篮子。真的很惊讶,怎么会有童星对我这么好。通常大家都有一种竞争意识,而她的举动恰恰相反。我好感动。我把手伸进篮子里。

"别想碰奶味糖豆,没门,不过她心肠真不错。我们练台词吧。"

30

"那这个呢?"妈妈一边问,一边举起一只TY牌毛绒熊猫。我们在威斯敏斯特购物中心的霍尔马克礼品店。为了庆祝《爱卡莉》第一季开拍,米兰达送了我礼物,我们也得给她挑样礼物。妈妈摇晃着玩具熊猫。

"挺可爱,跟她名字还押韵。米兰达。熊猫[1]。很可爱,是吧?"

"是的,是很可爱。再看看吧,我们得挑样最棒的。"

"嗯,再买一本毛绒日记本就行了,你看呢?"妈妈问。

"好。可以。"

我把话咽了回去。我觉得不行。米兰达送我的是高档电影院的礼品卡,很贵的。她送我的礼物很酷。可TY牌毛绒公仔和毛绒日记本一点也不酷。

几个月前,我还以为这样的礼物很酷。几个月前,我还以为我的绮童堡牌彩虹喇叭裤和从利米特·图女孩商店买的性格测试书很酷。但自从遇到米兰达后,我的"酷雷达"就发生了变化。

我第一次见到她是试镜《爱卡莉》那天。她靠在墙上,喝着玻璃瓶可乐,用Sidekick手机[2]发着短信。哇噢。可乐和Sidekick手机。这个女孩知道什么最潮。

试镜时我们简单聊了几句,不过也就是互相自我介绍

---

1 米兰达的英文是"Miranda",熊猫的英文单词是"panda",最后一个音节都是"da"。
2 Sidekick手机由德国T-Mobile公司生产,于2002年首次问世,最初以青少年用户群体为目标。

了一下,因为工作人员催着我们进去,房间里长桌子后面坐了一排高管,他们等着观看我们的表演。

拍摄试播集时我们也没聊很多。我挺不好意思的,我看她也是这样。在拍摄间隙我们会一起串台词,每天结束时会热情地跟对方说"再见!明天见!"总共也就接触了这么多。

不过,我会从远处观察她。米兰达身上似乎有一种我没有的独立,这让我很着迷。她每天自己一个人走路去附近不同的餐馆买食物——一个人!那是什么感觉!每次她从外面回来我都能听到,因为她会用 Sidekick 放格温·史蒂芬妮[1]或艾薇儿[2]的歌。我知道这些歌手,但妈妈不给我听,她说她们的歌会教唆我"干坏事"。

在片场,米兰达会说"妈的"和"狗屁"之类的脏话,她每天至少会无缘无故地问候上帝[3]五十次。妈妈警告我不要和米兰达走得太近,因为她不信上帝。(妈妈说我可以跟内森走得近,因为他信上帝。"南方浸信会教徒不是摩门教徒,但至少我们都信耶稣。")

---

1 格温·史蒂芬妮(Gwen Stefani),美国著名女歌手、演员、设计师,获得过第 33 届全美音乐奖最受欢迎流行/摇滚女歌手奖等奖项。
2 艾薇儿·拉维尼(Avril Lavigne),加拿大著名女歌手、词曲作者、演员,音乐风格以另类的流行摇滚为主。
3 这里是说米兰达会说"Holy Jesus"或者"Jesus Christ"等,字面意思是"耶稣基督",实际上是骂人的话。

尽管妈妈不让我接近米兰达,但我真的很想接近她。我想沾点她的酷劲儿。她看着很友好,而酷和友好很难兼容。我祈祷我们之间能发展出友谊,虽然我俩都很害羞。

可不幸的是,这似乎并不可能。一天又一天过去了,我们互相没留电话,我觉得我们离潜在的友谊越来越远。直到拍摄试播集的最后一天,米兰达正准备离开片场时回头对我说:"詹妮特,你会用 AIM[1] 吗?"

"不会。"我说,我以为她是说要瞄准什么东西。我从来都瞄不准。

"你没有 AOL 即时通信工具?"她好像很震惊。

"哦哦哦,AIM 啊,"我说,我希望我听起来不像撒谎,好像我知道那是什么,虽然我不知道,"嗯嗯,有啊。"

"酷。回去加我。"

"酷。"我确实觉得自己变酷了。那天一回到家,我就让马库斯给我注册了 AIM 账户。AIM 让我们的友谊萌芽。米兰达和我每天都能聊几个钟头。妈妈经过时会问我在做什么,有时我会告诉她我在和米兰达聊天,但大多数时候我会把对话框最小化,撒谎说我在做功课。妈妈并没

---

[1] AIM 是 American Online Instant Messenger 的缩写,即 AIM 即时通,是美国的一种即时通信软件。而英语单词"aim"的意思是"目标""瞄准"。

怀疑我。等她离开房间，我就再点开对话框，开心得哈哈大笑。

尽管米兰达看着很害羞、很安静，但用文字交流时她特别有个性、特别搞笑。她说的好多事让我发笑。她有她的观察方式——观察人、人的习惯、人性。我爱她。我很高兴我们能成为朋友。

可现在妈妈准备的蹩脚礼物会毁了我们的友谊。

回到片场后，我把礼品袋放在米兰达房间门口，敲了三下门，然后急忙回到我的更衣室。我不想看到她打开毛绒动物和毛绒日记本包装时的反应。太尴尬了。

米兰达一开始并没提礼物的事，差不多一整天都没提。我很害怕我们的友谊会走到尽头。

可就在下班后我们和妈妈一起走向停车场时，她转过身，紧张地笑着对我说：

"谢谢你的毛绒玩具。很可爱。"

"不客气。"

"还有那个日记本。我又可以开始写日记啦，好高兴。"

"太好啦。"

她对我笑了笑。看得出她只是出于好意。但我很感激她的好意。

"一会儿 AIM 上见。"她挥手说。

"好。"我兴奋地说道。我有点太兴奋了。即使她不喜欢毛绒玩具和日记本,即使她说谢谢只是出于好意,她仍然想跟我做朋友。我很高兴我有AIM。

31

我站在摄影棚更衣室的帘子后面,双臂交叉抱在胸前。一只脚不安地点着地,我不想出去。

"出来吧,妮特,他们只拍一张照片,拍完咱们就走。"

"好。"

我走了出来。太窘迫了,我脸涨得通红。我讨厌这种感觉,讨厌那么暴露。这让我想到性,让我觉得羞耻。

"真漂亮。"那个总在做针线活的服装助理在房间另一头喊道,头也没抬。

我害怕"漂亮"意味着"性"。我把胳膊抱在胸前,想遮得更严实些。我把肩膀拱成一个小山洞,想护住自己。我不想自己看着跟性有关联。我希望自己像个孩子。

"我肯定觉得连体泳衣好,不过还是得谢谢你迁就我,试穿了比基尼。"戏服主管一边说一边把头发绾成髻,又用筷子固定好。

"应该的。"我说。我不敢看她,也不敢看妈妈,她坐在对面角落的楼梯上。

"把胳膊放下来,宝贝儿,再自然点。"妈妈对我说。

我放下胳膊。并没有更自然。

"肩膀往后。"妈妈往后拉了下肩膀,亲自给我示范。

我按照她的意思,往后拉了拉肩膀,我讨厌这样。我不喜欢挺胸抬头。我觉得胸部和乳头没什么可骄傲的,而如果不骄傲,谁还乐于挺胸抬头呢。我讨厌这样。我希望试穿能赶紧结束。我问服装设计我能不能穿连体泳衣搭配冲浪短裤,这样穿才最自在,身体都被遮住了。可服装设计告诉我,剧创人[1]明确要求了,我必须穿比基尼,我起码得试穿一两件,这样他才有的选。

"好,往我这儿走几步,我好拍照。"服装设计把她的拍立得相机拉到眼前。

我往前走了几步。咔嚓咔嚓。

"怎么样,想试试最后一件比基尼吗?"她问道,像是在引诱我。我不能理解,为什么大人们明知道自己说的不是什么好事,还要装出一副它很好的样子。

"我可以……嗯……不试吗?"我问,"就试一件

---

[1] 作者所提到的剧创人是丹尼尔·詹姆斯·施耐德(Daniel James Schneider),美国电视制作人、编剧和演员。2018年3月,尼克儿童频道宣布与施耐德分道扬镳。后来有前雇员指控他行为不端,但他否认了部分指控。

行吗?"

"呃,他要挑一挑。"服装设计说着摆出一副夸张的表情,像是在说"你知道他什么样"。可我无法跟她共鸣。我不了解他。不怎么了解。我只见过他几次。他看着挺热情、挺热络的,不过妈妈说她从剧组其他人那儿听到些风声,说他"一点就着",以及"千万别惹他生气"。

我开始啃指甲。

"来吧,妮特,再试一件。"妈妈催着我。

"好吧。"我说。

我试了最后一件比基尼。蓝色,边缘是绿色条纹,底部有系带。我讨厌那两条带子垂在腿两边。我觉得恶心。我看着更衣室镜子里的自己。

我个头很小。我知道我个头很小。可我担心我的身体正在抗争。它要发育,要成长。我就快要失去孩子般的身体和孩子般的纯真。我很害怕别人把我跟性扯上关系。恶心。我不想那样。我想现在这样。我是个孩子。

我走出更衣室。服装设计给我拍照。

"真漂亮。"一直在做针线活的助理头也不抬地又喊了一遍。

32

我们的嘴唇碰到了。他的嘴动了一下,可我的嘴动弹不得。我僵住了。他闭着眼睛,我没有。我睁大眼睛盯着他看。太奇怪了,脸贴在一起,盯着对方看。我不喜欢这样。我能闻到他发胶的味道。

"詹妮特,头动一动!"剧创人在镜头外大喊。

有时哪怕摄像机还在拍,制片人或导演也会在镜头外吆喝。反正只要演员没在说台词,剪辑师在后期制作时就可以把吆喝声剪掉。

我努力按照剧创人的吩咐去做,真的很努力,可我就是做不到。我的身体很僵硬,一动也不能动。我的身体在抗拒我的大脑。大脑说,谁在乎这是不是你的初吻,谁在乎你的初吻是不是献给了荧幕。赶紧演完。叫你怎样就怎样。而身体在说不,我不想这样。我不想我的初吻是这样。初吻应该是真正的吻,不是演出来的吻。

我鄙视自己浪漫的那一面。我觉得很难堪。妈妈说得很清楚,男孩只会浪费时间,他们只会让我失望,我应该一心忙事业。这我明白。我想把浪漫的那一面赶走。可不管我怎么赶,它还是在那儿。而且待了有段时间了。

有时我对男孩很好奇。爱上男孩会是什么样。会不会有人爱我。我幻想着跟他一起看迪士尼的烟火，幻想着手牵手，幻想着把头靠在他胸口，幻想着一起哈哈大笑。以前我对接吻也很好奇。怎么接？接吻没法提前演练。会顺理成章地发生吗？就顺其自然吗？难吗？嘴唇是什么味道？而所有这些问题，现在我都有了答案。

你得试着顺其自然，如果你是内森，跟我演对手戏的演员，那你可以做到。但如果你是我，你就做不到。如果你是我，你脑袋里会想着正在发生的每一件小事，头脑飞速运转，你巴不得煎熬早点结束。太痛苦了。嘴唇的味道就像百蕾适润唇膏。

我很好奇，如果我爱对方，一切是否会不一样。也许这就是"秘方"，是我缺少的那部分。如果我吻的是我爱的人，我肯定会感觉很美妙、很不可思议，而不是害怕和焦虑。

"停！"嘴里塞满了东西的剧创人吼道。我听到他的脚步声，他轻手轻脚地往我们这边走，手里拿着一个纸盘，上面堆满了奶酪片和没拆开的迷你能量棒。像红海一样，工作人员立刻让出一条道[1]，让剧创人走到我们面前。

剧创人直视着我的眼睛，四五秒没说话。我差点笑出来，他是在逗我玩吧，他有时会这样，但很快我就意识到，

---

[1]《圣经》中"摩西分红海"的故事，即把大海一分为二，让出一条路。

他内心深处有股怒火。现在不是笑的时候。终于，他开口了：

"詹妮特，好好演。脑袋，动一动。"

说完他转身就往回走。

"愣着干什么！" 他喊道。

摄像机立刻转了起来。开拍。我甚至都不知道自己说的是什么，但我确信台词没说错，因为没人叫我停下来，没人说我在胡言乱语。拍摄的是马上要接吻的场景，我感觉我游离在身体之外。我的心怦怦直跳，手心潮乎乎的。来了来了快来了。

我们朝对方靠过去，嘴唇碰到了一起。很恶心。就像一小团软乎乎的、令人作呕的肉。做人可太恶心了。哦对了，脑袋还得动。我动了动脑袋。来来回回。来来回回。摇来摇去。我感觉很不自然，别人看着肯定也觉得不自然。弗雷迪，也就是内森演的那个角色，终于放开我了。

"停！"剧创人喊道。他口气听着很不高兴。他看了看副导演。

"再来一遍来得及吗？！"

"我想来不及了，先生，要想按时收工，下面得赶紧拍 J 场景。"

"好吧，"他气呼呼地说，"不是很理想，**但凑合吧**。接着往下拍。我先去一下餐食补给区！"

剧创人气冲冲地走了，去吃他的薯片、贝果、蔬菜浓汤了。我看着他离开。没能让他满意，我很难过。

"嘿，拍完了。"内森亲切地说。他知道我在镜头前献出初吻有多紧张。

"是啊，"我紧张地勉强笑道，"拍完了。"

就这样，我的初吻就没了。严格来说还有第二个吻，第三、第四、第五、第六、第七，因为我们总共拍了七遍。

33

"要多笑笑。把牙露出来。你抿嘴笑时看着愁眉苦脸的。"妈妈正开车行驶在405公路上，说着她换了个车道。

我们正准备去和剧创人一起吃午饭。我很紧张，妈妈说这事关系重大。她觉得剧创人可能"正考虑要不要给我拍个衍生剧"，毕竟他经常会给正在拍摄的剧集中的角色写衍生剧。我想过要告诉妈妈，我们别抱太大期望，不然可能会非常失望，但我什么也没说。如果妈妈认为我的演艺事业有盼头的话，病情就会稳定些。

"记好了,不管他说什么,你都要表现得很有兴趣、很认真,"妈妈对我说,"尽量把眼睛睁大点,这样更管用。"

我连忙点头。

"得有个人提一提我得癌症的事,得争取到他的同情票。我看你不如……"

"可以。"

"好啊。很好,很好。"妈妈兴奋地说。

我们准时到达。剧创人已经在那里了,虽然吃饭的地方是在室内,可他还是戴着墨镜。他看到我们后,抬起墨镜。他从隔间站起来,先拥抱了妈妈,然后紧紧抱住我,把我抱了起来。

"麦柯迪家的小奶酪,"他终于把我放下来,重新戴好墨镜,"我最喜欢的小演员。"

妈妈笑了。

"知道吗,我和好多小姑娘合作过。很多都很漂亮,有的很有趣,但没一个像你这样有天赋。"

妈妈笑得再灿烂一点脸就要裂开了。我也笑了,按照妈妈的嘱咐,露出牙齿。

"谢谢你。"

"我可是认真的,"剧创人说着,用勺子挖了一些他之前点好的金枪鱼塔塔放到前菜盘里,"你比她们演得都好。

迟早有一天你会得奥斯卡奖。"

"谢谢你。"

和剧创人谈话开始一般都是这样。他一边把你大夸特夸,一边贬低其他演员。我很感激他的赞美。剧创人的认可对我很重要。是他选中我在电视剧里担任常驻演员。是他让我和家人不必再为生计发愁。可与此同时,我怀疑他在挑拨演员互相竞争。我怀疑他对每个演员都是同一套说辞,就是为了让我们听话,让我们觉得他最偏爱自己。

我之所以这样怀疑,是因为我们一起拍了一季的电视剧,我有足够的时间去了解他待人接物的方式,去了解他。

我觉得他有两面,截然不同的两面。一面是慷慨仁慈,满嘴溢美之词。他可以让任何人以为自己是世上最了不起的人。我见过他这么做,比如制作设计师只用了两天就搭建好监狱布景后,他要剧组所有人起立鼓掌五分钟;再比如他会专门致辞,感谢特技指导。特技指导都感动得哭了。剧创人知道怎么能让人觉得自己很了不起。

另一面则是心胸狭窄、控制欲强,令人不寒而栗。他会挑你毛病、羞辱你。我见过他当场解雇了一个6岁的孩子,只因为他排练时说错了几句台词。还有一回正拍摄时,吊杆操作员不小心把吊杆弄掉了,剧创人跺着脚走到他跟前,对他大吼大叫,说好好一个镜头被他毁了,他得负责,得内疚一辈子。我见过他怎么羞辱诋毁大人，他说他们是白痴、傻缺、蠢货、呆瓜、弱智、尿包、邋里邋遢、毛手毛脚，他能把他们骂哭。剧创人知道怎么能让人觉得自己一文不值。

相处久了我就知道，虽然我很希望他的夸奖有意义，但我不能轻信他，因为明天他可能就会当面辱骂我。被夸奖的感觉有多好，被辱骂的伤害就有多深。与他相处，我每一刻都提心吊胆。得在情感上迎合他。与他相处和与妈妈相处的感觉很相似——战战兢兢，一心想讨好他们，生怕说错话、做错事。和他俩待在一个房间我准吃不消。

剧创人点了主菜，让我和妈妈一起吃——有龙虾、肉酱意面和一个扁面包。我知道妈妈不会同意我吃这些食物，可不吃的话剧创人肯定不高兴，他会说我不信任他，或者觉得他没什么品位。我假装在夹食物，希望能让剧创人真以为我在吃，又能让妈妈知道我没在吃。

"嗯，我邀请你们吃午饭是因为……"剧创人开口了。他喝了一大口古典酒[1]，妈妈看着他，巴望着下面他要说的话是她想听到的话。

---

1 一种鸡尾酒，以威士忌为基酒，配以安格式苦精、方糖、苏打水等材料制作而成。

"嗯，首先，"剧创人说，像是故意要让紧张气氛延续下去，越久越好，"我问你两个问题：你喜欢被人认出来吗？想出名吗？"

"她喜欢，"妈妈替我回答，"当然喜欢。粉丝也很崇拜她，总说她是他们最喜欢的人。"

我戳了戳意面。

"好，很好，"剧创人说，"你会更出名的。"

妈妈呼吸急促起来，她满心期待。

"我想让詹妮特有自己的剧集。"

妈妈兴奋得不小心把叉子弄掉了，撞到盘子上"叮当"一声响。

"剧名我都想好了——《这就是帕克特》。这名字有意思吧？"剧创人笑着问。

"对，没错！非常有意思。"妈妈插嘴道。

"不过短期内不行，因为《爱卡莉》成绩很好。"剧创人说，想让妈妈别那么兴奋。她点点头。

"得等上几年，"剧创人又强调了一遍，"但只要你能好好演戏，听我话，听我建议，由我来指导你，我保证会给你量身打造一部电视剧。"

"哎哟，谢谢您，"妈妈说着，泪水在眼眶里直打转，"我家宝贝自己争气。我家宝贝自己争气。"

妈妈看了看我，点头示意我要露齿笑。我照做了。但是我很担心。剧创人说得很清楚,他有一个前提条件——我得听他话,听他的建议,由他来指导我。一部分的我很感激他,另一部分的我却害怕他,一想到他说什么我就得做什么,我就心惊胆战。

"干吗不高兴点呢?你有自己的电视剧了。"开车回家路上妈妈对我说。

"高兴,"我撒谎说,"很高兴。"

"很好,"妈妈说着从后视镜里瞥了我一眼,"没理由不高兴。别人想要还得不到呢。"

34

我在《爱卡莉》剧组待了将近三年了,日子比以前舒心些了。我和米兰达的友情是我感受同事情谊、获得情感支持的来源。我跟其他演员也是朋友,但和米兰达的感情是不一样的,很特别。周末我们会用网络电话聊天,拍摄结束后我们会一起去弧光影院看电影。我现在每周都要去那儿两次,眼都不眨一下。妈妈总跟着我们。电影放到一半时她会靠过来,很不情愿地说:"他们的声音确实很环绕、很立体。"

更重要的是,妈妈以前最紧张两件事——账单和我的身体,现在她不那么紧张了。

常驻演员的收入比较固定,现在妈妈手头宽裕了,可她对片方开给我的工资仍然不满意,而且搞得尽人皆知。

"他们怎么好意思,就给你这点工资。跟网络电视比,这点钱就是毛毛雨。**毛毛雨**,"每天在更衣室给我换衣服时她总会跟我抱怨,"尼克儿童台也没有后端收入,我看叫乞丐儿童台还差不多。"

尽管妈妈会抱怨,但我知道她内心深处是感激的,我们现在的境况比以前好太多了。能一分不少地按时交付房租,也不用再给收账的人打电话恳求宽限几天了。

妈妈仍然会监督我的午餐,不过有时她允许我吃片场的东西。晚餐还是老样子,主要是喷了调味料的球生菜和撕成片的低卡博洛尼亚肉肠,但她会给我两块斯玛特万饼干作为甜点。早餐跟以前完全不一样了。妈妈会起床给我做早餐,这我可真没想到。她会在蜂巢麦片上浇上含脂量2%的牛奶——注意,是2%,不是全脱脂!没错,虽说蜂巢麦片是"每克热量最低的早餐麦片之一",妈妈是这么告诉我的(1¾杯[1]的热量为160卡),但这也太疯狂了。妈妈

---

[1] 约合224克。

以前从不给我吃蜂巢麦片。

我的一部分想知道,妈妈允许我这样吃是不是因为米兰达和内森会在片场教室里吃早饭、午饭,如果我不吃,或者吃得比他们少得多的话,别人会觉得很奇怪。但我没问。随便吧。

我的身体发生了一些变化。乳头那一块微微隆起,我会把汗衫塞到内裤腿里好遮住胸部,但这个办法越来越不管用了。皮肤也开始冒痘,又新奇又叫人难堪。从去年开始,去片场时我会化妆,甚至休息日也化妆。以前我讨厌化妆,可现在却想化妆。藏在它后面。

最近我还开始刮腿毛——嗯,都是妈妈给我刮,我都16岁了,妈妈还是亲自给我洗澡。以前我都不知道女生还要刮腿毛,直到有次我听到一个演员妈妈跟她孩子嘲笑我"毛茸茸的腿"。她的笑声很恐怖,后来每次刮腿毛时我脑海里都会响起那个声音。

虽然妈妈不像以前那样紧张账单和我的身体了,但现在,我光溜溜的双腿、过了乳蕾期的乳房、发红坑洼的皮肤,所有这些都让我觉得很难堪。

《爱卡莉》越来越受欢迎。苏珊总爱用一些高级词来形容它,比如"现象级文化事件""全球轰动"等。节目越是火爆,我的名气也越大。我不清楚自己到底走了多少次红毯,我要出席盛大活动、颁奖典礼和电影首映式。我参加了很多谈话节目,比如《早安美国》《今日秀》、克雷格·费格森[1]的《深夜秀》和邦妮·亨特[2]的新节目。

我去哪儿都有人认出我。我不能去我最喜欢的地方——迪士尼乐园。上次我想去碰碰运气,我走到花车游行的那条街上,结果很多人涌了过来,圣诞花车游行只能暂停。高飞狗看着气坏了。

名气给我带来很大压力,远超我的预期。人人都想出名,人人都跟我说我有多幸运,但我很讨厌这样。每次出门我都战战兢兢。我害怕陌生人跑到我跟前,跟陌生人打交道我总是很焦虑。

他们会冲我大喊:"山姆!你的炸鸡呢?""来,用黄油袜打我啊?"黄油袜是我在《爱卡莉》中经常使用的道具,物如其名,就是装满黄油的袜子。它是我饰演的角色随身携带的"揍人"道具。

每当有人冲我喊炸鸡、袜子什么的,我就会大笑,装出很好笑的样子,但其实一点都不好笑。这样的玩笑我听了无数遍,从一开始我就觉得不好笑,每多听一遍只会让我觉得更无聊。我很震惊,大家开的明明都是同样的玩笑,却个个都以为自己很有创意。

---

[1] 克雷格·费格森(Craig Ferguson),喜剧演员、电视制片人。
[2] 邦妮·亨特(Bonnie Hunt),美国喜剧女演员、作家、导演、电视制作和日间电视节目主持人。

我觉得人都很没劲。很烦。有时甚至很恶心。我不清楚从什么时候开始我变成了这样,应该就是最近,跟出名脱不了干系。我受够了,不想让别人靠近我,这样好像我属于他们一样,好像我欠他们什么似的。选择这样生活的人不是我,是妈妈。

焦虑把我变成了老好人。焦虑驱使我跟粉丝合影,在照片上签名,临了还要说拍得不错。但焦虑所隐藏的是一种深层次的、未被挖掘出来的复杂情绪,我害怕面对它。我害怕自己愤世嫉俗。我那么年轻,不应该愤世嫉俗。更何况我的生活别人羡慕还来不及。我害怕自己会怨恨妈妈。她是我活着的理由。我的偶像。我的榜样。我唯一真正爱的人。

当和陌生人合影时,我看着妈妈退到一边,教我怎么按照她的心意微笑,这时这种复杂情绪就会突然出现。

当她知道我很不喜欢,还是告诉对方"再来一张!两张吧,万一没拍好呢!"时,这种情绪就会出现。

当她让我练习签名,她说"写得太潦草了。小写'c',大写'C',U-R-D-Y。每个字母都写得清清楚楚的"时,这种情绪就会出现。

当她替我决定签名旁边写句什么话比较好时,这种情绪就会出现。现在她让我写的是"电影院见!"鬼知道为什么她会选这句话。我又没拍电影,我拍的是电视剧,而且是儿童频道的电视剧，也就意味着我几乎不可能出现在电影院大银幕上。大家都知道一个童星长大后想要转型成一名演员有多难——哪怕你有幸出演靠谱导演的靠谱电影。如果你是靠拍儿童频道电视剧出的道，那你将来的演艺生涯就是死路一条，因为你饰演的角色扁平而浮于表面，加上这样的形象往往深入人心，你几乎不可能甩掉它。假如童星想跳出或摆脱原有形象，那他们就会马上成为媒体的诱饵，媒体会大肆宣传，把他们塑造成叛逆不听话、苦苦挣扎的问题少男少女，但实际上他们只是在成长。而每个人成长时，尤其是青少年时期，都会摇摆不定，都会犯错。你当然不想在公众面前犯错，更不想让犯下的错跟着你一辈子。但这就是童星所必经的。年少成名是一个陷阱、一个死胡同。妈妈看不明白，但我很明白。

成名让我和妈妈之间有了隔阂，我怎么也没想到会这样。她希望我出名。我希望她能如愿以偿。我希望她能快乐。可等到我出名了，我才意识到她很快乐而我却不快乐。她的快乐是以牺牲我的快乐为代价的。我感到她在掠夺我、剥削我。

有时看着她我就心生恨意。可我又恨我自己这样。我告诉自己，我忘恩负义。没有她我什么都不是。妈妈是我的一切。我希望自己别恨她，我强忍恨意，对她说"我好爱你，亲爱的妈咪"，然后假装什么也没发生。为工作演了这么久，为妈妈演了这么久，而现在我觉得我在为自己而演。

35

星期天早晨，一家人都还没起床。我把一小时前泡好的皇家树莓茶又热了一遍，准备把妈妈叫醒，这是她最喜欢的茶。

"妈妈，"我轻轻说，"茶泡好了。"

"唔。"睡梦中的妈妈半呻吟着，把头扭到另一边。

我紧张地盯着时钟，犹豫着要不要把她喊醒。我已经喊了三遍了，准确来说，如果这一次她还不醒，我们肯定会迟到。

"妈妈，"我的语气更着急了，"二十分钟内得出发去教堂，不然我们就赶不上了。"

"唔唔。"妈妈呻吟得更大声了。

"你不想去吗？"我问。

"唔，太——累——了，"妈妈嘟囔着，咽了口唾沫，话听着清楚些了，"最近太辛苦了，太累了。"

她把脸深深地埋进枕头里，呼吸变得沉重。我端详着她。

我也很累。我也很辛苦。实际上,我觉得我比妈妈更辛苦。下一秒我就为这个想法感到内疚。

她确实得开车送我上下班,肯定很累,我的一部分会这么想。没错,可我在路上还要做功课、背台词,到了片场要排练、演戏,要在强光照射和巨大压力下"全力以赴"演上十个钟头,而她却坐在我的化妆间里翻着《女性世界》,和其他演员的妈妈们闲聊,我的另一部分则会这么想。

我努力遏制住这两部分的冲突。但这不仅无济于事,还让我没法专心面对眼下亟待解决的问题——到底要不要去教堂。

我们已经六个月没有去教堂了,这是拖得最久的一次。我很在意这事,在不惹妈妈生气的情况下,一有机会我就跟她提起这事,她只是反复跟我保证:"等事情缓缓,我们一定去。"

我觉得很奇怪,自从我的演艺事业有了起色,自从妈妈身体好了之后,我们再没去过教堂。有天晚上开车回家时,我委婉地跟妈妈提起去教堂的事,结果妈妈尖叫着说她握不住方向盘了,说我给她太大压力,这样我俩都很危险,于是我很快就学会了再也不提这事。

可现在,在这一刻,当我低头看着她熟睡的样子时,我第一次接受了这样的事实：做礼拜的日子一去不复返了。说到底，马卡拉是对的。

过去我以为，教徒不积极是一种非常恶劣的罪过，我们应该感到羞耻。但也许不是这样。也许这是个好兆头，表明事情正走向正轨。

也许人们去教堂是想从神那里得到些什么。只要他们还在希望、渴求和憧憬，他们就会一直去。可一旦得到了，他们就会意识到他们不再需要教堂了。当妈妈的乳房 X 光片上不再有阴影时，当我成了尼克儿童频道的常规演员时，谁还需要上帝呢？

妈妈接着睡了，我开始背诵周一的台词。

36

"我肚子疼。"我告诉妈妈。我们正从弧光影院的小餐馆往回走，刚刚我们和经理人苏珊一起吃了午餐。

"可能沙拉里的鸡肉不新鲜。"妈妈说。午餐她点的是科布沙拉，没有蓝纹奶酪、鸡蛋、烤面包丁、沙拉酱，也没有培根的科布沙拉，也就是烤鸡肉和生菜。我俩分了一份。

"可能吧。"

我们得准时赶回片场,于是我和妈妈沿着日落大道跑了起来。午间休息只有半个钟头,吃饭都紧张,更别提我们是在外面吃的。

"看到狗仔要微笑。"妈妈命令道。

还没看到狗仔,我就下意识地笑了,笑得像木偶一样空洞。我两眼无神,灵魂不知去哪儿了,不过这都没关系,只要脸上挂着笑就行。

咔嚓,咔嚓,咔嚓。强光刺痛了我的眼睛。

"嗨,格伦!"妈妈冲一个狗仔喊道,熟络得好像他是我们的隔壁邻居。

"嗨,黛比!"格伦一边说一边往后退了几步,手里的相机还在拍个不停。我很震惊,妈妈似乎不觉得这种关系很奇怪。

我们朝尼克儿童频道的片场走去,这会儿正穿过停车场。我脸上的笑容瞬间消失了。我们飞奔到更衣室,赶紧换好下一场戏的服装,然后我急急忙忙去洗手间小便。这时我看到了它。

血。在我内裤上。我一下子头很晕。我不太确定这是什么,我猜大概是月经。

我第一次听说月经——大概是六年前。那年我 10 岁,邻居特蕾莎 10 岁 11 个月。特蕾莎总能让我感觉到我跟她的年龄差,她说话做事本来就比我老练,当然她也会明明白白地提醒我,她比我大。

"你知道什么是月经吗,不知道吧?我猜你不知道,我比你大,知道的也多。"

"知道。"我说,我以为她说的是句子结尾处的句号[1]。

"不,不是那个意思啦。另一个意思。"

"知道。"我又说,以为她说的是"一段时间"。

"再说一遍,不是那个意思。另一个意思。"

特蕾莎说的是什么意思呢?我绞尽脑汁想了一会儿,我想到了。

"噢。明白啦。"我得意地想,得了,那就是课时的意思咯,比如高中生上的一节课。

"你知道?"很明显特蕾莎半信半疑。

"是啊。"

"嗯,我已经来了。第一次看到血我很害怕,还好妈妈教过我怎么用卫生巾之类的。然后我和家里所有的女人一起去家乡自助餐厅庆祝了一番。"

"庆祝什么?"我傻乎乎地问,特蕾莎到底什么意思?我琢磨着她刚刚说的话,使劲地想啊想。肯定不是上课。上课有什么好庆祝的。

---

[1] 单词"period"有"时期""句号""月经""一节(课)"等含义。

"庆祝我成为她们的一员，成为一个女人。"

听特蕾莎的口气，我感觉她好像一辈子都在期待它，非常浪漫、非常美妙、非常诱人。成为一个女人。这可把我弄糊涂了。特蕾莎有几样东西我确实很羡慕——她的弹珠游戏机，她收集的芭比娃娃（特别是短发芭比娃娃，妈妈不给我买，她觉得要是买了我也会想剪短发），对，就连她能去家乡自助餐厅吃饭我也羡慕——我们家人都觉得吃不起。但我并不羡慕她成为女人。成为女人是我最不期待的事。

现在，我坐在马桶上，血迹斑斑的内裤挂在膝盖上，我确信这就是月经。就是特蕾莎说的那个东西。

"哎，妈妈。"我叫了一声。

妈妈问我怎么了，我忍住内心的羞愧，好不容易才把下面这句话说出口。

"我流血了。"

"了"字还没来得及说完，门就突然被撞开了，妈妈张开胳膊紧紧抱住我。我还坐在马桶上。

"哦，亲爱的，"她一脸严肃地说，好像在安慰一个刚失去心爱宠物的朋友，"哦，亲爱的，我很抱歉。"

妈妈拽了一长条厕纸在手上绕了几圈，叫我把它塞进内裤，然后她去找帕蒂，帕蒂是我在片场的老师，说话柔声细语的。

我看着时钟嘀嗒嘀嗒地走了十分钟，太煎熬了。终于，妈妈带着帕蒂回来了。帕蒂从她的后口袋里掏出一片淡粉色的方形小包，上面有一条白色的窄胶带。她举着那玩意儿在我面前晃来晃去，好像那是一张百元大钞。她笑着把我拉过去，给了我一个温暖的拥抱，这时妈妈跑去告诉副导演我为什么会迟到。

"祝贺你啊，詹妮特，"帕蒂在我耳边轻声说，"祝贺你长成女人啦。"

我步履沉重地走到片场的学校走廊，下一幕戏就在那儿拍。从制片助理和副导演对我的态度我看得出，他们肯定都听说了。我觉得很丢人，很耻辱。我怎么会这样？怎么就变成女人了？我不知道答案，但我知道该怎么办。我知道该怎么补救。

从明天开始，我坚决不会再碰脂肪含量 2% 的牛奶、蜂巢麦片或者斯玛特万速冻食品了。最近我一直很散漫，不能再这样下去了。我得找回我的厌食症。我得重新做回孩子。

37

> 妈妈,我保证我会很好
>
> 我会每晚打电话说我爱你
>
> 我只是想写下我的人……生故事

妈妈和我坐在位于田纳西州纳什维尔市中心的欢朋套房酒店的房间里,这三个月我们一直住在这儿,因为我要忙我的乡村音乐[1]事业。我俩一边分着吃营养系统[2]的冷冻千层面(为了控制体重,我们订了营养系统一个月的配餐,因为妈妈说纳什维尔的食物"比洛杉矶的油得多"),一边听我的第一支单曲《并不遥远》的最终混音版。这首歌是以"我"的口吻写给母亲的(由几个词曲作者共同创作,我只不过在旁边坐了几个小时),讲的是没有她我的生活会怎样,我是多么想念她,但实际上,在我十八年的人生中,我离开她从没超过几个小时。

我不太懂音乐,但我知道这首歌听着毫无节奏感,旋

---

1 纳什维尔是美国乡村音乐的主要发源地。

2 品牌名。营养系统饮食(Nutrisystem)是一种实现部分控制的饮食计划,以送到家的预包装食品为中心。有些膳食强调瘦肉蛋白和低血糖指数的碳水化合物,如全谷物和非淀粉类蔬菜。

律单一，制作也很老土。不过我没把我的想法告诉妈妈，因为她很喜欢这首歌。她听得泪流满面。当然，我不认为这只是喜悦的泪水。它们也承载着某种分量、某种意义，我知道其中的原因——艺术真的是来源于生活，如果这首歌也能称得上艺术的话。（称不上。）

2007年编剧们闹罢工，在矛盾解决之前，《爱卡莉》只能无限期停播，我就是从那时候开启我的音乐事业的。停工期间，苏珊建议我与歌曲作者合作，她叫我多录些歌，争取能跟唱片公司签合同，因为"现在所有的青少年演员都在做这个"。苏珊也是希拉里·达夫[1]的经理人，她发行的几张专辑都是白金唱片。

"我听说那些歌并不全都是她唱的——一半是她姐姐唱的！"妈妈兴奋地插嘴道，"别管到底是谁唱的，反正我的妮特要自己唱。"

妈妈让我翻唱一些歌，然后把视频发布到油管（YouTube）上。唱片公司看到了视频，有两家公司，大机器唱片公司和纳什维尔国会唱片公司，都想跟我签约。妈妈最后选了国会唱片公司，她说："斯科特·波切塔[2]得忙

---

[1] 希拉里·达夫（Hilary Duff），美国女演员、歌手、企业家，因出演迪士尼频道电视剧《新成长的烦恼》成名。

[2] 斯科特·波切塔（Scott Borchetta），美国商人，于2005年开始担任大机器唱片公司音乐总裁及首席执行官，乡村音乐天后泰勒·斯威夫特是他签约的第一个艺人。

着应付那个叫泰勒的小姐,他可没空操心你。"

就这样最后我和国会唱片公司签了合同,去年夏天在纳什维尔住了三个月,专门录歌。后来《爱卡莉》又开播了,周一到周五我要拍戏,周五晚上乘红眼航班飞到纳什维尔,创作歌曲、录样带、开会、给专辑封面和各种新闻稿件拍照,周日晚再飞回加州,准备周一要拍的戏。目前《爱卡莉》上一季已经拍完,下一季还没开拍,所以我和妈妈在纳什维尔住了几个月,为我的第一次巡演做准备。

我觉得这次巡演可能是我第一次离开妈妈。她并没有跟我直说,但我们共用一个电子邮箱,我看到了她给马库斯发了一封邮件,她说的事正是我这辈子一直害怕的事。

"你怎么哭了,妈咪?"我问妈妈,她满眼都是泪。

妈妈用叉子叉了一口千层面,又把叉子放回一次性餐盘里。看她现在的情绪状态,好像连一口千层面都咽不下去。

"太好听了。"她说,可我知道她在撒谎。如果妈妈是因为我表现好而高兴,她根本不会流泪。她会更兴奋、更热情。而现在我看到的,不管到底是什么,都有更多、更深的含义。我希望她能告诉我。我希望她能承认,我已经知道了。

"妈咪……"我的声音越来越小,不敢再往下问。尽管我已经知道发生了什么,我仍然宁愿相信那不是真的。

我需要妈妈亲口告诉我。需要她确认。

"你的声音真有力量。副歌真的只是……哇。"妈妈用面巾纸揩了揩眼睛。

"妈咪。"我又说了一遍,这次声音稍微大了点。我害怕知道,但我更害怕不知道。

"然后回到主歌部分,低音唱的。我喜欢你的低音,"妈妈流着泪说,"说不出的撩人。"

"妈妈,你又得癌症了吗?"

问完后我的脸色立马变了。我把自己吓了一跳,这话居然从我嘴里说出来了。我愣住了。妈妈看起来和我一样震惊。她不哭了。

"什么?没有。"她想一笑而过,"怎么这么想?"

我深吸一口气,我知道她在当着我的面撒谎,我知道她这么做是不想让我害怕,但这只会让我更害怕。这么重要的事为什么要跟我撒谎?

"我看到了你给马库斯发的邮件。你说你癌症复发了。"

妈妈低下头,又开始流泪,和半分钟前的眼泪没什么两样。看着她瘦小的身体悲伤地颤抖着、起伏着,我的心情很沉重。我从桌旁的座位上站起来,在床沿上挨着她坐下。我抱住妈妈。她在我怀里感觉好小。

"我不想错过你的巡演。"她抽泣着说,听起来她是认真的。我觉得莫名其妙。这都什么时候了她还关心巡演?

"我不会去巡演的。"我说,显然这是我唯一的选择。

妈妈挣开我,抬起头,她的悲伤变成了愤怒。

"妮特,你必须去巡演。别说疯话了,好吗?你这样说话会吓到我。巡演你必须去,无论如何都要去,懂吗?你会成为乡村音乐明星的。"

"好吧。"

妈妈又哭了起来。我再次抱住了她。

38

《爱的一代》巡演的任务是要让各电台播放我的新单曲《爱的一代》。国会唱片公司的代表安排我去全国各地演唱,他们认为这是一次"非同寻常的电台巡演"。多数歌手都是在电台的隔音间里演唱,希望能给电台主管留下好印象,这样电台就会经常播放他们的歌曲,不过公司建议我要充分发挥《爱卡莉》粉丝群的作用,让电台主管看到我的"价值"。所以我不是给两三个电台主管演唱,而是在每个电台覆盖地区的当地商场里,给成千上万名尖叫的青少年演唱。

我们的第一站是康涅狄格州的哈特福德，也可能是宾夕法尼亚州的费城。日程没那么容易搞清。不过我很快就习惯了。

我会在早上8点钟醒来，整个人昏昏沉沉的。我们通常要先坐几个钟头的大巴，大巴司机斯特维把车开到唱片公司预订的汽车旅馆，我们会在那儿待半天，时间刚好够车上的每个人洗一遍澡。我先洗，然后是吉他手保罗，他人很好，说话鼻音很重。我对他有好感。接下来是吉他手乔希，他跟柯南·奥布莱恩长得很像，只不过更矮更壮一些。再下来是戴耳环的摄像师戴夫，他负责拍摄。下面轮到的是唱片公司的区域代表——具体要看那周轮到谁，最后是唱片公司的新闻代表。

其他人洗澡时，我就在车上准备怎么应付媒体。我们会找个地方吃午饭，然后检查音响设备，等一切都忙活好了，离演出还有两个多钟头。演出结束后，我要花上三个钟头给粉丝签名，签完回大巴，斯特维会开车送我们去下一个地方。

在商场里当着成千上万孩子的面演唱，这种体验本身就叫人难以承受。我很紧张，演出开始前，我会把歌曲练上二三十遍，有时还没上台嗓子就已经哑了。结束后的新闻发布会和签名环节让人筋疲力尽。有些互动倒还算愉快，让我感觉这个活动对某些孩子和他们的家人来说似乎还有些意义，但其他人好像单纯是来凑热闹的。

"嘿，萨曼莎·帕克特！你怎么从少管所出来的？"

"哈哈，你说呢。"

"你的炸鸡呢？"

"哈哈，你说呢。"

"你在现实生活中真打人吗？"

"哈哈，你说呢。"

看着这些小孩的相机，我露出死气沉沉的笑容，而他们的妈妈会跟我说上一百八十遍"抱歉"，因为她们不会用相机。

除了工作之外，这次巡演我还注意到两件事。

第一件事是，虽然我面对的是如此多的不幸——妈妈癌症复发，需要频繁化疗和放疗，而我却不能陪伴在她身边，可一部分的我非常享受。享受的这一部分我觉得一切都很新鲜、很振奋。我感到自由。我甚至可以自己洗澡。

我第一次意识到，为了博取妈妈的欢心而扭曲自己的天性，压制自己真实的想法、行为和反应，这让我觉得很累。她不在我身边，我就不必如此。我很想她，也心疼她受了那么多罪，但这些天我心里很轻松，虽然这让我感到内疚，但轻松是无可否认的事实。没有她监督我的一举一动，没有她带来的压力，我的生活轻松了许多。

我注意到的第二件事是，我现在吃东西毫无顾忌。吃很多。早上我会吃肉桂夹心馅饼，中饭和晚饭都是和乐队一起在外面吃。我还会点成人菜单上的菜，而且很少点沙拉，也很少吃代餐。我会吃汉堡和薯条。

没了妈妈的监督，我每吃一口都觉得自己很叛逆。吃每顿饭我都能听到她在我耳边说："沙拉酱浇在边上。不要吃了。那是垃圾。你不会想屁股变得跟西瓜那么大的。毅力可以战胜诱惑。"但她的声音拦不住我。我很害怕，可同时又被盘子里的食物所吸引，这种吸引只能称为贪欲。

吃饱的感觉很好。我从未有过这种感觉。但它很快就会被深深的罪恶感所取代。我违背了妈妈的心意。妈妈会很失望。在罪恶感的驱使下，我吃得更多了——芝士多奶酪薄脆饼干和商店买来的曲奇饼干、糖果、水果卷，在大巴上我逮到什么就吃什么——有时我肚子都撑得疼，感觉胃要爆开了。晚上睡觉我没法趴着睡，因为实在是太撑了。酒店里有些房间有秤，每次去称体重，数字都在攀升、攀升、攀升。每增加一磅我都很惊恐，却又停不下来。这么多年来我一直在挨饿，现在身体乞求我把肚子塞满。

与食物的新关系深深困扰着我。这些年来，我一直在控制饮食，控制我的身体、我自己。我很瘦弱，身体就像个孩子，这给了我掌控感和慰藉，两者完美结合。但现在我觉得自己失控了——不计后果，无可救药。掌控感和慰藉被负罪感和混乱所取代。我不明白我为什么这样。我很害怕妈妈看到我后会怎样。

39

我没有想到我的初吻会在欢朋套房酒店发生，可我们现在就在这儿。223房。我站在房间的开放式厨房前，嘴唇碰到卢卡斯的嘴唇。他轻轻托着我的下巴。我也说不清我喜不喜欢这样，但我确实喜欢这个吻。和喜欢的人接吻比在镜头前接吻更自然。

他松开我。

"我真的很喜欢你。晚安。"他说。我记得他是这么说的。其实我并不知道他说了什么。也压根不在乎。我满脑子想的都是，18岁的我终于有了初吻。终于。

我看着他走到走廊。我不喜欢他牛仔裤的剪裁、他的长发，但我喜欢他的皇后乐队T恤和运动鞋的款式。我不喜欢听他讲他有多喜欢音乐，但我喜欢听他讲他有多喜欢我。我不喜欢他笨手笨脚，但我喜欢他温柔体贴。我在他身后关上了门。我感觉阴道那里怪怪的，算了，一会儿再看。

我关上门，在沙发上坐了下来。不知道为什么电影里男人离开时，女人关上门后总会靠在门上。坐在沙发上要自然得多。

我坐在沙发上回想着。卢卡斯和我第一次见面是在几个月前，当时我在纳什维尔有一场演出。他是乐队领队，也是电吉他手。乐队成员都说他真的很棒。纳什维尔数他最厉害。

第一周我们一起排练了很久。他对我很好。一开始我没多想，毕竟他27岁我18岁，可后来我注意到他经常看我，我开始怀疑他可能喜欢我。

第三天排练时，他主动提出要送我回家，我答应了，因为我慢慢喜欢上他了。跟他在一起时我有些心神不定，有些不舒服，但整体感觉还不错。最后一次排练时，他邀请我去他家一起听皇后乐队的专辑。我很激动。

我们坐在他家的木地板上，把《世界新闻》那张专辑从头到尾听了一遍。他越靠越近，还把头发捋到耳朵后面。我有点反感男人这样。我有点困惑，因为我反感的同时又渴望他能吻我。也许我并不是想让**他**吻我，只是想在现实生活中有人吻我吧。不管怎样，最后他没吻我。他开车把我送回欢朋酒店，我下了车。第二天我就去巡回演出了。

巡演期间我没怎么见到他，因为他不是一直跟我们在一起，不过有几场演出他来了，乘飞机来的，那几场演出不是在商场举行的，而是在更大的节日舞台上，不再是原声演出，而是有全乐队伴奏。不见面时，我们每天都发短信，方便时我会给他打电话，但坐大巴很少能有机会。他会说"我好想你""我真的很喜欢你"之类的话，我听了挺不舒服的，又不知道为什么。一方面，我喜欢听他这么说。另一方面，我觉得自己没法回应他，这些话我说不出口。

每次要跟他聊天我都很兴奋，可真聊起来，我就没那么兴奋了。他喜欢聊音乐，会提到很多我没听过的歌，这倒也没什么不好，如果我们还有其他话题可聊的话。问题是我们没有。他要么聊音乐，要么含糊其词地把我赞美一通，比如"你眼中有阳光闪烁""遇到那么多人我最喜欢你"。

他过来参加演出的那几次约会还不错，就是有点尴尬，因为乐队其他成员也在。我俩没法单独聊天，不过我倒无所谓。卢卡斯想跟我单独说会儿话，但我总能找到借口拒绝他。我累了，我要准备媒体见面会，我要练歌，我要给经理人、妈妈或者米兰达回电子邮件。过去的一个月里，我一直不太确定我对他的感情。

但现在巡演结束了，我回纳什维尔也有一个星期了，下面我要录一些新歌。我住在欢朋酒店223房。我坐在223房的沙发上，回想着我刚刚和他接过的吻。我终于有了初吻，这让我感到欣慰，但更欣慰的是，现在我很确定自己的心意。我确定我得结束这一切，无论如何。

我掏出手机打算给他发短信，可刚要发，阴道那儿抽动了一下，怪怪的。有一股暖流。我把手伸进裤子又拿出来。手指是湿的。太恶心了。我得先洗澡。一会儿再给他发短信。

40

我走下飞机，把T恤往下拽了拽，盖住肚子。我使劲吸气，好让自己显得更瘦。"妈妈也许不会注意。也许再拽拽衣服，她就不会注意；也许我憋气十秒钟，她就不会注意。"我内心的强迫症说道。过去我以为它是"良心的声音"，但现在我知道那是我的强迫症在大声吆喝。它不像以前那么聒噪了，而且基本上只会念叨吃和体重两件事，但它还在。

我深吸一口气，走上通往行李领取处的扶梯。一个年轻爸爸冲我紧张地笑了笑，问我能不能和他的女儿拍张合影。

"当然，等我们……"话还没说完，他已经叫几个女孩在我跟前站好。拍照时他差点从扶梯上摔下来。他又紧张地笑了笑。

我走下自动扶梯，往排队接机的人那边望去，我看到她了。她的身形把我吓了一跳，一时间我根本顾不上想我自己的身材。

她大概瘦了十几磅，她个子本来就小，所以看着特别明显。她看着很憔悴，病恹恹的。骨头从皮肤下面突出来了。眉毛和睫毛都没了。为了遮住光头，她戴了我圣诞节送她的青绿色UGG帽子。我很震惊，不知该说些什么。

爸爸就站在她旁边，但他来没来都一样。我的心思全在妈妈身上，顾不得别的。她一天给我打五个电话，怎么都没告诉我这个！

我们互相拥抱，说"我爱你"，现在我情绪稍微稳定了一些。我调整得差不多了，勉强能接受妈妈的反应：用空洞的微笑来掩饰内心的震惊与恐惧，跟我对她的反应一样。

我胃里觉得恶心，我在等着她说我很丑，说我变得有多胖，说我犯了可怕的错误，说我没能力独自生活，没能力把生活过得井井有条。我们挤上车（那辆旧福特换成了起亚索兰托），我硬着头皮等待着。

"妮特，怎么了？"她问，她没看我，一直看着窗外5号公路上的车水马龙，"你胖了。"

"我知道。对不起。"

"得监督你节食。你现在失控了。"

"我知道。"

我很后悔，肯定的。但我的一部分也高兴了些，振作了些，这才是我认识的妈妈。她跟我刚到行李提取处看到的那个人不一样，那个人虚弱无力、弱不禁风，被癌症打垮。不管那个萎靡不振的人是谁，我都不愿相信那是妈妈。我认识的妈妈是坐在我跟前的这个人，坚强、咄咄逼人，有时还很恶毒。这才是我认识的妈妈。

41

"来嘛，喝一口。"

"不了，谢谢。"

"来嘛。"

"我没喝过酒。而且我才18岁。喝酒没事吗？"

"没人看你，我的小詹妮特。没事的。"

"不行吧。"

"《胜利之歌》剧组的孩子们经常一起喝得醉醺醺的。《爱卡莉》的孩子们太洁身自好了。得让你们更大胆前卫点。"

剧创人总爱把我们和他另一部热门电视剧《胜利之歌》的演员比来比去。他大概以为这样我们会更努力。

"我不知道喝酒能不能让人更前卫。"

我看了看他喝的饮料。他把它端起来晃荡了几下。他喝的是掺了咖啡和奶油的威士忌。我倒是喜欢喝咖啡。

"就一口。"

"好。"

剧创人把他的杯子递给我,我喝了一口。我讨厌那个味儿。

"很好喝。"

"别跟我撒谎。我不喜欢你跟我撒谎。"

"我不喜欢。"

"这样才对,我的小詹妮特。"

剧创人笑了。我表现得不错。这下他开心了。任务完成,每次和他一起吃饭时,我都要完成同样的任务,而且最近越来越频繁了,他之前答应给我量身打造一部衍生剧,他们正在拟合同。剧创人想把我置于他的羽翼之下,我听搭戏的演员说,无论他给哪个新星写新剧,他都会这么做。他现在最喜欢我。暂时如此。我喜欢这样。我觉得我做对了。

"有人给你量身打造一部剧,激动吗?"剧创人问。

"嗯。"

"嗯?就这?"

"不,当然很激动。非常激动。"

"很好。你知道的,新剧我想给谁就给谁。但我没选别人。我选了你。"

"谢谢您。"

"不用谢我,选你是因为你很有才华。"

我很困惑。刚才他还说他想选谁就选谁,按理说我应该没什么特别的,现在他又说他选我是因为我有才华,这让我觉得自己很特别。跟他在一起时我常常觉得困惑。我喝了一口水,盘算着下面该怎么说。谢天谢地,下面我不用开口了。

"牛排你喜欢吗?"

"好极了。"

实际上一点也不好。怎么说呢,也好也不好。牛排的味道是很好,可接下来一整晚都要烦恼纠结的感觉一点也不好。我吃了太多牛排,太多烤土豆,太多卷心菜,太多焗胡萝卜,还吃了一个面包卷。我就是停不下来。每样都吃光了。感觉特别饱。我深深厌恶自己。

妈妈又给我订了营养系统的餐食,就像以前在纳什维尔时那样。只要我和妈妈在一起,我俩肯定会一起节食。可这就是问题所在——现在我们不经常在一起。她忙着治病,我忙着拍电视剧。

没了妈妈的激励和指导,我似乎没法逼自己把寡淡无味、难以下咽的肉桂卷吃下肚。我似乎没法逼自己只点没有酱料的沙拉。没有妈妈，我没法坚持节食。没有妈妈，我很失败。

"你没事吧？"剧创人问。

"没事。"

"很好，你怎么会有事呢，"他温柔地说，"你就要出演你自己的电视剧了，哎哟，你知道有多少孩子会为这个机会拼得你死我活吗？每个都会。"

我点点头。他伸出手，把手放在我的大腿上。我起了一身鸡皮疙瘩。

"你冷吗？"他关切地说。

我起鸡皮疙瘩当然不是因为冷，但我还是"嗯"了一声。这么做最保险。

"来，穿上我的外套。"

他把外套脱下来，披在我身上。他拍了拍我的肩膀，接着拍变成了揉。

"哎哟，你太紧张了！"

"噢……"

"不过，我刚才说到哪儿了？"他一边问一边不停地揉捏着我的肩膀。我肩膀上确实有不少结节，但我可不想他帮我揉捏开。我想说点什么叫他停下来，可我不敢得罪他。

"哦，对了，"他说，尽管我没作声，他还是想起来刚刚说到哪儿了,"那些孩子为了得到这样的机会拼得你死我活。你很幸运,小詹妮特。"

"我知道。"我说,他的手一直没闲着。

我知道。我确实知道。我非常幸运。

42

"我不敢相信我的宝贝女儿要搬走了。"妈妈说。她说这话的方式跟外婆不太一样。外婆会哭,嗓门很大,邻居都能听到。妈妈说这话时很小声,眼睛甚至不看向我。跟打电话给斯普林特通信请求账单延期时不同,她不是在作秀。我很庆幸,妈妈和外婆不一样。

"只是工作日啦。如果周末不用去纳什维尔,我会回家的。"

妈妈叹了口气。

"那我可不敢指望。我就快要见不到我的宝贝了。谁来保证你的规律饮食?你自己怎么洗头?"

"哦,巡回演出时我会洗。"

"是,可我看了照片,你头发看着油腻腻的。"她吸了吸鼻子。

"只能这么办了，我不能开车，现在你也不能开车了。"

尽管我说的是事实，妈妈还是闷闷不乐的。看得出我这话伤到她了。

"说不定哪天我还能开车。"她怯生生地说，像小孩跟大人寻求安慰。

"你能的。"我信心满满地说，像大人安慰小孩。

我们都看着她的轮椅，不久前我们买了这台轮椅"以备不时之需"，现在它的使用频率越来越高。当医生提出她可以坐轮椅时，我们都装出一副"那肯定很好玩"的样子。她说我可以推着她在迪士尼乐园里逛逛，我说好。然后我走进卫生间，哭得上气不接下气，但隔间里没有厕纸了，我只好用马桶座套把脸上的泪擦干。然后我走回病房，又跟妈妈说了一遍好。

这台该死的轮椅跟"好"八竿子也打不着。它给妈妈判了死刑。虽然我俩都不愿意承认，但那就是事实。癌症病人一旦坐上了轮椅，就永远也离不了轮椅，最后只有死路一条。去他的！

"好啦，让你们久等了。"外公说着从房子里走到家门口的车道上，我们都在等他。"我好啦。换上了干净裤子。"他指着换好的裤子说。他刚刚把一整杯咖啡泼在了裤子上。

我在后座上坐好，身边堆满了我之前搬上车的纸箱子。我看着外公把妈妈抱到副驾驶座上，然后把轮椅折叠好塞进后备厢。就这样，大家伙儿去了我的公寓。这辈子我第一次自个儿住的公寓。

一个多小时后我们到了伯班克大楼。这个大楼还不错。它不是我的第一选择，但从统筹安排上讲，这么选很合理。新的经理人（我在拍摄《爱卡莉》第三季时换的）跟尼克儿童频道谈好了，房租由他们付，还安排了一名制作助理送我上下班。（我不开车，妈妈说开车对我来说太难，又耗费精力，不如把这精力用到其他地方，比如"背背台词或者想想推文怎么写"。）

我告诉妈妈离开她我心痛至极，但我绝不会承认实际上我也很激动。我十分内疚，因为妈妈的病情很严重，但这种感觉不可否认。我可以自个儿待着。有自己的空间。有自己的生活。

外公把妈妈抱进公寓，我搬了靠车门的几个箱子。

"我给你买了个礼物，妮特。"妈妈说。外公把她放在沙发上。房租是尼克儿童频道付的，所以妈妈坚持要我住精装房。她从腋下抽出一个包装好的礼物。

"你太费心了。"

"我还把丝带都卷起来了。"她边说边把 DVD 大小的礼物递给我。这几个月，她越来越绝望了。她越来越绝望，而我越来越愤怒。我不知道是不是她的绝望直接导致了我的愤怒，但至少一部分是。我就是接受不了她的绝望。她病得越重，说话就越嗲声嗲气，整个人越显得无辜，也越喜欢恳求我。她好像在求我不要离开，而我想大叫，**你才是那个要离开的人！**我发誓，她看得出我想说什么，因为她会加倍地嗲声嗲气。而我想音量加倍地尖叫。但我没有。我忍住了。然后她会用那双大眼睛看着我，我简直感觉她很享受，虽然我知道她没有，也不可能这样。但我简直感觉她在享受我的痛苦，好像这才能说明我有多在乎她。

"你不打开看看吗？"妈妈问道。

"哦。好。"

我拆开包装。是电影《骗中骗》的 DVD。妈妈喜欢罗伯特·雷德福。我也喜欢，但她更喜欢。

"等你晚上收拾好行李我们再一起看吧。"

"哦，好。太好了。"

"嗯，嗯，"妈妈说着摘下帽子挠了挠她的光脑门，"然后，呃，我想……明天不用化疗，今晚我可以在你这儿过夜。你看，你愿意吗？"

她看着我，一双大眼睛忽闪忽闪的，紧张地扭着双手。我立刻反应过来了。妈妈不只是今晚要在这儿过夜，而是今后每晚都要在这里过夜。她要搬来跟我住一起，我不想她在这儿过夜。

"噢，可以。"我说。

在之后的三个月里，每晚我都要这么回答一遍，最后妈妈连问都不问了。她料到我不会拒绝。这不是我第一次单独住，而是第一次和妈妈单独住。我们成了室友。

43

我正在六旗游乐场玩激流勇进，我坐在前排，后排挤了五个《爱卡莉》剧组的工作人员。乔，坐在我正后方的那个同事，老是碰到我。一开始我以为他也许是不小心，毕竟他都30多岁了，而且也有女朋友，可后来他又碰了这么多次，我敢肯定他就是故意的。我什么也没说，因为实际上我感觉美滋滋的。实际上我希望他能这样触碰我。

几个月前的一次剧本朗读会我俩最先到场，打那之后我们的关系就变得有些暧昧。那天乔和我聊了起来，他说他最喜欢的电影是《年少轻狂》。当天晚上回到家我就看了这部电影，这样第二天我们才有的聊。他比我年龄大，比我睿智，我很希望他觉得我不错。我们交换了《与朋友对话》游戏的用户名，乔主动提出下班后送我回家，路上他把蠢朋克乐队的专辑从头到尾放了一遍，还跟我解释为什么他们的音乐堪称杰作。实际上我并不是很喜欢电子曲风，不过我很喜欢乔这么给我"讲课"。

他在抚摸我。这样抚摸我。我们的关系上升到了更深的层面。或者说我是这么认为的。从来没人这么抚摸过我，所以我也不是很清楚。没错，在欢朋酒店卢卡斯是吻过我，但从那之后，浪漫就从我的生活中销声匿迹。我只知道，这不仅仅是亲切的抚摸。他的手落在我背上，我整个人为之一颤。一种心悸的感觉，令人害怕却又无法抗拒。这一刻我知道，不管怎样，我们都会在一起。

44

"我和米兰达要一起过夜。"我撒谎说。我给自己还有妈妈做了一盘蒸蔬菜当"晚餐"。其实我在片场已经吃过晚餐了，内心很愧疚。我没脸把这事告诉妈妈。

"你不在我一个人可怎么办？"妈妈强忍住泪水，恳切地问，"我会想你的，最最想你。我太爱你了，妮特。"

"我也会想你的，妈咪。这事米兰达和我早就商量好了呢。"我一下子撒了两个谎。

我会想她，这是第一个谎。我不会想她。我很高兴能和她保持距离。自从搬进我的"非单身公寓"后，妈妈每晚都跟我一起睡，我很难入睡，因为她整晚都贴着我。

第二个谎是我和米兰达要一起过夜。虽然我们每隔几周就会过夜，但今晚不是。今晚我是跟乔一起。可我不能让妈妈知道乔的事，妈妈肯定不会同意。妈妈只同意我和两种男孩来往——摩门教徒和同性恋。哪怕我来往的是这两种男孩，她也要盯紧了。"读了《尼腓三书》并不能说明他……"

我把蒸好的蔬菜放在妈妈面前。她在一块南瓜上戳了几下，然后把它叉进嘴里。

"嗯，可我现在需要你，妮特。"妈妈说着低下头。

"明天我就回来了。"我很小心地说，希望这能让她好受点，让她说点别的。我俩沉默了很久，我等着妈妈张口。她掉转视线，目光呆滞，神情好像很恍惚。我吓坏了。我正准备问她怎么了，她蓦地把头扭向我，从咖啡桌上一把抄起电视遥控器，朝我的头砸过来。我往边上一闪，躲开了。

"你在**撒谎**，你这个**骗子**，"妈妈说，她啐了口唾沫，脸都气变形了，"我倒要看看你在搞什么鬼。给我记住了，叫你**撒谎**，你这个**下流坯**。"

妈妈以前就对我很严厉，但从没这样对我说过话。

"你信不信，等你明天回来，我只要闻一闻就知道你撒了什么谎。"她说，模样夸张极了。看得出妈妈真的很想当演员,"对吧,马克?"

妈妈扭头看向爸爸,他像往常一样一言不发。他赶紧点头,害怕妈妈迁怒于他。我真是受够了,拿起背包就往外走。

"我一定会弄清楚你在搞什么鬼,**谎话连篇的东西!**"妈妈尖叫起来。我的神经猛地一震,但我假装没听见。我走出前门,门在我身后"砰"的一声关上了。

* * *

乔在日落大道和藤街的拐角处接我。几年前他的福特金牛座遭遇了车祸,副驾驶座那边的车门被撞得凹进去了,打不开,我只好从他身上爬过去,爬到副驾驶座。我仍然在抖个不停,因为妈妈刚刚说的那番话。我看了看乔。

他两眼无光,身上散发着一股又甜又臭的味道。我很失望。今晚我们是第一次正式以情侣的身份在一起。我希望它浪漫美妙又刻骨铭心。可乔很伤心,喝得酩酊大醉,我拼命抑制住内心的幻灭感。

"你跟她提分手了吗?"我着急地问。

"嗯,分手了。没提我就不会在这儿了。"他含混不清地说。

"好……你怎么样?"

他"哼"了一声笑了:"我能怎样?"

乔低下头,好像因为对我发火而难过。他喝醉时就会这样。他开车去喜来登环球酒店,我在那儿订了一间房。我很担心他酒后驾车,但我又不敢提,提了他只会更反复无常。

我们到酒店办理好入住时已经凌晨12点多了。乔想把钥匙插进钥匙槽,可他整个人摇摇晃晃的,于是我拿过钥匙,打开门。

"我能行。"他说。

乔跟着我跌跌撞撞地走进房间,一头栽倒在床上。一开始我以为他真的是累了,可后来他翻了个身,我看到他的脸颊上有两行泪水。他的胸膛一起一落。他不停地发出那种打嗝声,听着真恶心。

"怎么了?你怎么了?"

"瞧瞧我都干了什么?干了什么啊?!"他啜泣道,"我们在一起五年了。五年啊。我们刚搬到一起,正准备结婚。"

我躺在他身边,抱着他。从他身后搂住他。他喋喋不休地唠叨着,说他有多遗憾、多懊悔。如果我足够好,他应该不会有这种感觉吧。不会伤心。

"我以为你想跟我在一起。"我说,希望他能安慰我。

"你都不愿意和我做爱!"他哀号道。

这倒是真的。我不会和他做爱。尽管我们家现在不去教堂了，但我仍然会恪守一些教规，无论出于什么原因，我都不能违反。其中之一就是不发生婚前性行为。

我们已经交往了三个月。我们不能让同事知道，这确实让我们的关系比较紧张。晚上下班后，我们多数时间会在一起待上几个钟头，如果他女朋友不在，就去他家，如果在，就去他朋友家。我们亲热过，在对方身上摩擦过，但我们从未发生过性关系，我都没碰过他的阴茎。

"抱歉，我还没准备好。"我斩钉截铁地告诉他，说完我感到很骄傲。

"那你起码能给我口交吧？"乔从床上抬起头，像一只眼巴巴的小狗。

"呃，我不想那样做。"

乔把头靠回枕头上，强烈的愤怒取代了泪水。"太可笑了。你都不愿意满足我的需求。"

"我们可以亲热一下。"我提议说。

"我不想亲热。我 32 岁了。"

我可真是蠢，居然能想出这个主意，我也觉得难堪，我在性方面不够成熟，没办法满足乔的生理需求。我已经 18 岁了，可我觉得自己还是个孩子。

"你还是太小了。我俩不行。"乔从床上爬起来。

"好好，我做。"话刚说完，我就对自己很失望。

乔重新躺下，懒洋洋地摊开胳膊和腿，好像他已经放弃了这个念头，可又想碰碰运气，反正我们已经这样了。他拉开裤子的拉链，掏出阴茎。我看了它很久。

"要怎么做？我从来没做过。"

"行了，说这些屁话真让人扫兴。"

以前我也看到过几次乔粗鲁的样子，但这次感觉不一样。可能今晚他醉得厉害吧，我替他找了个理由，我自己从来没喝过酒（除了剧创人那杯掺了威士忌的咖啡），所以也摸不准他喝了多少，一般我都是看他走路有多跟跄，说话有多含糊，来猜测他喝了多少。我想到的另外一个理由是，刚跟女朋友分手他肯定心痛欲绝，但说实话，我压根不必找理由，因为我不顾一切地想跟他在一起。他比我大得多，也比我酷得多，我对任何人都没有过这种感觉，我们一定特别有缘分。

我往前俯下身。我开始做了，希望自己做得没错，希望自己做的方式能给他带来快感。可我不知道对不对。我已经做了十几年的演员，但要是没人给我指清方向，我什么都不是。

"就快好了。"乔粗声喘着气说。听着是件好事。我不知道下面会发生什么。"再快一点。"

"谢谢。"我说。有了方向！

突然，一股温暖的东西射进我嘴里，像液态塑料。我把它吐到床单上。

"有东西出来了！天啊，有东西出来了！"

"嗯，是精液。"乔闷闷不乐地看着我，有些恼火。

"什么是精液？"

乔转过身去，背对着我，把一个枕头紧紧抱在胸前。他深深吸了一口气。

"我都干了些什么？"他问。

45

"你好。"毛伊岛四季度假酒店的漂亮员工向我们打招呼，她在我脖子上挂了一串鲜花做的花环，在乔的脖子上挂了一串坚果项链。乔盯着她看了足足有零点二秒。我讨厌这个贱货。我在心里默默记下来，以后要是有机会，我一定要学着克服嫉妒心。

我们到前台办理入住，跟前台接待说了很多遍，房间得用我的名字，不能用乔的。无论是从我和乔的年龄差来看，还是从性别的角度来看，似乎都没人会相信这趟旅行是我而不是乔安排的。

当然，这不全是我的安排，也是尼克儿童频道的安排。第五季杀青后，他们给每个演员准备了一份大礼——

演员可以携带一位同伴在威雷亚的毛伊岛四季度假村住五天四晚。

当然,乔是我的同伴。我们在一起已经一年了,我们的关系渐入佳境。没错,一半的时间里我俩会闹得乌烟瘴气——乔喝醉时我会歇斯底里;乔对我占有欲太强感到生气,我生气的是我给他还清债务才三个星期,他又在外面欠债,但另外一半时间,我们相处得很好。

我们一起看电视里重播的《幸存者》。我们会开只有我俩听得懂的玩笑,很傻、很逗。我们经常捧腹大笑。我们仍然没发生过性关系,但我口交的技术更好了。

我觉得,与我父母的关系相比,我和乔的关系是巨大的进步——他们也会尖叫、争吵,弄得乌烟瘴气,可他们在一起没有开心的时候。现在唯一的问题是,妈妈仍然不知道我们的关系。

几个月前,妈妈不得不从我这儿搬走,这样她可以离橙郡的肿瘤科医生更近点,现在她几乎每天都要去看医生。自从我们不住在一起,妈妈每天能给我打十来个电话,她要了解我的情况——我演的角色在剧中每一集的戏份有多少,我最近有没有在试镜其他角色,或者告诉我为什么我应该再次进军乐坛(妈妈的癌症恶化后,我放弃了唱片录制合同)。我很担心,我怎么才能跟乔在四季酒店住上五天四晚,同时又能瞒过妈妈呢?

我们决定了，我跟妈妈说我是和科尔顿在一起，妈妈允许我跟他做朋友，因为科尔顿是同性恋，我让他加入三方通话来帮我，这样妈妈就不会知道我在撒谎。

跟妈妈撒谎很难。为了保护我和乔的关系，我在电话里会跟她撒谎。每次挂断电话，我都会内疚地趴到乔的怀里哭泣。我告诉他，我希望我可以跟妈妈说实话，我希望妈妈能见见他，我希望我不用害怕妈妈。这时乔就用手指抚摸着我的头发，安慰我。

我感觉我和妈妈之间的隔阂与日俱增。每撒一个谎，我就感觉自己离她越来越远。每增加一磅体重，每大吃大喝一顿，我都感到自己与她越来越疏离。

这个隔阂让我非常困惑、非常烦恼。我不顾一切地想亲近她，同时又不顾一切地希望这种亲近能按照我的心意来，而不是她的心意。我想让她了解我会成为怎样的人。我希望她能允许我成长。我希望她能允许我做我自己。

但这感觉更像是幻想，而不是一种可能性，至少目前如此。目前，我只能撒谎。

假期已经过去了三天，计划进行得很顺利。每天科尔顿和我都会给妈妈打三方电话，告诉她我们玩了浮潜，开吉普车越野，在白沙海滩散步。科尔顿说到一些见不得人的细节时，妈妈还会跟着笑。

第三天下午四五点的时候，乔和我正在酒店前的海滩上玩冲浪板,他突然看到了什么,让我赶紧躲起来。我想看看他在说什么,然后在远处一间香蕉黄色的小木屋附近,我看到了一个狗仔正蹲在那里拍我和乔。

妈的!这简直是灾难。我们游到沙滩上,扔掉冲浪板,把花里胡哨的浴巾往身上一裹,匆忙从酒店后门走了进去。那个狗仔一直在拍。

回到房间后我惊慌极了,总在想妈妈会用哪些方法惩罚我、威胁我、与我断绝关系。乔想办法让我冷静下来,可只是白费功夫。

我歇斯底里了很久,最后弄得心力交瘁。下午没到六点我就在床上睡着了。第二天早上我醒来时看到的景象不是窗外美丽的棕榈树,不是波光粼粼的碧绿色海水,也不是远处吊床上耳鬓厮磨的新婚夫妇,而是冰冷坚硬的iPhone手机屏幕,刺眼的提示让我心惊。

三十七个未接电话,十六条语音留言,四封未读邮件(我和妈妈不再共用邮箱,最近在乔的鼓励下,我自己注册了一个邮箱),全是妈妈的。我点开最上面的邮件:

亲爱的妮特:

我对你太失望了。你曾经是我心中完美的小天使,可现在呢,你不过是个小骚货,**到处乱搞的下流坯!** 我怎么也没想到,你居然会把青春浪费在那个**丑八怪**身上。我在一个叫 TMZ 的网站上看到了你俩的照片——你跟他一起去了夏威夷。我看到你在他的胸口摸来摸去,那个丑八怪胸口长满了毛,令人作呕。我**就知**道你在撒谎,你压根没跟科尔顿在一起。现在你的罪名又多了——阴险、恶毒,还爱撒谎。而且你看着更肥了。我看你是**良心过不去**,胡吃海喝了吧。

一想到他把那活儿插进你身体,我就觉得恶心。**恶心**。我算是白养你了。原先那个听话的乖女儿怎么了?她去哪儿了?这个取代了她的**怪物**又是谁?你现在就是个**丑八怪**。我把你的丑事告诉了你哥哥,他们都说要跟我一样,与你断绝关系。我们不想跟你有任何瓜葛。

妈妈

(我应该署名"黛比",反正我也不是你妈了)

P.S. 寄点钱来,家里要买台新冰箱。原来那台坏了。

我蜷缩起身子,用手捂住脸,痛苦地啜泣着。乔揉着我的背,斩钉截铁地说有问题的人是妈妈,可我敢肯定,事实恰恰相反。有问题的人是我。也许她是对的。也许我已经迷失了方向。也许我是丑陋的怪物。

"你不能由着她这样对你。"乔说。

我拿起手机,火急火燎地在搜索栏里输入TMZ。乔提醒我说,我们之前都讲好了,不要看这些照片——他知道我嫌自己身材不好,我可不管。我得看照片。得看看妈妈说的对不对。

她是对的。我看着真丑。我厌恶自己,无论是长相还是身材。我确实很胖。虽然没穿连体式泳衣,但为了挡住屁股,我还是穿了沙滩裤,我的屁股很丰满,很有女人味,我讨厌自己这样。乔告诉我,我穿比基尼胸部很好看,可我一点都不觉得。我觉得大胸丑死了。我痛恨大胸。我希望我是没曲线的平胸。我希望我的身体不会让人浮想联翩,不会让人想到性。

我停止了哭泣,现在我极度憎恶自己。乔感觉到了我的情绪变化,一把从我手中夺过手机,跟我说他要把手机放到酒店保险箱里。我没反抗。

接下来的两天,我的手机一直放在保险箱里,泳衣也原封没动,一直甩在浴室的门把手上。剩下的一两天我们想好好散散心,乔陪我徒步、开车兜风,总之就是些不需要在公共场合脱衣服的活动。要回去的那天早上,我已经不怎么想着这事了,手机跟我分开得也够久了,我差不多都忘了这事,忘了妈妈发的那封恶毒的邮件。

可收拾行李时,我斜着眼睛瞟到乔正小心翼翼地输保险箱的密码。他把我的手机拿出来塞进口袋。我叫他给我先看一眼。他提醒我说这是个坏主意,看了只会给我带来伤害,可我就是忍不住。我想看。我得看。

手机一拿到手,我就知道我错了,但为时已晚。妈妈打了四五十通电话,发来二十二封邮件。我疯狂地浏览邮件,她说的话一封比一封狠——她叫我蠢货、窝囊废、人渣、魔鬼。乔说再不走要赶不上飞机了。可我管不了那么多。

我又读了一封。标题是"写给你粉丝的信"。点开后我发现邮件里附了几句对我大加抨击的话,妈妈说她已经把这些话转发到了詹妮特·麦柯迪粉丝会,目的是让粉丝们远离我。她说她要抢走我所有粉丝,本来她的功劳就比我大,她信誓旦旦地说她要注册 Vine 账户,粉丝们肯定会很喜欢她的搞笑短视频。

我怀疑妈妈只不过是想吓唬我,于是我去粉丝会看了一眼。她不是在吓唬我。那几句话就在粉丝会的首页。我简直无法相信。

我回过头看邮件,这时妈妈又发来一条信息。我点开了:

让我癌症复发的人是你。你听了这话很高兴

吧。你一辈子给我记好了：是你让我得了癌症。

我给妈妈写了封回信，问她我们能不能坐下来面对面地谈一谈。我相信，只要她愿意，我可以把事情解释清楚，让她接纳我。我不顾一切地恳求她。

亲爱的妈妈：

求你了，我们能见面谈一谈吗？求你了。就我和你。我们可以坐下来，把事情说清楚。不管你问什么我都会原原本本地告诉你。求你了，妈妈。我不想让你难过。只要你能不难过，让我做什么都行。我相信，等你了解了事情的来龙去脉，你就不会那样想我。我好爱你。我想再次靠近你。我想你。

爱你的，妮特

我关上手机，把手机塞到乔口袋里。他问我她说了什么。我什么也没告诉他。我已经麻木了，像得了紧张性精神分裂症。回程飞行途中，我一句话也没说。

这几年我和妈妈关系越来越疏远，我从没想过会这样。出名和谈恋爱这两件事让我和妈妈之间的关系紧张到我几乎无法忍受。还有她癌症复发带来的压力。也许一切压力的根源都是癌症。

　　为什么她不能承认自己快要死了？为什么我不能承认她快要死了？我恨她太看重名气，她恨我太在意乔。我们对彼此的恨似乎多过爱，可也许我们都只是害怕。也许我们会任由隔阂越变越深，因为在内心深处我们都知道，隔阂很快就会超出我们的控制。

　　飞机降落了。我们在停机坪上绕了一圈，我点开准备发给妈妈的电子邮件草稿。点击发送。几分钟后，我的手机响了，妈妈是这样回复的：

　　　　嗯，我们可以见面。P.S. 记得寄点钱来，要买冰箱。酸奶都馊了。

46

　　"詹妮特？等妈妈死了你会在葬礼上唱《迎风展翅》吗？"

　　妈妈和我坐在卡加汉大道的熊猫快餐厅里。妈妈嚼着蒸西蓝花，我嚼着蒸卷心菜，这是她的生日晚餐，我和她不过是互相敷衍，我俩关系现在就是这样。

从夏威夷回来后我和妈妈见了面，从那时开始我们就貌合神离。爸爸开车把妈妈送到我的住处，把她从轮椅里抱出来，让她坐到沙发上。茶还没泡好，我等着妈妈先提乔的事，咱们见面不就是因为这个么——聊聊乔。但她自始至终没提。她只问了问我工作上的琐事，我跟她唠叨了几句《海军罪案调查处》。妈妈特别喜欢这部剧的主演马克·哈蒙。

她打算什么时候提呢？我很纳闷。我一直在想着这个问题，不知不觉两个钟头过去了，爸爸又来接她回家了。

现在我们到了卡加汉大道上的熊猫快餐厅。最近这几个月我和妈妈一直这么相处——表面上说话客客气气，实则暗流涌动，有痛苦、有怨恨——说起来也没多久，但我们已经习惯了这样的相处方式。所以我没料到妈妈会要我在她的葬礼上唱《迎风展翅》。

我们都假装妈妈没得癌症，没人提这事，因为提了难受。妈妈问这个问题等于违反了家里不成文的规定。我不知道她是怎么想的，也不知道该怎么回应。

"呃……"

"但你得带着感情唱。你得相信你自己唱的。三心二意的可不行。"

我还没答应，妈妈已经在指手画脚了。

"呃……"

"唱给我听听。"

"妈妈，这是在快餐厅，我不想……"

"唱唱看。"

"生活在我的阴影下，一定很冷……"不由自主地，歌声从我的嗓子眼往外流淌。现在我的身体是由"满足妈妈需求"的程序驱动。附近一个员工一边拖地，一边用余光看着我。

"阳光不曾……"

"更投入点，更悲伤点。要用心体会，我的小天使。"

"阳光不曾照在你的面庞庞庞……"颤音有点重，但妈妈喜欢我这么唱。

"很好，停。我不想现在就把你搞得太累。得把最好的状态留到以后。到时你愿意唱吗？"

我觉得我必须唱。这是妈妈的遗愿。唯一的问题是我的音域没那么宽。主歌部分我还能凑合，用低音唱就行。可这首歌的副歌部分很高亢，我唱不了那么高。

回到住处后，妈妈让我在YouTube上把这首歌找出来跟着唱，她要感受一下我唱出来是什么效果。

"我以为你不想让我累着呢。"

"哦，现在准备是太早了——但愿吧——无所谓了。"

妈妈这么说话，或者说用那一个词——对我打击很大。但愿。我对她很生气，很快又觉得内疚。我是个坏家伙，妈妈在慢慢死去，我还生她的气。

我把内疚化为动力，我要实现妈妈的遗愿。也许这样我就问心无愧了。我在 YouTube 上找到这首歌，点击显示歌词。我跟着一起唱。不出我所料，主歌没问题，可当唱到"你可知道"这部分时……很明显。我唱不了那么高。

"嗯，那是因为你唱之前没开嗓，"妈妈让我放心，"先开开嗓再唱。"

于是我又"咦咦咦……啊啊啊"了十分钟。可这回还是同样的问题。为了确保我的判断没错，我又唱了一遍。

"我音域没那么宽。"最终我还是说实话了。

"别这么说。"妈妈厉声说道。

"对不起。"

"你能唱好。我知道你能唱好。你还有很多时间练习——但愿。"

妈妈就要死了，我不想练习她交代我要在葬礼上唱的那首歌。我不想再去想妈妈的葬礼。我想回到原来的状态，假装不知道那些说起来叫人难受的事。尽管我很讨厌那样，但我还是想继续装下去。

"你今晚干吗不多唱几遍呢，亲爱的？"妈妈一边催我，一边摘下 UGG 帽子，挠了挠她的光脑袋。表面上看，这是个叫人难过的举动，但我发誓，她这么做只不过是想操控我。

我把进度条拉回歌的最开头。前奏响起，20 世纪 80

年代特有的轻快曲风。我又跟着唱了一遍。

47

"你走错路了。"我通过手机免提告诉外公,我在窗户里看着他。

"哦噢。"

他把轮椅掉了个头,推着妈妈往反方向走去。我站在公寓面向院子的窗户前,俯视着他们。我选择这套公寓是因为窗外的风景,确切地说,是因为窗外的风景不怎么样。这座大楼里最受欢迎的是面向日落大道的单元,从那儿可以直接看到繁华的城市。但我绝不会选择那边,因为那边的窗户正对着尼克儿童频道片场,而片场一侧张贴的是《爱卡莉》明黄亮紫色的广告牌,你能看到我咧着嘴假笑,发型也很俗气。我可不想每天早上醒来就看到自己。

外公和妈妈拐错了几个弯,坐错了几次电梯,好不容易才找到我这个单元。我们一边喝茶,一边闲聊了几分钟,然后下楼去停车场,外公开车带我们去吃午饭。

"你想去哪儿?"我问道。别说出来,别说出来,别说……

"温迪餐厅?"妈妈一脸无辜地建议道。

"嗯好。"我拘谨地笑着说。温迪餐厅也不是不可以。实际上,我甚至觉得温迪餐厅有些菜品很好吃。我们都吃过他家的招牌巧克力冰激凌。

我紧张不是因为温迪餐厅不好,而是妈妈选它的原因。她知道我有钱,她想去哪儿吃饭都行,而她选温迪餐厅并不是因为她喜欢,而是因为她可以跟她的朋友和教会教友吹嘘,她是多低调、多朴素,即使是在生日这样特殊的日子,她也只吃了一份快餐店的沙拉。

妈妈快把我逼疯了。她渴望怜悯。她现在是癌症四期,可怜她的人已经够多了。她不必再用温迪餐厅给自己加码。

外公把车开出停车场,开到第一个红绿灯前。红绿灯的正后方是《爱卡莉》的巨幅海报,真是不忍直视。我很焦虑,开始整理后座背面的口袋。口袋里乱糟糟的,我把废纸、皱巴巴的收据、脏兮兮的餐巾纸,还有一本西恩·汉尼迪的《保守派的胜利》从里面掏出来。外公扭头看我在做什么。

"想借去看看吗?我看完了。写得很好。非常好。"他敲了敲他的仪表盘,权当强调。

"行啊。"(我不想。)

"看到她了!"妈妈边说边用她的一次性柯达相机拍

了张照片。她至少存了一百张那块巨幅海报的照片。

相机从妈妈手里掉到了地上。我伸手去捡。我捡起相机坐好，看到妈妈在抽搐。她的手紧紧攥成两小团，脸部扭曲，一只眼睛眯成了一条缝，嘴巴歪向一边。妈妈看着就像完全失控的精神病人，来回摇晃着。我吓坏了。

我告诉外公妈妈有些不对劲。外公"问候"了几遍上帝。妈妈什么也没说，因为她说不出话。外公朝两边望了望，确保周围没车，然后横穿过马路，闯过红灯，把车开到了尼克儿童频道片场的停车场。保安卡尔人很好，他认出了外公，因为外公经常去片场看我。外公让卡尔赶紧打911。

这时妈妈在口吐白沫。我确信她就要死了。外公吩咐我让妈妈躺下。我解开她身上的安全带，把她拉到我腿上。这是我一生中最惊恐的时刻。

救护车很快就到了，速度快得惊人。他们把妈妈拽到担架上，给她扣好安全带。她还在抽搐。他们把她推进救护车。一个急救医生认出了我，让我和妈妈一起上了车。被人认出来时我很少会觉得高兴，这算是一次。

我抓住妈妈的手，紧紧握着。我告诉她没事，虽然我确信她有事。救护车上的笛声响了起来。从车里面听，那声音是扭曲的。车开出了停车场，往右驶去。我握紧奄奄一息的妈妈的手，看着她嘴里冒白沫。我们又经过那块海报。我看到自己呆头呆脑的笑容和又傻又过时的该死的发型。生活在嘲弄我。

48

平安夜前一天。妈妈已经在重症监护室里躺了一周，一点反应也没有。她脑子里的肿瘤导致癫痫发作，显然，这是"相当正常的情况"，医生是这么告诉我们的，就好像"正常情况"不可怕似的。

马库斯、达斯汀、斯科特和我在等候室里坐成一排，外婆和外公在重症监护室看她。大家都缄口不语。

最后，我提议去汉堡王买些东西给大家吃，我迫切地想转移注意力。而食物最能让人分神。哥哥们谁也不想吃。他们跟我说他们现在"吃不下"。我很羡慕他们。羡慕他们能把悲伤和压力化为"食不甘味"。

我去了街对面的汉堡王。我点了皇堡、薯条和冰可乐，还有墨西哥卷饼和炸鸡柳。点餐很快，吃起来也是风卷残云，我根本控制不了自己。吃完后我感觉肚子胀胀的。

我想把吃进去的东西再吐出来。我听别人说过，但从没尝试过。现在似乎是尝试的好时机。我把汉堡王的袋子塞进快要爆炸的垃圾桶，往医院走去。我冲进大门，穿过大厅，跳上电梯，新计划让我很兴奋。我在重症监护室那层楼下了电梯。哥哥们已经不在等候室了。他们肯定进去看妈妈了。我朝卫生间走去，里面有两个隔间，我确定隔间里没有其他人，然后跪在医院冰冷坚硬的瓷砖地面上，把手指伸进喉咙。啰。我戳了戳喉咙后面。很疼，但什么也吐不出来。我又试了一次。吐不出来。再试一次。还是不行。

我放弃了。我洗了洗手。我真没用，没法控制自己不吃东西，也没法控制自己把吃下去的东西吐出来。

我匆匆走过走廊，推开通往重症监护室的厚重的门。马库斯、达斯汀和斯科特站在她周围。妈妈盖着医院的被单和毯子，我几乎看不出她瘦小的身形。

"她醒了。"达斯汀告诉我。

我冲到床边，握住她的手。我喜欢她手的触感。很小，手指很短。皮肤滑滑的，很温暖。

"妮特。"她说，无力地转过头来看着我。我满眼都是泪。也许她会没事的。我真不敢相信。我很高兴。

"他们说你去汉堡王了。别吃那些东西。皇堡脂肪含量太高。"

我笑了。一滴眼泪顺着我的脸颊流了下来。妈妈会活下来的。暂时,她会活下来。

"我知道,妈妈。我知道。我没要蛋黄酱……"

她叹了口气:"还是高。"

49

米兰达在哭。我在哭。我俩都在哭。止不住。我哭不是因为《爱卡莉》要剧终了,也不是因为今天是拍摄的最后一天。我倒是觉得这挺好,甚至很兴奋,我期待这一天的到来。尽管我对为我量身打造的衍生剧没抱太多信心,但我很高兴,起码我可以跟这部剧拜拜了,拍这部剧让我觉得自己每天都生活在电影《土拨鼠之日》[1]中,日复一日做着同样的事。

我哭是因为我不知道我和米兰达的友情会怎样。我们非常亲密,像姐妹一样,我们不会消极地攻击对方,关系也不会莫名其妙地紧张。我本以为女孩子相处会斤斤计较、小肚鸡肠、暗箭伤人,但我和米兰达的友情跟我想的太不

---

[1] 电影《土拨鼠之日》(*Groundhog Day*)讲述了气象播报员菲尔因一场暴风雪,被困普苏塔尼的边境小镇并进入时间轮回的故事。

一样了。

和米兰达在一起总是很轻松。我们的友谊很纯粹。

副导演给我和米兰达递过来一张纸巾。我们"面目狰狞"地擤了擤鼻涕,然后回到自己的位置,拍摄我俩一起出镜的最后一场戏。我们伤心欲绝,抱头痛哭。

这种曲终人散的感觉在片场真的很常见。你会跟你周围的人很亲近,因为比起家人,你和他们待在一起的时间更长——在某段时期内。然后你们不在一起待了。渐渐地你发现,你与你认为亲近的人说话越来越少。最后你完全不和他们说话了。你会怀疑你到底有没有跟他们亲密无间过,还是说这一切不过是假象,还是说你们的关系就像临时搭建起来的片场布景。

我不喜欢在特定的背景下去认识了解一个人。哦,那是和我一起工作的人。那是和我一起参加读书会的人。那是和我一起拍剧的人。因为一旦背景消失了,友谊也就走到了尽头。

我渴望了解我深爱的人——没有背景,没有外框——我也渴望他们能这样了解我。尽管我认为我非常了解和熟悉米兰达,但我不喜欢在《爱卡莉》的背景下了解她,因为《爱卡莉》即将结束,我不希望我们的友谊也随之结束。

50

"你确定?"

"我确定。"

"现在不是抛弃我的时候。现在是你最需要我的时候。"

"我不这么觉得。我觉得……如果接下来几个月我跟你待在一起,我会太依恋你。"

"你为什么不想依恋?这有什么不好?这不就是爱吗?"

"我只是担心,如果太黏你,妈妈现在这样,你知道……"我说不出口。越是事实,我就越说不出口。医生们一直在说,妈妈的健康状况迅速恶化,已经有一段时间了,久到让我怀疑"迅速"这个词医生用得是不是不对。反正,妈妈的情况确实越来越糟。她现在离不开轮椅。她比我以前看到的还要虚弱。癌细胞几乎已经扩散到全身。末日将近。我咬着指甲。

"我最依恋她,我担心我会把对她的依恋都压在其他人身上。"我说。

"嗯,我没问题。我想要。压到我身上吧。"

我没料到他会是这个反应。我改变主意了。

"也许我说得不对。我只是觉得,跟你在一起我没法一心一意地去照顾家人。"

"我影响你了？"

"不。嗯，是。我也不知道。"

我挠了挠头。这一刻我想逃离，逃离托尼飞镖之家——在班伯克的所有素食餐厅里，乔最喜欢这家。

"听着，不爱我你就直接说。我能接受。"他说。说到最后他声音变得嘶哑，这出卖了他。

他的素食香肠和啤酒来了。每次我最不希望别人旁听时，餐厅服务员就会分秒不差地不期而至。你不得不佩服他们这项技能，活像专门训练过似的。

"我真的爱你。"

"那你干吗要和我分手？"乔咬了一大口香肠。极为粗鲁的一大口。嘴唇上全是素食蛋黄酱。看起来很恶心。

也许这就是原因。也许和妈妈根本没关系。也许是我翻篇了。大多数时候，他嚼东西的样子都让我很烦。他老爱撒娇，让我浑身不自在。他讲的笑话一点都不好笑。他胸无大志。喝太多酒。脾气大。我现在不觉得我们的年龄差很酷，相反，我俩都觉得有点尴尬。

我想知道现在他能数出多少我的毛病。他会怎么说我？我很自私。占有欲强。不太会社交。我不喜欢他的朋友。太苛刻。不够关心他。

乔还在嚼刚刚咬的那口香肠。该死的，就那么一口，他已经嚼了一分钟了。干吗不小口小口吃呢？那样容易得多，乔。

"你听到没？"他问，"如果你还爱我，为什么要和我分手？"

在他满嘴都是素食蛋黄酱的时刻，我的内心发生了一些变化。我的耐心一下子消失殆尽。在这样一个廉价素食酒吧，闻着我根本不想喝的啤酒，四周有太多电视播放着我不想看的篮球比赛和足球比赛。我坐在腿长短不一的酒吧凳子上，对面是一个我不再爱的男人。我很麻木。我累了，了结吧。

"听着，我就要分。"

51

米兰达在开车，我坐在她保时捷卡宴的副驾上，最近我们经常一起玩，有一半时间都在路上。压根没必要担心离了背景会疏远，拍完《爱卡莉》后我们的友谊更加牢固了。

我们每周会出去玩三到四次。通常有个晚上会一起过夜，就像昨晚。一般是在米兰达那儿过夜，不过昨晚我们住在拉古纳海滩的瑞吉酒店，这是《爱卡莉》最后一季拍完后尼克儿童频道送我们的礼物。

在瑞吉酒店过夜跟在米兰达家过夜没两样，虽然住的是豪华酒店，我们也没干什么特别的。坐在房间里，看了一部关于色情行业的电影，主演是阿曼达·塞弗里德。尽管我们都觉得这部电影很一般，尽管我们都不知道她的姓怎么念，但阿曼达·塞弗里德美得像坠入人间的天使。我和米兰达为这个故事感到难过、痛心和内疚，和电影里的人相比，我们拥有的太多，我们相互诉说着。我们还看了真人秀节目《妈妈舞蹈》——导师艾比·李·米勒对选手们太苛刻，而父母们求胜心切，对此我们很有共鸣，后来我们都睡着了。

离开酒店没多久，米兰达向最近的高速公路匝道驶去。我们一边吐槽一边哈哈大笑，车上正在放凯蒂·佩里的《咆哮》（我和米兰达一起看过滚石乐队的演唱会，可拜托，我们是21岁的姑娘，凯蒂·佩里比米克·贾格尔更对我们的胃口[1]）。这时电话响了。是妈妈。

"喂？"

"妮特！妮特！救救我！"

"慢点慢点，别着急，怎么了？"

"救我！我好害怕。"

---

[1] 凯蒂·佩里（Katy Perry）出生于1984年，美国流行乐女歌手、演员、词曲作者。米克·贾格尔（Mick Jagger），出生于1943年，英国摇滚歌手，滚石乐队创始成员之一，1969年开始担任乐队主唱。

"怕什么？"

"他们又要给我动手术。"

妈妈前段时间就准备做这个手术。乳房切除后植入的假体最近开始渗漏，医生要打开胸部，清理渗漏，修复假体——据说手术并不复杂。

"没事的。是个小手术。"

"我感觉不对劲，妮特。不对劲。"

我听到电话那头有个护士在说话："女士，这里不允许打电话。"

"求你了，妮特！做点什么吧！"

"你要我做什么？"

"不知道！我需要你！"

她听起来惊恐万状。她的声音里有一种我从未听到过的颤抖。我很害怕。电话到了爸爸手中。

"嘿，詹妮特？"

"嗯？"

"她现在就是情绪比较激动。她躺在病床上，医生要推她进去手术。我和她在一起。没事。"

"要我去吗？"

妈妈喊"要"。爸爸说"不用"。

我又问："要我去吗？"

"不用，没事，"爸爸说，"等你到医院手术都做完了。

很快——对身体没什么伤害。医生都很厉害。我一会儿会给你打电话。"

酷。我把音量调大。米兰达继续往前开。

"没事吧?"

"嗯,没什么。"

她没追问。我们沉默了几分钟才又开始说话,想到什么说什么。直觉告诉我,有点不对劲。我们停车加好油,继续往前。电话又响了。是爸爸。

"怎么样?"

"喂。妈妈不太好。"

"什么?"

"她的身体显然经不起这样的折腾。"

"等等,你说什么?我以为手术对身体没有伤害……"

"她现在是昏迷状态。"

"可你说医生很厉害……"

"她情况不太好。你赶紧过来。"

我挂断电话,心神恍惚。我把事情告诉米兰达。她提出要开车送我去医院。我说好。我盯着窗外。红灯,米兰达停了下来。

"读作塞——弗——里——德,"米兰达直截了当地说,"我查过了。"

52

"妈咪。你听到我说话了吗？我瘦下来了。总算瘦到89磅了。"

我放下交叉的双腿，绝望地探过身。

"89！"

很庆幸，自从妈妈陷入昏迷后，我就没再暴饮暴食。事实上，我几乎什么都没吃。体重一直在急速下降。

哔。哔哔。哔哔。

病房里的仪器持续作响，我慢慢接受了事实：我的这条爆炸新闻并不能把妈妈喊醒。哥哥们从小餐馆回来了，我抹去眼角的泪水。谁也没说话。不需要说话。他们围着妈妈坐下来，大家都盯着她。

我看了眼时间。现在是2点30分，两个钟头前，医生告知我们妈妈只剩下不到四十八小时的生命。我不知道她还剩多少时间，已经过去了多少时间。四十四个小时吗？十小时？两小时？每一分每一秒都是如此缓慢，如此沉重。我拼命想抓住每一个瞬间，但它只是不停地嘀嗒作响。我从没感觉这么糟过。

"姜……气……死。"

大家都猛地扭过头。发生了什么？她说话了。有气无力、十分勉强、几乎听不见,但她还是说话了。

"姜……气……死。"她又说。

马库斯向前靠了靠。"哦,妈妈,别这么说。你不会死。"

"**姜**……**气**……**死**。"她带着一丝愠怒。这才是她本来的样子。

达斯汀打了个响指。"姜汁汽水!"

妈妈睁大眼睛表示认可。我们围在她身边开怀大笑,要不是她快死了,我们会笑得更起劲。在这样的生死关头总得找点乐子。不然太痛苦、太折磨人了。

马库斯跑到走廊去,在自动售货机上买了一瓶姜汁汽水。他回到监护室,打开汽水,斜着放在妈妈嘴边。我们都笑了起来。很好,不是吗?是个好兆头。妈妈一边嘴里嘟囔着什么,一边咕嘟咕嘟地喝汽水。这说明她会好起来的。这说明她会挺过来的。不是吗?

我很绝望,我知道。我还抱有一丝希望,我知道。但我别无选择。我不能让她走。

* * *

一个半星期前,妈妈从重症监护室搬出来之后就一直住在普通病房。去他妈的四十八小时。吃我一拳,韦斯曼医生。我有时这么想。直到后来他向我和哥哥们保证——他经常这么干——这并不能说明妈妈会奇迹般地康复。他不希望我们抱有希望。尽管我很想跟他理论一番，可我知道我不能。我看到了。妈妈大便都是拉在袋子里，呼吸全靠机器。情况根本不可能好转。

妈妈住院的第一周，我和哥哥们住在附近的旅馆，等着她死掉。但她没有。一周后我们退了房。生活又恢复了常态，或者说尽可能地恢复了常态。达斯汀不再请病假，回去上班去了。马库斯飞回了新泽西。外公和爸爸轮流陪夜，多数晚上妈妈都有人照看，白天则是斯科特陪护。我每天下班后都会去看望妈妈，那部衍生剧已经开拍了。上班时我在色彩鲜艳、灯光刺眼的摄影棚拍摄《山姆与凯特的新生活》，甩着黄油袜，喊着拙劣可笑的台词，下班后就坐在医院床边的椅子上，周围弥漫着消毒水的气味和死亡的气息。

今天也不例外。我刚拍完一场戏：先是和校园恶霸对峙，然后用火腿三明治扇了某人一耳光。现在我在医院。看着护士给我母亲换大便袋，她斜眼偷瞄我。我知道接下来会发生什么，对我来说那纯粹是折磨。

"你是？"护士问。要不是之前在这家医院遇到过好多次这种情况，我一定会很震惊：妈妈就要死了，居然有人会问坐在对面的我是不是山姆·帕克特。

我没吭声。我眯起眼睛,希望这个护士能明白,她现在问这个问题多不合适。但她没有。

"你看着很像萨曼莎·帕克特。山姆。是你演的吗?"

护士在处理我母亲的粪便,而我坐在这儿,对人性感到彻底绝望。

"不是。"我回答。很粗鲁。

"你看着就是她,就像一个模子刻出来的。你介意我拍张照给侄女看吗?她肯定想不到会有人跟山姆那么像。"

我向后靠在椅子上。椅子吱吱作响。"不行。不拍。"

我看着妈妈。谁能想到癌症会把她折磨得不成人样。虽然她身高只有4英尺11英寸,可身材却凹凸有致。细腰窄肩,屁股也不扁,要腿有腿,要胸有胸(好吧,说到胸部,只有一边是她本来的胸,另一边是植入的假体)。身材匀称。现在她肚子鼓鼓囊囊的,胸萎缩了,腿瘦成了枯树枝。她的胳膊看起来更长了,简直像猴子一样——垂在她身体两侧。她看着不像人。

"呜哎里呜!"妈妈恍惚地喊道。她现在只会说这几个字。她脑袋里长了很多很大的肿瘤,差不多脑死亡了。可她仍然隐约记得怎么说"我爱你"。我的心很疼。

"呜哎里呜!"她又说了一遍,头晃来晃去,眼神空洞。我咬着嘴唇,直到嘴唇淌血。

我在医院陪妈妈,我想好好看看她——端详她,记住她的模样。可我又不想以这种方式记住她。每看一会儿，我就把脸转过去。有时我会逼着自己握住她的手，告诉她我爱她，我会陪着她，但多数时候我没那么坚强，我做不到。我只好坐在角落的椅子上，偶尔看看她，剩下的时间就望着窗外，努力让自己不崩溃。

手机响了，科尔顿发信息给我，问我想不想离开几天，开车去旧金山玩。他知道我内心很煎熬，觉得出去玩一趟能让我散散心。我问了外公，接下来这几天妈妈是不是都是这样"稳定"的状态，外公说是。

我瞅了妈妈一眼，她正在胡言乱语。我等不及要离开这个地方。我起身在她的额头上亲了一下，走出病房。

53

我坐在科尔顿的道奇战马的副驾上。他在开车。我们回忆起第一次见面的情景，我俩是在犹他州拍电影时认识的，那差不多是十年前的事了。离旧金山还有 15 英里[1]时，他提议说要买点酒，等到了酒店喝。我从没喝过酒，摩门

---

1 约合 24 公里。

教有不准饮酒的教规之类的，但更多是因为见过酒对乔的不良影响，我害怕喝酒。

要说有谁能让我破例喝酒，那人一定是科尔顿。他热心，也有活力，总能让身边的每一个人都感觉如沐春风。加上他是同性恋，我不用担心我俩之间会擦出火花。

一到酒店房间，我们就把酒打开，往浴室的两个塑料杯里各倒了杯酒。我们又打开一包水果软糖，这样喝完酒就有的嗑了。

"准备好了吗？"科尔顿兴奋地问。我点点头。他开始计数。"一、二、三。"

我们堵住鼻子，一口气把酒干掉，然后嚼起了水果糖。

"我没什么感觉。"我很疑惑。

科尔顿答应了，于是我们又喝了一杯。

"嗯，还是没多少感觉，但我现在好像有点头晕。"

科尔顿答应了，于是我们喝了第三杯。

"啊，有感觉了。"

科尔顿答应了，于是我们喝了第四杯，以防万一。

还没搞清楚第四杯是什么感觉，我们已经开始在床上蹦蹦跳跳，在酒店走廊里玩捉迷藏，还偷偷溜进酒店游泳池，虽然它已经关门了。我们还计划把我俩铐一起，铐一个星期，然后拍成短片。我们到处找手铐。幸好没找到。

第二天早上醒来时我感觉特别精神，虽然眼睛下面到处都是晕染开的睫毛膏，看着就像只浣熊，身上穿的还是昨天的衣服。

"这是我这辈子最美好的夜晚之一。"我宣布。

科尔顿也这么认为，我俩都考虑再喝一杯。最后我们决定等到晚上再喝，这样心里有个念想。

上帝啊，我眼巴巴地盼着那一刻。难以置信，我居然等了这么久才体会到喝醉的感觉——飘飘欲仙、绝无仅有。喝醉后所有的烦恼——憎恨自己的身体，大吃大喝时感到羞耻，将死的母亲，出演一部让我觉得非常丢脸的电视剧——一切都消失了。喝醉时我不那么焦虑，不那么拘谨，不那么在意妈妈想要我怎样、怎么看我——事实上，当我喝醉时，妈妈对我评头论足的声音完全消失了。我等不及到今晚了。

54

咚——咚——咚。

我猛地醒了，这声音把我吓了一跳。哎哟。头一跳一跳地疼。我揉了揉太阳穴。这肯定是宿醉。我只听人说过宿醉怎样怎样，但从没亲身感受过，尽管自从上回在旧金山和科尔顿第一次品尝了田纳西蜂蜜杰克威士忌之后的三个星期，我几乎每晚都会喝醉。在这之前，就算喝醉了，不管喝的是什么酒、喝了多少，第二天早上醒来时我还是跟没事人一样。可不知道怎么回事，今天不一样。是因为昨晚喝了龙舌兰？威士忌？朗姆？葡萄酒？还是因为把四种酒混起来喝了？鬼才知道。

咚——咚——咚。

妈的。几点了？我看了看手机：上午8点5分。他妈的。我忘了定闹钟。五分钟前我就该出发去机场了。这肯定是尼克儿童频道派来的司机。

"来了！"我喊道，想假装自己早就醒了，可声音不太像。

我猛地拉开前门。门前站着的不是那个西装革履的司机，而是比利——我那个成天乐呵呵的包工头，正嗑着润喉糖，还有他的三个手下。

"嘿！"比利高兴地说，没等我说话就冲了进来。三个手下跟在后面。

比利今天要来，我彻底把这事给忘了。我不该忘，因为他几乎每天都来。

三个月前我买了一幢别墅。每个人都说他们很看好这笔投资。再说，想到买房我就很激动。这是第一个属于我的家。没有霉斑,没有堆得乱七八糟的杂物。它代表我这一路已经走了多远。

别墅有三层,临坡而建,很漂亮,拿到房就可以拎包入住,所以我立刻就能搬进去,不用做任何改造,非常省心。我还把样板间的家具都买回来了,这样就不用操心家装了。我的设想就是,费心的事交给别人去做,享受的事留给自己。

可搬进去还没几周,他们就跟我说整个房子的基础设施需要挖出来换掉。有根管子断了,浴室漏的水一直漫到了客厅,所有的家具都给泡烂了。厨房水槽堵了,有个马桶也堵了。地板都裂开了,还断了一级楼梯。这房子根本不能拎包入住。看着光鲜,其实里面烂透了。

比利和他的手下爬上楼梯,我走到门廊,把脖子伸到外面,看看司机在不在下面。他在。他当然在,妈的。他不仅在,还抱着胳膊,戴着手套,发动机开着,后备厢也打开了。司机总是那么准时,那么"严阵以待",这总是让我很恼火。

"等我几分钟!"我冲他喊。

"好的,女士!不过真得走……"

没等他把话说完,我就"砰"的一声关上了门。我的脾气越来越暴躁,谁也不能容忍。我发觉自己变了,可我不想管。我甚至想要这样。这是一件盔甲。把愤怒当作盔甲比感受愤怒之下的痛苦更容易。

我冲上楼,从衣柜里拖出行李箱,放到硬木地板上,然后打开箱子。几个工人在浴室里敲敲打打,修淋浴头。我蹲下来,胡乱把袜子、内衣、睡衣、牛仔裤和T恤塞进行李箱。

我拿起件夹克,犹豫着要不要带。纽约现在很冷吗?我把夹克扔到一边,最后拿了件连帽卫衣。我把卫衣塞进箱里,合上箱盖,坐在上面,想把拉链拉上。妈的。我忘了带洗漱用品。

我手忙脚乱地跳起来,想到什么就拿什么。乱作一团。我把浴室柜子翻了一遍,拿了些化妆品、一把旅行牙刷、一盒迷你牙线和漱口水。我把它们扔到行李箱盖子上,这时我手机响了。我划开手机屏幕。

"怎么了,爸爸?"

砰砰。嗞嗞。

"你得过来一下。"

"真的吗?"

砰砰。嗞嗞。

"嗯……"

我又一屁股坐到行李箱上。这玩意儿怎么就关不上了?我使劲拽拉链,手里的拉链头给拽断了。我把它扔了。

"你确定吗？我现在得去机场，车在楼下等我。"

爸爸在电话那头吸了一口气。他听起来很不安。

"你要去哪儿？"

"纽约，还记得吗？"

"去干吗？"

嗞嗞——没听过那么吵的电钻声。

"尼克儿童频道的全球……"我停了下来，意识到这句话听起来多可笑，"我不知道，大概是要主持什么活动。我确实不该去？"

"他们说今天就会发生。"

我愣住了，惊恐极了，但很快就回过神来。这个时刻我已经经历过许多次。他们一会儿说妈妈要死了，一会儿又说她不会死。我继续拉拉链。

"嗯，可是……"我说，我以为爸爸能明白我的意思。

"可是什么？"

算了。爸爸一向不明白我的意思，我怎么总记不得呢。

"可这事他们说过很多遍。如果这次还是假警报，我真不该过去。我要是现在撂挑子，尼克儿童频道那边肯定要气死。"

咚咚。前门又响起了敲门声。司机可能想过来看看我收拾好没有。爸爸咽了口口水。

"你真得过来一趟。"

"好吧。"

拉链总算拉上了,我挂断电话。身上出汗了。我站起来,走到床边,在床脚坐了一会儿。在去看妈妈之前,我想让自己先平静下来,这也许是最后一次见面了。我努力消化这个噩耗,但这实在是太煎熬了,砰——砰——砰。嗞——嗞。咚——咚。

55

我坐在沙发上看着妈妈,她躺在病床上,他们给她支了一张医院的那种病床,就在格罗夫破垃圾场的客厅里。为了腾出地方放床,他们把沙发搬走了。通常妈妈都是坐着,不是像这样躺着,但这三周妈妈一直在接受临终关怀,所以这倒也没什么稀奇的,而且她今天的呼吸比平日里要浅。

斯科特和达斯汀坐在边上。所有人都沉默不语,这几年来大家情感已经耗干了。我很惊讶,大家都没哭,好像已经没眼泪了。妈妈要死这件事,我们起码彩排了十几次。

我们都记得那盘录像带。

　　手机响了，是条短信。尼克儿童频道的人联系我，让我别担心错过"全球娱乐日"之类的。我回了条短信表示感谢。

　　又有人给我发短信，这回是我正在勾搭的那个家伙。这家伙跟我是在推特上"认识"的。后来我们见了面。我喊了几个朋友一起，我怕他是坏人，会杀了我。确信他没什么危险后，我们一起吃大餐、玩激光真人CS和迷你高尔夫。我们甚至一起去迪士尼乐园看烟花。（我花大价钱买了VIP尊享导览服务，这样花车游行就不会因为我而停下，高飞狗也不会生气了。）

　　这个家伙温柔体贴又浪漫。但我不爱他。也许是因为我的心已经塞得满满当当，没法爱任何人。妈妈就要死了，也许我不过是把虚浮的关系归咎于哀伤。哀伤是很好的挡箭牌。反正，我发现了，对于不爱一个人来说是个非常有用的办法。

　　爱一个人会很脆弱、敏感、细腻。它们会让我迷失。爱一个人，我自己就消失了。跟一个人眉来眼去、打情骂俏，留下点美好回忆，别让自己陷进去，过几个月再换一个人，这比爱一个人要容易得多。

　　我和这家伙现在就是这个状态。能帮我转移注意力当然好，但我已经准备好换人了。

我掏出手机，看他发了什么。

忙什么呢？[1]

我向来不在意拼写，可上帝啊，麻烦你把"to"拼对吧。受够了。我准备好了，我要结束这一切。我写了条草稿。

嘿——真的很抱歉，但我现在不能跟你聊天。妈妈快死了，我确实需要自己待会儿。希望你能理解。

发送。OK了。就这么简单。我回过头看着奄奄一息的妈妈。又收到条信息。

别这么说，呸呸。你妈妈不会死的。

剩下的信息他视而不见。我翻了个白眼。我跟他都说了12遍，妈妈得的是癌症，可看他这口气，妈妈就是扭到脚而已。他根本不知道失去亲人的感受。我觉得这世界的人可以分为两种：知道失去亲人是什么感受的和不知道的。每当遇到后者，我就无视他们。

这些天我一直处于烦躁状态。我不想跟人打交道。我把手机扣过来，放在沙发扶手上。我看了看达斯汀、斯科特，然后看了看妈妈。她呼吸得很费力。她挣扎着要活下去。我讨厌这样。

妈妈猛地吸了一口气，然后吐了出来。临终关怀护士

---

[1] 原文为"What are you up too?" "too"应该写作"to"。

和爸爸对视了一眼,轻轻点了点头。爸爸看了看我们。妈妈走了。

我们都很麻木。我们都没哭,只是坐着,一句话也没说。最后,我拿起手机。上百条信息纷至沓来。每个人都听说了。《E!娱乐》报道了妈妈的死讯。他们是怎么知道的,我搞不懂。

我打开短信页面,点开刚刚的聊天界面。我盯着那家伙刚发来的短信:别这么说,呸呸。你妈妈不会死的。

我给他回了短信:她刚刚死了。

此后

56

我们各自和妈妈道别,其实就是呆呆地盯着妈妈的遗体。护士把病床从屋里推到临终关怀护理院的车上。

爸爸问我们现在该做些什么,他提议大家出门找个地方走走。我们都没反应。他说南海岸广场不错,那是家豪华购物中心,离家大概二十分钟车程。我们一窝蜂挤进车里。

刚好我要买苹果手机壳,于是就去了苹果专卖店。一个身材矮小、精神饱满的销售向我们走来,他牙齿很白,发际线有些后移。

"嘿,今天过得如何?"他冲我们微微一笑。我们眼神呆滞地看着他。感觉屋里气氛不对,销售赶紧收起笑脸,换了个话题。我真得谢谢他。

"需要我帮忙吗?"

没到五分钟我就买好了手机壳。我们出了这家店,去位于同一层的一家小餐厅吃午饭。我点了一份沙拉,沙拉酱浇在边上,妈妈会为我感到骄傲的。沙拉酱我一口也没吃。我觉得很幸运,甚至感激,心理上的创伤终于让我食欲全无。是的，妈妈死了，可我也吃不下东西了。起码我觉得自己很瘦、很有价值，起码我对自己瘦小的身体感觉良好。我看起来又像个孩子了。我决心保持这种状态。这是在向妈妈致敬。

当天晚上，我孤零零地回了自己的大别墅。比利和他的手下把所有工具都放在外面，他们明天还要来。客厅里的家具上盖着防雨布。我坐在一块防雨布上，四下看了看。我想我可能讨厌这幢房子。

我坐立不安。屁股下面的防雨布起了皱，发出很大声响，听着叫人心烦。我不知道该拿自己怎么办。我开了一瓶威士忌，对着嘴喝了几口，然后给科尔顿和几个朋友发短信，问他们能不能过来陪陪我。

我们一起去了小东京[1]，找了家寿司店吃饭。我喝了一瓶清酒。大家把菜单传来传去。上面的每一样我都想点，都想吃。

我搞不懂。上个月我甚至都想不到要吃东西，每天都是靠着威士忌、零度可口可乐和两袋乐事烧烤味烘焙薯片过活。怎么回事？我现在感觉自己就要饿死了。饥不择食。

大家聊了十分钟，我一声也没吭。我敢肯定，大家都

---

1 位于洛杉矶市中心的一条日本美食街。

以为我不说话是因为心里难过。但不是。这是我对食物不为人知的迷恋。

女服务员走了过来,我还是没想好要点什么,但我已经醉得差不多了,索性就点了在菜单上看到的第一样东西——照烧饭。我叮嘱自己,只能吃配菜蒸卷心菜,最多再吃上几口米饭,可当热气腾腾的一碗饭端到我面前时,我实在是忍不住了。每一口都狼吞虎咽。我又点了一瓶清酒、一份蒸饭、一些蛋卷,还有一碗冰激凌作为甜点。两瓶酒给我喝得一滴不剩,每一样食物也都给我一扫而光。

大家回到我的住处,我的脑袋晕乎乎的。我们一起玩桌游、听音乐,但我都是装装样子。我脑袋里只惦记着一件事——吃了那么多东西,下面要怎么办。

我想办法把大家尽快都赶走,这费了我不少心思,今天妈妈死了,毕竟是我喊大家过来陪我的。每个人临走前都再三问我,需不需要有人留下来陪我过夜。

等他们一走,我飞快地跑上楼梯,跑进主卫生间。地上摊着比利的一堆堆工具,我只能踮起脚尖绕过去,走到马桶边。我掀开马桶盖,跪在地上,把手指塞进喉咙。

没反应。妈的。我又试了一次,更用力了。哕。我捅了捅喉咙,有股鲜血的味道。喉咙肯定给我捅破了。嗯,行吧。我就不信我做不到。我稳住呼吸,使劲把手指往后伸,终于,呕吐物从我嘴里喷了出来,落在马桶里。我低头看着马桶,看着马桶里一小团一小团的米饭和鸡肉,还有融化的冰激凌泡沫。我觉得自己大获全胜。

如果我搞砸了,吃下去了会怎样?如果没吐出来又怎样?又能怎样?我只要把手指塞进喉咙,弥补自己刚刚犯的错就行了。这是个好的开头。

57

一会儿要参加妈妈的葬礼,我一边打扮,一边看着镜子里的自己。每样都按照妈妈最喜欢的来——把头发烫卷,涂上鲜艳的大红唇,沿着敏感的泪腺画眼线——巧了,妈妈喜欢的恰恰是我讨厌的。最后的效果比我想的要夸张,可没时间重弄,只能这样了。

我机械地穿上黑色连衣裙,拉好拉链,套上高跟鞋。马库斯开车,这个星期他一直和我住在一起。他老婆伊丽莎白坐在副驾上。我坐在后面。开车过去要一个半钟头,我要做一个决定。一个重大决定,一个需要我反复思考的决定。

这一路真是太要命了。路上车水马龙,而且现在电台最热门的歌就是莎拉·巴莱勒斯的《勇敢》,每放三首歌就有一首是《勇敢》。平日里听莎拉·巴莱勒斯的歌倒也无妨，可在妈妈葬礼这一天，我最不想听到的就是她在歌里唱她多么希望看到我勇敢[1]。我权当没听见。闭上眼睛、全神贯注，努力寻找答案。

我到底要不要在妈妈的葬礼上唱《迎风展翅》？

在妈妈生命的最后几个月里，这个要求一直折磨着我。我总会思考这个问题。上个月我甚至每晚都在练习这首歌，后来邻居在我门上贴了一张纸：**别再唱贝特·迈德尔[2]了。**

我对摩门教的一些教义仍然深信不疑，我觉得如果今天不唱，坐在高荣国度宝座上的妈妈一定会无比失望地低头看着我，高荣国度是摩门教最高等级的国度。妈妈最后肯定不会待在中荣国度或者低荣"垃圾国度"。那太逊了。

莎拉使出浑身解数唱着《勇敢》最后的副歌部分，我的思路豁然开朗。知道吗，也许她是对的。也许我应该勇敢起来。也许我应该在妈妈葬礼上唱《迎风展翅》。看在上帝的分儿上，我可是认真的。我的来生就靠它了。

---

[1] 歌词是："但我想知道，当你决定为自己发声会怎样，让流言蜚语通通散去，我真希望你能勇敢做自己……"
[2] 《迎风展翅》由美国著名女歌手贝特·迈德尔（Bette Midler）演唱。

马库斯拐进了摩门会[1]加登格罗夫第六教区的停车场，那是见证我们成长的教堂。我们顺着前门的台阶往上走，绕到后门进了教堂。我已经很多年没来过这里了，教堂的样子和气味跟我记忆中的一模一样。地毯清洁剂和粗麻布的味道，啊。入口处的白色瓷砖，走廊里的蓝色地毯，到处都贴着基督和门徒在不同场合的图片（我对留长发的男人向来不感冒，但基督的下巴线条确实很好看）。

马库斯和伊丽莎白撇下我一个人，招呼宾客去了。我来到家庭等候室，挨着睡眼惺忪的达斯汀、斯科特和外婆坐下。我把手伸进包里，拿出昨晚打印好的《迎风展翅》乐谱，我怕忘词。我翻看着歌词，确保每一句都能背下来。我默唱给自己听，唱到副歌时战战兢兢的。该死。我心里清楚自己没能力唱好这首歌，可又不能不唱。我不能违背妈妈临终时我最后许下的诺言。

我看到钢琴师走过，我正准备把乐谱递给她，就在这时，抬棺人出现了，他们把妈妈的棺材抬进房间。他们故意走得慢吞吞的。抬棺人喜欢成为万众瞩目的焦点。哥哥们开始哭。外婆哀号着："冷盘不够！没想到会来这么多人！"

念悼词环节的压轴戏交给我了，所以其他人念悼词时

---

[1] 摩门教的正式名称。——编者注

我就一直坐在那儿思来想去，有没有什么办法能把这首歌唱好。也许我可以起低一两个调，可那样的话，主歌部分调就太低。也许我可以把副歌部分的旋律稍微改一改，可说实话，谁敢改贝特·迈德尔的旋律。贝特那么会写歌。

轮到我了。

我走到台上。瑟瑟发抖。刚刚我没把乐谱给钢琴师，要想在妈妈葬礼上唱《迎风展翅》，我现在只有一个选择——清唱，不管唱成什么样。我清了清嗓子，深吸一口气，然后我……哭了。那哭声发自肺腑，我在试镜《好莱坞重案组》时的哭声都相形见绌。我一直哭，一直哭。最后主教拍了拍我的肩膀：

"只剩十五分钟了。我们还要准备约翰·特雷德的受洗仪式。"

我走下台，没唱贝特·迈德尔。

58

"谢谢你这么有风度。"副导演扫了我一眼说，眼神里既有怜悯，也有赞赏。

"嗯。"我干巴巴地回答，两个孩子在我身上蹦蹦跳跳,我们马上要排练第七遍这幕戏,这样孩子们才能找准位置。我目睹过创作人为点小事就打发孩子滚蛋,比如漏了一句台词或者没有找准位置,所以在像今天这样的排练日,导演喜欢让孩子们做到万无一失,这样他们才不会丢掉这份差事。

最近我老是听到这句话:"谢谢你这么有风度。"每天都能听到副导演这么说,每次我和经理人通电话时他们也这么说,作家或者制片人同样这么说,每周至少一次,就连片方的联络人员也这么说——他送了我一张面值500美元的巴尼斯百货礼品卡,附的便条上写的就是这句话。

我知道为什么我老是听到这句话。我的搭档爱莉安娜·格兰德是流行音乐界一颗冉冉升起的新星,她要出席颁奖典礼、录制新歌,为即将发行的专辑做宣传,所以她经常翘班,而留下来给她"擦屁股"的人就是我。我当然生气。表面上看,我理解她为什么翘班。但与此同时,我不理解为什么她可以这样做。在拍摄《爱卡莉》期间我试镜成功了两个角色,可最后我只能放弃,《爱卡莉》团队才不会把我的戏份删掉,让我拍其他戏呢。

我试着让自己冷静下来,把前因后果想清楚。行,很好。他们不让我去拍电影是因为那样他们只能把我的戏份全部删掉,至于我那位搭档呢,她尽可以忙音乐上的事,因为她只是排练日和部分拍摄日没来,而不是整周都没来。

结果这一周她真的没来。他们跟我说爱莉安娜这一周都不会来，所以这一集的剧本就改成了她演的那个角色被锁在了箱子里。

你们是在——开玩笑吧。

我只能放弃拍电影的机会，而爱莉安娜却可以在公告牌音乐奖上飙哨音？

去他的。

我以前会把"谢谢你这么有风度"这句话当作发自内心的夸赞。我很自豪。妈妈总是教我要像个大人，总希望我有风度，这样我就可以争取到更多的角色，建立良好的声誉，这对我的演艺事业有帮助。别人说我"有风度"时，我知道我做的是对的。是的。我有风度。我是个好人。好相处的老实人，是"老师眼中的好学生"。

可那都是过去了。我现在满心愤懑，而且我已经接受了自己这样。环境造就了我，既然我无法改变我的成长环境，那为什么要改变环境造就的自己呢？我不想当好人了。我讨厌有风度。要是我本来就没风度，那我也不会陷入这种困境。我就不会出演这部狗屁电视剧，不会待在这个狗屁片场，顶着一个狗屁发型说些狗屁台词。也许我的生活会完全不同。我想象着它会怎样不同。

但它没有不同。这就是我的生活。就是这样。爱莉安娜可以为了她的音乐事业而翘班，而我却只能对着一个空箱子演戏。这事让我很生气。她也让我很生气。我嫉妒她。有几个原因。

第一个原因是，她的成长比我容易得多。我在格罗夫垃圾场长大，家里杂物堆得乱七八糟，得了癌症的妈妈常常为付不起房租、水电费而哭泣。爱莉安娜在佛罗里达州的博卡拉顿长大，那个地方诗情画意又十分富庶，她的妈妈一点疾病也没有，她想要什么妈妈就给什么——古驰包、香奈儿的衣服、奢华的假期。虽然我不想要香奈儿的衣服——我不喜欢他们家衣服布料看起来的质感——可我嫉妒她有这些东西。

第二个原因是，几年前，我最开始与尼克儿童频道就这部衍生剧达成发展协议时，我以为这是……为我量身打造的电视剧。这部电视剧应该叫《这就是帕克特》，讲的是一个粗野的少年犯摇身一变成为辅导员的刺激故事。可现在它成了一部不伦不类的双女主剧——《山姆和凯特的新生活》，说的是一个粗野的少年犯与她的"糊涂虫好朋友"一起开办了一家名为"山姆凯特超级酷炫保姆服务"的保姆公司。这个故事一点也不刺激。

第三个原因是，爱莉安娜已经到达了这样的职业生涯阶段：凡是 30 岁以下的明星排行榜，她都榜上有名。而我的职业生涯正处于这样一个阶段：我的团队为我被瑞贝卡·棒棒选为新代言人而兴奋不已，瑞贝卡·棒棒是个青少年服饰品牌，标志图案是一只伸出舌头的猫，只在沃尔玛有售。我经常干这样的蠢事：拿我的事业和爱莉安娜的事业做比较。我就是忍不住。我跟她老是待在一起，而她对自己的成功也毫不掩饰。

最开始我还能控制住自己的嫉妒心。她跑到片场说她要在公告牌音乐奖上表演时，我没把她当回事。那又怎样？她要发展她的音乐事业，而这是我主动放弃的，我讨厌它。要想事业成功，她得在舞台上唱俗气的流行歌曲，我听着都觉得糟糕透了。反正我不在乎。

然后她小跑着来到片场，说她要上 *Elle* 杂志的封面。这回我动心了，但这是因为我缺乏安全感。我是不是不够漂亮，上不了杂志封面？如果这部剧不是双女主，上封面的是不是我？她是不是抢走了本该属于我的机会？我强忍住嫉妒，装作没事人。

但最终打败我的是，有一天爱莉安娜兴奋地吹着口哨进来，说她前一天在汤姆·汉克斯家玩了一晚上猜字游戏。那一刻我崩溃了。我再也无法忍受了。现场表演、杂志封面……这些我都能接受。可是在国宝级演员、获得过两届奥斯卡奖影帝、六届影帝提名的汤姆·汉克斯家里玩猜字游戏？我受够了。

从那一刻起，我就不喜欢她了。我没法喜欢她。我能接受她是个成功的流行歌手,但和胡迪警长、阿甘[1]一起玩?这也太离谱了。

现在她每次旷工,我都感觉她是在攻击我。每当她遇到了什么可喜可贺的事,我都感觉她抢走了我的机会。每当有人说我很有风度,我都很不想有风度。去他的风度,我宁愿和汤姆·汉克斯玩猜字游戏。

59

利亚姆在开车,科尔顿和我坐在他 2009 款丰田花冠的后座上喝着龙舌兰一口杯酒。这酒不好喝,几乎每一口都难以下咽,但我俩一直喝着。希望到了目的地,我们把一切都忘了。

"你们还好吧?"利亚姆在停车标志前停下来,回过头腼腆地问。他已经问了五六遍了,每次都直愣愣地盯着我,好像只关心我的答案。

---

[1] 胡迪警长是动画电影《玩具总动员》中的人物,由汤姆·汉克斯配音。阿甘是电影《阿甘正传》中的人物,由汤姆·汉克斯扮演。

几个月前，我在科尔顿朋友的五月五日节[1]派对上第一次见到利亚姆。他当时正在自助餐桌旁给自己做墨西哥卷饼。他身高 6 英尺 2 英寸[2]，头发蓬蓬的，眼距有些宽，我径直向他走了过去。我俩一边喝玛格丽特一边聊天，彼此很有好感。挺投缘。

"好得不能再好了。"我嘟囔着。和科尔顿又干了一瓶酒。天啊，我太高兴了。

"好，好。"利亚姆朝我眨了眨眼。我一向很欣赏那种喜欢眨眼但看着不瘆人的男人。他继续开车。

我还没做过爱，不过现在我觉得差不多是时候了。我不再惧怕这件事了。我什么也不怕，因为自从妈妈去世后，我什么都不在乎了。

利亚姆看着挺可靠的，我可以把第一次给他。我挺喜欢他，但感情并不深，不必担心一做完爱就会对他产生依恋——这才是我真正害怕的，我听人讲过无数次，这是女性的弱点。让我做什么都行，但我不想那样。我不想成为陷入情网的软弱女人，仅仅因为一个男人进入了自己的身体就爱上他。我不想那么没用。

---

1 五月五日节是墨西哥传统的爱国主义节日，是为庆祝墨西哥军队击败法国殖民军而设立。在美国加利福尼亚州亦有庆祝。
2 约合 188 厘米。

利亚姆很快就会和我发生关系。我知道。也许今晚我们会第一次接吻，也许再过一两个星期，我们就会做爱，感情发展到一定程度，我们肯定会突破防线。我兴奋地幻想着，又一口气灌了一杯酒。

二十分钟后，我们到了舞厅，我们的朋友艾米要在这儿举办21岁生日派对。

科尔顿和利亚姆扶着摇摇晃晃的我走了进去，我喝得烂醉，又穿着高跟鞋，连路都走不直。进去后我们直接去了酒吧。我们点了三杯酒，一阵狂饮。

派对只能说马马虎虎，尽管我喝醉了也觉得有些无聊。我看到艾米用余光偷瞄利亚姆。女人动心时总会表现得太明显，我讨厌自己这样。太明显就会有婊子来利用你这个弱点，利用它来对付你、背叛你。这都是从妈妈的长篇大论里学来的，她说女人比男人更不可信。"男人嘛，他们会伤害你，可他们并不真正了解你，"她常跟我说，"但是女人……女人是对你知根知底还伤害你。你说哪个更坏？"

所以我不相信女人。我就观察她们。我看着她们表现得绝望、软弱、可怜。做女人真是太为难了。我会仔细观察像艾米这样的女人，因为我不想跟她们一样。我想比她们更好。

我一边慢悠悠地啜了一杯酒，一边看着艾米与利亚姆聊得热火朝天。他们聊了很久。艾米抛了很多媚眼,撩了很多次头发,"不经意地"碰了很多次他的胳膊。她这么做压根没用。可怜的家伙。我要反其道而行,接下来我会彻底无视利亚姆的存在。这简直太容易了。

两个小时后,我们回到了我的住处。利亚姆先把科尔顿送回家了,这下只有我们俩了。利亚姆把我扔到床上,脱下我古铜色的连衣裙。我的脑袋晕乎乎的,感觉天旋地转。我喝得烂醉,稀里糊涂。我是在哪儿?!

"发生了什么?"我最后开口问道。

"我在和你做爱。"利亚姆说,语气让我恶心。听着像是小孩子撒娇,音调的变化跟小孩一样,但没上升一个八度。

我想停下来。这跟我想象的压根不一样。我怎么也没想到今晚我们会这样。我以为今晚等待我的是我们美妙的初吻,第一次会发生在一两个星期后。我以为我有时间在心理和情感上做好准备。

但我又有点想继续。谁在乎那些仪式和准备呢?要说真有什么不同,那就是我很欣慰,我终于告别了处子之身。

我什么也没说。我眯缝着眼,想让自己冷静下来,这样我就能看清楚了。总算看清楚了。利亚姆正抱紧我的臀部,反复地抽插着。一颗汗珠从他的额头上滴落。真恶心。

他终于拔出来了。他是爽了。我没有。

第二天早上醒来时我浑身是汗。我感到窒息，被困住了，就像穿着紧身衣。我赶紧睁大眼睛。利亚姆从后面抱着我。他肯定是整晚都抱着我，因为我出了很多汗。我想要挣脱，可我做不到。一个巨人压在我身上！女人个头太娇小就是这样。每个男人对我来说都像个巨人。我扭动身体。还是没用。最后我只能戳他，直到把他戳醒，然后假装自己什么也没干，肯定是别的什么东西搞的。

他深情地凝视着我的眼睛，对我微笑。他说昨晚真是太棒了。我撒谎说是。等他走了我再想办法，看怎么才能把他甩了。

他还想再抱我一会儿，我告诉他我真的想小便。我跳起来去洗手间，突然觉得浑身又酸又痛。走路也疼得厉害，只好像只鸭子一样，摇摇摆摆地走到卫生间。我拉下内裤准备小便。上面有血。我知道这不是月经——由于各种各样的饮食失调症，我已经好几年没来月经了。这肯定是第一次的结果。

小便时我感觉到刺痛和灼烧痛，我只能一点一点地尿，仿佛尿得久一点就不怎么疼了似的。可事实并不是这样。总算尿完了。

我洗了足足十分钟的手，给它们涂上泡沫，然后再洗，再给它们涂上泡沫，再洗。我在拖延时间。我不想回去和利亚姆待一块儿。他在这儿我觉得难受。

咚咚咚，咚咚咚。

"你没事吧？"

我告诉他我不舒服。他走了。

早餐我叫了外卖。鸡蛋、培根、吐司和土豆，还有一杯奶油拿铁。我狼吞虎咽地拼命吃着，现在我已经吃了一半。我可以停下来了。我已经饱了，不用再吃了。我可以打破这个循环。我把外卖盒扔进垃圾桶。焦虑如洪水般吞没了我。我冲到卫生间，掀开马桶盖，把刚刚吃下去的东西一吐而光。洗漱干净。

通常这时我已经筋疲力尽，但这次没有。我仍然很焦虑、很压抑。我得摆脱这该死的感觉。

我跑回垃圾桶，掏出外卖盒。我把鸡蛋塞进嘴里大口大口地嚼着。我在做什么？！我得停下来我得停下来。我把嚼了一半的鸡蛋吐回垃圾桶。我从卫生间拿起一瓶香水，往剩下的食物上喷了一些，这样总该没法吃了。可后来我还是吃了。香水味令人作呕。我又吐了。

60

"你可真漂亮。"

"你真长成大姑娘了。"

"你现在看着最好看,换我肯定不会再减了。再减就不好看了——太瘦了。"

"你身材太棒了。"

以上都是过去几周与我合作的制片人、经纪人还有工作人员对我说的话。从没有人这样肉麻地夸我身材好。

我患饮食失调已经十多年了。我得过厌食症、暴食症,现在是易饿症。得病的年头越多,我就越认识到,身体并不能如实地反映它内部的情况。这十年来,我经常忽胖忽瘦,可无论是胖还是瘦,无论我穿的衣服是儿童瘦码10号码还是成人6号码,我的身体一直有问题。

人们并不明白这一点,除非他们患过饮食失调。人们以为瘦就是"好",胖就"不好",太瘦也"不好"。"好"的定义太狭隘了。我目前就陷在这个定义里,但我的生活习惯一点也不好。我每天都在虐待自己的身体。我很痛苦。我感觉心力交瘁。可溢美之词还是源源不断地向我袭来。

"我不得不说,每次排练你从门后走上场拍戏时,我真的很难不去注意你的屁股。这么说你不会觉得我是变态吧?我这可是夸你身材好呢。"

61

今天是星期一,我最喜欢的工作日,其中有两个原因:一是周一排演时间最短;二是每周一读剧本时,工作人员会在我们面前的桌子上放一份最新的日程表,日程表上有接下来要拍摄的剧集名、导演和拍摄日期。每次日程表丢到我面前时,我都希望我的名字能出现在其中一集的导演名单上。

我签这部衍生剧主要是为了哄妈妈开心,也是因为剧创人答应过我——让我来导演其中的一集。当然喽,执导剧创人的电视剧并不能很好地表现出我的创造力,因为从头到尾他会一直待在片场,他总是固执己见,听不进别人的想法。但能执导一集电视剧终归是个机会,总能让业界认识到我不光是儿童电视剧演员。我已经被定型了,这能让他们看到我的突破。我真的需要这个机会。

执导剧集这事已经拖了好几回，但他们再三对我保证，这只是因为与其他候选导演的时间有冲突。他们还保证说，时间已经定下来了，由我来执导最后一集。我就要当导演了。

我端起咖啡，在椅子上坐下来，看着制作助理把最新的日程表放到每个人面前的桌子上。赶紧呀，布雷德利，你就不能快点吗？

"给你。"他边说边把橙红色的日程表丢到我面前。

我拿起日程表朝最下面看过去，最后几集的信息在最下面。我的名字应该出现在下面的"导演"栏小方框里。

可我看到的是两个字母：N/A[1]。肯定是打错了。我往四周望了望，有谁在看我吗？可屋子里只有几个工作人员，而那位总是埋头做针线的服装助理对这事肯定一无所知。

我的呼吸变得奇怪而急促。我又往四周看了一圈，想看看有没有知情的制作人在场，但他们都还没到。我简直不敢相信。我觉得喘不上气，像是有人狠狠搗了我胸口一拳。

电视台的领导和制片人陆续进来了。我盯着其中的一个人，他也盯着我，在这些我不信任的人中，我最信任他。

---

1 意为"本栏不适用"。

"等会儿再说。"他动了动嘴唇没出声。

不,我不想等会儿再说。我现在就想弄清楚。这到底是怎么回事?统共我就这么点念想,这样他们凭什么指望我能坐在这儿兢兢业业地读剧本?

我忍住眼泪,我发现自己太傻了。我以为这些人能说话算话、说到做到。我每天都忍气吞声、任劳任怨,给他们拍了差不多四十集电视剧,现在他们已经从我身上得到了他们想要的东西,就打算不让我当导演了,而这是我接这部剧的初衷。我觉得被出卖了。

读完剧本后,我给经纪人和经理人打电话,他们都建议我配合片方,一如既往地保持"风度"。我受够了!我不知道我还能保持多久。

* * *

同一周的周五。这天是拍摄日。帕蒂花了一个半小时才给我化好妆——她既是我的化妆师,也是我在这个剧组最好的朋友——因为我哭个不停。我现在一团糟。心烦意乱。我感觉被欺骗了,很受伤、很愤怒。我把事情经过告诉了帕蒂,她甚至还陪我去了各个制片人的办公室几回,我想跟他们谈谈,可每次他们都拒绝了。没人愿意跟我谈这件事。每个人都讳莫如深。很明显,他们早就商量好了,就像《歌舞青春》早就编排好的舞蹈一样,只不过他们干的不是什么好事。

我慢吞吞地套上戏服,往布景棚走去。我没背台词,现在我压根无所谓了。我巴不得他们直接把我炒了。这个地方有毒,会影响我的心理状态,本来我的状态已经够差了。我不想干了。

我来到拳击场,下一幕戏要在这儿拍。(跟我演对手戏的演员扮演一名拳击手,他的经纪人是个10岁男孩。)我一声不吭地翻着台词。

开拍。第一个镜头——勉强过了。第二个镜头——勉强过了。第三个镜头——我根本演不下去。第二句台词才念到一半时,我突然喘不过来气,呼吸非常急促,就像恐慌症发作。我眼冒金星。我怕我会晕过去。然后我瘫倒在地上,胸部起起伏伏,嘴里不断往外冒唾沫。我开始号啕大哭,哭得撕心裂肺、面目狰狞,我这辈子也没这样哭过。当着所有人的面:演员、临时演员、剧组工作人员。

最后,跟我搭戏的演员,扮演拳击手那个,抱起我离开了片场。他把我抱到我的更衣室,和我一起坐下来。帕蒂也来了。他们安慰我,告诉我他们理解我的感受。他们会一直支持我。

然后有人敲门。我立刻吓呆了。帕蒂喊道:"我们马上就出来!"门外一个洪亮的声音说他必须进来。我猜得出他是制片人。

"嗯好，不过现在不行。"帕蒂没好气地回道。我爱她，感激她。她敢跟这些人唱对台戏。

"我可以和詹妮特谈一下吗？我很同情她。"制片人说。

我的一部分相信了他们，或者说至少想相信他们。另一部分则半信半疑。我选择相信他们。我同意他们进来。他们问我们可不可以私下谈谈。其他人离开了。

他们在我对面的沙发上坐下来。

"我喜欢你这房间的装饰风格。"他们开玩笑说，因为我没往冷冰冰的更衣室里添一样东西。

我没笑。他们清了清嗓子。

"我猜是因为你的名字没出现在导演栏。"

"因为很多事。"

停顿了片刻。他们继续。

"我希望你知道，我替你做了担保。我希望你能当导演。可咱们这儿有人不愿意你当导演。非常不愿意。还说如果你当了，他们就不干了。我们担不起这责任，只能把你的名字去掉。我就是想告诉你，这不是你的错。"

我目瞪口呆，无言以对。制片人起身离开，悄悄地带上身后的门。

有人不愿意我当导演？甚至说如果我导演，他们就退出这部剧？我搞不懂怎么会这样。我一次又一次地抠嗓子眼，让自己吐出来。我不知道自己还能怎么处理身边发生的一切。我不知道还能怎么处理生活中那么多我无法掌控的事。我扫了一圈更衣室的白墙。也许我该装饰一下。道具师敲了敲门，给我送来下一场戏要用的黄油袜。

62

我在逛全食超市，准备采购一个星期的食物。我打算花大价钱买些水果蔬菜和冷冻食品，我的想法是，既然是花那么大价钱买的一袋食物，我就不太可能吃了再吐出来。

我现在意识到，易饿症会把身体搞垮。我的喉咙每天都流血，牙齿也发软，脸颊看着更肿了，胃的消化功能越来越差，而且自从患了易饿症，牙齿也烂了好几颗。我也想改变，可到目前为止没有任何进展，我的意志力太薄弱。每天早上我都告诉自己，今天不能吐，可每天上午还没到10点，我就已经吐了。既然意志力帮不上什么忙，那我得换个办法，比方说去全食超市采购。

我从货架上拿起一盒速冻肉饼餐，查看营养标签上的热量和脂肪：440卡路里，15克脂肪。不行。我把这破玩意儿放了回去。

另一个新办法就是减少热量摄入，像小时候那样。我想如果我能保持低热量的饮食方式，也许呕吐的冲动就会消失，我就能把食物吃下去。起码表面上我是这么劝自己的。但我心底里知道事实是怎么样的。

事实是，我希望我有厌食症，而不是易饿症。我想得厌食症。易饿症越发让我觉得羞愧，我原先以为易饿症能做到两全其美——想吃什么就吃什么，还不会长胖，因为吃下去的会统统再吐出来。可现在我不那么想。易饿症很痛苦。

每次吃完东西我的内心都充满了羞愧和焦虑，除了呕吐，我真不知道怎么做才能让自己好受点。每次吐完，一半的我会感觉好受点。感觉心力交瘁，好像被掏空了，这对我来说挺管用。另一半的我现在头痛欲裂、喉咙肿痛，呕吐物顺着我的手臂滑下来，粘在头发上，本来就羞愧的我更加羞愧，因为我不仅吃了，还吐了。长久看来，易饿症根本不是个办法。

厌食症才是。

厌食症能让我彻底获得掌控感，像帝王一样拥有无上的权力。而易饿症会让我彻底失去掌控，让我陷入混乱与可悲的境地。我像穷人一样急需厌食症。我有患厌食症的朋友，看得出他们很同情我。我明白他们知道我的病，因为得了饮食失调症的人就是能看得出有谁也得了饮食失调症。就像个暗号，你会不由自主接收这个暗号。

现在我有了全食计划，还要完成让自己患上厌食症的任务，我感到了妈妈去世后从未有过的热情。当然，大多数事情我无法掌控。失去我爱的人，出演一部让我觉得丢脸的电视剧，说好的导演工作也给人抢走了——但这个？这个我可以掌控。

我推着购物车沿着过道往前走了几步，拿了些做汉堡用的黑豆肉饼：一个肉饼的热量是180卡路里，脂肪含量是5克。我怀着极为崇敬的心情把这天使般美好的食物放进购物车，它跟我的目标很契合，能帮我完成任务。

我又推车往前走了几步。电话响了。是外婆。

我一直不怎么喜欢外婆。从两三岁开始，我就讨厌她抚摸我的背，用手指捋我的头发。她好像不知道抚摸哪儿能让人觉得舒服，觉得那是一种关爱，她只会抚摸那些让人产生不好联想的地方。这让我觉得很恶心。

在我成长的过程中，外婆最大的爱好就是打电话说些家长里短、烫头发和发牢骚。她脚又疼啦，衬衫太紧啦，发色烫得不对啦，路易丝从来不回电话啦，外公下班回家不够早啦，汽油太贵啦，汤工厂餐厅的菜单上怎么没玉米面包之类的。

她是个尖酸刻薄的老太婆，喜欢嘴里叼根烟，絮絮叨叨地发牢骚，这起码还算好笑。问题在于她总是眼泪汪汪、哭哭唧唧的，总把自己的问题推到别人头上。

所以我不喜欢，也不尊重她。我感觉她也不大喜欢我，但她绝不会承认，因为她成天嫌我不喜欢她。

妈妈去世后，我也试着去改善我们之间的关系。一有空就给她回信息，每隔几天给她打个电话，每周给她发一次邮件。为了维持祖孙俩的关系，我投入了太多，可即便如此，她还是觉得我做得远远不够，她每次聊天都这么说。

我的情感已经耗尽了，但我还在投入，因为我不想做浑蛋，不想和失去了女儿的外婆断绝关系。

我把手机塞回口袋。我顺着过道往前走，看到有冷冻蔬菜便拽了一袋放进购物车。手机又响了。

是外婆。

我给她发信息：等会儿给你打回去。

我又把手机塞回口袋，这次我有些恼火，然后往果蔬生鲜区走去。我抓起一袋粉红佳人苹果、一些胡萝卜条，还有一个椰子，我不知道这些东西怎么吃，但看着不错，干吗不买点呢。

她又打过来了。我想把手机扔了，但我忍住了。我接了电话，我故意流露出一丝不耐烦，让她听得出我有些恼火。

"外婆,我回家再给你打电话吧。我在买吃的。"

她号啕大哭。她说了些什么,可哭哭啼啼的听不清楚。我很担心。我问她一切是不是都好。她还在哭。我又问了一遍。

"你……你……你从来不给我打电话!"她终于说清楚了。

每次她哭着打电话来,我都以为是外公去世了。外公的身体每况愈下。我知道,她很清楚我会贸然得出这样的结论,因为我这么问过她。我问过她,能不能少喊两声,少掉几滴眼泪。每次她都信誓旦旦地说下次绝不会了。可每次还是老样子。

我郑重其事地告诉她,等到家再给她打电话,然后挂了电话。电话又响了。现在不仅我有压力,就连在我前面购物的那个素面朝天、穿着麻料衣服的瑜伽师也很有压力。我嫉妒她玻璃般光滑的皮肤。她看了看我。我好难堪。

外婆又打过来了。我投降。我把购物车扔在原地,走出了超市。"玻璃皮肤"看起来很高兴。我是不是也应该试试弹力微针美塑?

我穿过停车场,刚刚在超市买东西时外面下起了雷暴雨。洛杉矶一年到头下不了几次这样的雨。通常我会避免在雨天开车,本来我就不喜欢开车,更别提下雨天了。我坐进我的 Mini Cooper，刚发动引擎，打开雨刮器，她又来电话了。电话连了蓝牙，扬声器里传来她的声音。她还在号哭。

"外婆。"我不慌不忙地说，想让她平静下来。她歇斯底里，边哭边骂我挂断她的电话。我把车开出停车场，向右转，沿着通往我住处的主路往前开。

"外婆，"我气得满脸通红，但我还是尽量平心静气地跟她说话，"刚刚我在外面买吃的。现在不是接了吗？有什么事？"

她的眼泪立刻变成了毒液。

"你居然敢对我那么凶，贱货。"

外婆经常骂我"贱货"。为了让我难受，她还总是故意用恶狠狠的语气。

"外婆，我之前说过，要是你再打电话骂我，让我难受，我就拉黑你。"

"休想威胁我，死丫头。"

"我不是威胁你。我在跟你讲事实。"

"我在跟你讲事实，"外婆重复道，嘲笑我的声音，"其他外孙给我打的电话都比你多。"外婆抱怨说。

"你还好吗？"

"你说我好不好，嗯？听到我刚才说的话了吗？你对我不好。你这样，你妈就算死了也不得安生。"

听到最后这句话，我真希望我能翻个白眼，就当她是个老疯婆子拉倒。可我做不到。妈妈是我的软肋，容不得别人践踏。我不允许任何人利用妈妈来对付我。谁要敢利用妈妈，我可什么都做得出来。

"嗯，外婆，挂了，马上把你拉黑。"

"你敢！你妈在天上会掉眼泪的。"

她总是这么说！如果她知道有什么东西能把我伤得很深、很痛，她只会把刀子捅得更深，再搅上几下。哪有外婆想看外孙女受苦呢？我知道她生活很艰难，我知道她很伤心，迫切地需要关注，我知道我对她的冷漠伤害了她，可我仍然，仍然不认为她的行为有任何借口。

"再见！"我挂断电话。她一遍又一遍地打过来。我把车停在路边，打开手机，点击"加入黑名单"。感觉不错。非常好。一股积聚已久的压力离开了我的身体。我又可以正常呼吸了。

我回到家，走上门前的台阶，走得很慢，因为下雨了。我走进屋，两手空空如也，都怪我刚刚一气之下从全食超市跑开了。我本来打算今晚就开启我的低卡厌食症膳食计划，可我太累了。计划先搁一搁吧。我从街上我喜欢的一家店叫了些吃的——培根、抱子甘蓝、炸薯条和牛肉串。我给自己倒了满满一杯龙舌兰酒，打算就着吃。

外卖还没到，酒早已灌下肚。等送到时我已经饿得不行了。我将食物风卷残云般一扫而光。一吃完,我就全吐出来了。

这对我有用。易饿症能帮到我。我把外婆拉黑了,我的身体里空荡荡的,而这正是我需要的。

63

这几个星期我工作非常敷衍。早上我会扫一眼台词,随便背背以应付排练。在拍摄间隙和媒体采访时我根本就是心不在焉——通常青少年杂志的采访会一个接着一个,把午休的后半段塞得满满的。自从出了不让我当导演那档子事,我一直在掰着手指算日子,看还要多久才能把这部剧拍完。

从明天算起还有二十天。只有四集了。就算这样,我也没法确定我能不能坚持到那时候。

我担心易饿症会引发心脏病。虽然不愿承认,但一部分的我确实希望自己会得心脏病。那样我就不用待在这儿了。最近几周,我的想法变得很黑暗、很离谱。起初我意识到了这种转变,也很担心,但现在不觉得了。我好像就是这样。

令我失望的事情越来越多，每多一份失望，就多一份痛苦。妈妈的死就够我受的了，可从那之后，失望越聚越多，越垒越高。

我没法控制我的易饿症。它掌控了我，我索性放弃了反抗。有什么用呢？它比我更强大。放弃反抗更容易。接受它更容易，甚至要欢迎它。

我已经接受了我不喜欢演戏的事实。为了当导演，我可以坚持到最后，可现在这个机会被人夺走了，我过去是个演员，将来也只能当演员，而且是过气的演员。我在尼克儿童频道工作了将近十年，哪还有人愿意雇我演戏呢？在荒诞不经的娱乐行业，怎么才能演"真戏"呢？我没上过大学，没有任何生活技能，就算我想在其他行业谋得一份工作，我也得先历练几年才有可能。

男人也不是什么好东西。他们能暂时让我忘却烦恼。尽管如此，我还是宁愿每晚美美地喝上一瓶酒，或者一满杯纯威士忌，有什么就喝什么。我连伏特加都喝，虽然我的身体很排斥它，每次喝伏特加身上都会起成片的红疹。我无所谓，管他什么疹子，痛快就行。

我很无望。我到哪儿都不由自主地带着那种无望。耸肩缩背，走路慢慢吞吞。眼皮永远耷拉着。我不记得上次笑是什么时候，除了演戏。

要是不了解内情，我会以为是我的负能量影响了周围的每一个人，让片场最近的气氛一落千丈。但我了解内情。我知道真正的原因。

剧创人遇上了大麻烦，网上有人控诉他情感虐待。这一天早就该来了，早该有人这么干。

我很高兴这次他捅了马蜂窝。这可不是象征性地惩罚一下那么简单。事情已经闹到了他不能与演员同时出现在片场的地步，现在他和演员沟通非常麻烦。

剧创人坐在摄影棚边上的小房间里，那房间就像个洞穴，里面堆满了肉肠冷盘——他最喜欢的零食，还有儿童选择奖的奖杯，这是他最重要的人生成就。他在四个独立的显示器上监控我们拍摄，每个摄像机对应一个显示器，显示器就安装在他的洞穴里。每次他想交代什么会先告诉副导演，然后副导演穿过整个摄影棚再告诉我们。结果就是每天的拍摄时间从大概十三个小时延长到了十七个小时。这些天片场的整体气氛是萎靡不振加叫苦不迭，"上帝啊，赶紧把这个镜头拍完吧"。

我们在拍摄今天的最后一场戏，这场戏是这一集的主要场景之一，发生在机器人主题餐厅，所有的服务员都是，你猜对了，机器人。我饰演的角色得跳到桌子上拦住什么人……还是什么东西，我不知道，也不关心。场景、动作、台词——这时我已经完全糊涂了。

终于，凌晨1点出头，我们收工了。我回到家，给自己倒了一满杯威士忌,喝了一半,然后洗掉假睫毛、结块的粉底和被发胶搞得硬邦邦的头发。当我出来时,威士忌开始上头了。我睡眼蒙眬地查看着电子邮件。收件箱里堆满了邮件——有一半我连看都不会看,最近我对生活中的每件事都很随意,对于邮件我同样随意。我正准备关上窗口,发现未读邮件最下面有一封邮件,主题看着就没好事。是我的经纪公司发来的,说明天一早要跟我谈谈。

我点击退出电子邮箱,把酒杯斟满,努力让自己睡着。

64

第二天早上,我和1—3号代理人,1号、2号经理人以及1号、2号律师通了电话。我记不得什么时候我的团队变得那么庞大了,也搞不懂这有什么必要——我不记得上一次有谁提出好主意是什么时候,有一半时间他们不过是把电话会议上别人说过的话再重复一遍,接着哈哈大笑一番——不过很显然,想要在演艺圈混出个名堂,你就得这么干。

"等一下，他们要把这部剧砍掉？"我说，难以掩饰心中的喜悦。

"没错，我们就知道你会很高兴。"1号经纪人说。

"最棒的是……"2号经纪人插嘴说，为了吊我胃口，还故意停顿了一下（我发誓，经纪人最会演戏），"他们主动提出要给你30万美元。"

我愣住了。这听着有点不对劲。"为什么？"

2号经理人插话了。我看得出，在这群人里他显得有些局促，他开口说话时跟连珠炮一样，好像刚刚一直在心里打草稿，好像其他人说话时，他一直在给自己打气。

"嗯……就把它当作一份谢礼。"他脱口而出，没有停顿。说完他松了一口气，好像他已经完成了任务，下面就不用再说话了。

谢礼？我可不信。

"是的，一份谢礼，"1号经理人重复道，"他们给你30万美元，只是希望你不要公开谈论你在尼克儿童频道的经历。"尤其是与剧创人有关的。

"不行。"一听到这话我就下意识地回答。

一阵沉默。

"不，不行？"最终3号经纪人开口了。

"当然不行。"

"这钱是白给你的。"1号经理人说。

"不，不是。不是白给。我觉得这是封口费。"

一阵充满火药味的沉默。有个人清了清嗓子。

这些年来我慢慢了解到，在娱乐圈，人们常常言不由衷。我不仅不赞同这种交流方式，而且我真的无法适应。其他人似乎都会转弯抹角地说话，措辞微妙含蓄又很有分寸，可结果是我经常弄不明白他们想说什么，只能直接问个清楚。

可偶尔有些时候，我确实明白到底怎么回事，就像现在。这次我不是直接问，而是直接说了出来。结果不尽相同。大家有时会笑，有时会不自在。这次是不自在。

"好吧，我要是你可不会这么想。"1号经理人紧张地笑着说。

"可这是事实。我不会拿封口费。"

"嗯，呃，好吧。你确定……"1号或2号经纪人说（我分不清他俩的声音）。

就这样，他们都挂断了电话。嗒。嗒。嗒。电话会议里现在只剩下我一个人。我也挂了电话，在床边坐下来。

这是怎么一回事？尼克儿童频道要给我30万美元的封口费，让我不要公开谈论拍摄期间的遭遇？被剧创人伤害的遭遇？他们可是专门给儿童制作节目的。难道他们不应该有点道德底线吗？起码要遵循点道德标准吧？

我向后靠在床头板上，跷起二郎腿。我把胳膊伸到脑后放好，好不得意。谁有我那么高尚？我刚刚拒绝了送上门的30万美元。

等等……

我刚刚拒绝了30万美元。那可是一大笔钱。《山姆与凯特的新生活》这部衍生剧让我赚了不少钱，但绝对还没到可以视30万美元如粪土的地步。妈的。也许我该收下的。

65

三个半星期前电视剧就拍完了，现在媒体的报道是，这部剧没继续拍是因为合作演员的片酬比我高，对此我很不满。而我只是对这个说法很不满，这不是事实。我的经理人告诉我，这部剧被砍是因为某个制片人被指控性骚扰。

随便吧。反正他们得找个人背锅，于是选了我，我又能有什么办法。

除非说实话。我考虑过很多次要不要说实话，不过最后我还是没那么做，因为如果把拍剧时的遭遇和在尼克儿童频道的经历讲出来，那以后人们一看到我就会联想到《山姆与凯特的新生活》和尼克儿童频道。这只会把我和"尼克儿童频道那个女孩"与"山姆"牢牢地绑在一起。

我讨厌别人叫我山姆。非常讨厌。我试着去接受这个称呼,但我做不到。要是有人说"你看起来像《爱卡莉》里那个女孩",我只会回答"不,我不是"。每天都有人冲我喊:"山姆!""炸鸡!""《爱卡莉》女孩!"还要跟我合影。每天,无数次。我会拒绝,然后走开。有时他们会在我身后嚷嚷,说我没礼貌。我就继续往前走。

但如果对方知道我名字,我会很愿意合影,我很感激他们这样尊重我。其他人——没门。

我知道我现在很愤世嫉俗。但我不在乎!我觉得那部电视剧夺走了我的青春,让我没法像一个普通的青少年那样去感受生活,不管犯了什么小错都会被批评、议论或嘲弄。

16 岁时我开始厌恶出名,现在我 21 岁,我唾弃它。

我很小的时候就开始演戏,后来也出名了,但这对我没任何帮助。我会想,如果一个人 13 岁时开始做一件事并因此而出名会怎样,比如参加学校乐队、七年级的科学项目或者是八年级的戏剧表演。中学时代你会跌跌撞撞,你会摔倒,但等你过了这个阶段,你会把不愉快的事抛到脑后,等你长到 15 岁时,你会更成熟。

可我不是这样。我小时候的模样牢牢地刻在大家的脑海里。我觉得自己早已不是那副幼稚的模样。可这个世界不允许我成长，不允许我成为其他人，只允许我是山姆·帕克特。

我很清楚，这一切听起来有多无病呻吟，多让人恼火。无数人梦想着成名，而我呢，有了名气却讨厌它。不知为什么，我觉得自己有资格讨厌，毕竟梦想成名的人又不是我。是妈妈。是妈妈硬塞给我的。尽管我的现实就是别人的梦想，但我有资格讨厌。

66

我和科尔顿坐在网约车后座。我穿了件很短的黑色连衣裙和很高的高跟鞋。我以为鞋跟越高，就越有可能缓解内心的不安全感。可到目前为止，我运气都很背。

患易饿症的最初几个月，我的体重一直在下降。但从那之后，易饿症就背叛了我。身体似乎想把吃进去的一切东西都给留住。它拒绝变瘦，事实上，它越来越胖。

最初几个月我瘦到了妈妈给我定的目标体重，可后来又长胖了10磅[1],这是我每天早上醒来想到的第一件事,每晚睡觉前想到的最后一件事,也是每天从早到晚想的最多的事。我对这10磅耿耿于怀,备受煎熬。

我不明白。为什么我的身体不听我的指挥?为什么易饿症不肯帮我了?我以为我们是朋友。我以为它是我的靠山。很明显,它不是。很明显,我搞错了。可我似乎没法摆脱它。我觉得我是它的奴隶,我离不开它,它也离不开我。

司机把车停在酒吧门口,让我们下车。我和科尔顿从车里跳出来,冲进酒吧。有几个朋友已经不紧不慢地喝起来了。

"生日快乐!"他们异口同声地对我喊道。一个朋友递给我一杯龙舌兰酒。我仰头干了,接着又干了一杯。又一杯。

还没到一个钟头我已经喝得烂醉。现在差不多来了五十个朋友,大家都玩得挺开心,我看到朋友贝瑟妮向我走过来,我愣住了。她手里端了一块插了蜡烛的生日蛋糕。

我不要插了蜡烛的生日蛋糕。其他什么都行,但这个不行。

---

[1] 约合4.5公斤。

贝瑟妮伸出空着的那只手，紧紧抱住我，勒得我有点疼，虽然只是一只手。贝瑟妮劲很大。

"你，好像，不太会拥抱。"她用她标志性的谷地富家女[1]的上扬声调轻快地说道。

"没错，嗯……"

"我带了个蛋糕过来，香草味，你最喜欢的。上面是，嗯，特别好吃的香草味奶油，味道，嗯，应该很棒。"

"太好了。"我撒谎说。

"我就知道你，没错吧？切蛋糕吧？现在切。嗨！"她一边招呼大家过来，一边打着响指。所有人都开始唱生日歌。

我醉得厉害，有点分不清站在我跟前唱歌的模糊身影都是谁，他们的音调高高低低的。**天底下最难唱的歌就是生日歌，它怎么还会是天底下最流行的歌呢？这是哪门子黑色幽默？**

不过起码没人"恰——恰——恰"了。你们爱怎样就怎样吧。生日歌唱完了，大家都盯着我，等着我吹灭小蜡烛上的火苗。

就是因为这一点，所以我压根不想要生日蛋糕、生日

---

[1] 谷地富家女最早指的是美国洛杉矶圣费尔南多谷地区富裕中产阶级年轻女性，现在一般指貌似愚笨、打扮夸张、喜欢购物的金发姑娘。

蜡烛。我不想许愿。我今年22岁，这是我第一次过生日却不知道许什么愿，因为我一辈子都在祈祷的事已经成为过去。结束了。尘埃落定了。对于这件事，这些年来我一直暗自希望自己多少能有些掌控，现在我知道我没法掌控，也从未掌控过。

我这辈子的愿望就是让妈妈活着，让她开心，可到头来却是一场空。这么多年来，我无时无刻不在关注她，挖空心思哄她开心，但这都无济于事。她已经走了。

我拼命去了解妈妈、理解妈妈——什么让她伤心，什么让她高兴，等等——却无暇了解自己。没了妈妈，我不知道我想要什么、需要什么。我不知道我是谁。我当然也不知道该许什么愿。

我往前探了一下，吹灭蜡烛，什么愿也没许。

"你一定要尝尝这个蛋糕！尝尝上面的奶油裱花！"贝瑟妮喊道。她把蛋糕切好，分给大家。她把第一块递给我。

我咬了一口，装出"哇，真好吃"的眼神，希望贝瑟妮能满意。她似乎挺满意。她不停地拍手，蹦来跳去。我去卫生间把蛋糕吐了出来。

67

我有盼头了。这几年来我第一次有了盼头。网飞有部新剧请我当主角——**这可是网飞**（撒花），不是什么二流电视剧，乖乖。剧情都是围绕着我展开的。好吧，其实这是部群戏，但我是主角，而且网飞比尼克儿童频道更有影响力，我决定接下这个角色。

当然，"接下这个角色"并没那么容易。之前我就表达过对试播集剧本的担忧。在演艺界，礼貌的说法是"这个剧本没法打动我"。尽管确切的意思是"我好怕拍出来是部烂剧"。但我的经纪人力劝我接下这部剧，一是因为片酬相当丰厚，二是因为其他向我发来邀约的都是些烂俗的情景喜剧和真人秀节目，他们说我有必要与网飞这样口碑好且前途无量的公司建立合作关系。我觉得他们说得很有道理，于是就签了合同。

飞机到达多伦多时是10月1日，多伦多和纽约很像，不过更干净、更友好。接下来三个月，多伦多就是我的家。到达酒店公寓时我很兴奋，甚至可以说很振奋。我相信我的生活正在转变，我需要这份新工作，它是我的动力，能让我的生活重新步入正轨。

我要出演的是一部货真价实的电视剧，不是儿童剧。

儿童剧明星酗酒、有厌食症，生活搞得一团糟。但真正的明星——网飞的明星可不是这样。真正的明星会把自己的生活安排得井井有条。

所以刚到多伦多约克维尔的那一天，我就去书店买了一堆心理自助书籍，我要"洗心革面、重新做人"。接下来一周我都在埋头苦读，我仿照自助书籍里肯定的话语，给自己写了条相当不错的目标宣言，这条目标宣言囊括了我这一周学到的所有关键知识点。

我要专注于自己。我不仅把这句话写到日记本里，还摸了它五下（犯强迫症时我就会这样，老毛病了。每次进洗手间时我会转圈，可起码转圈好玩啊）。

我知道，专注于自己并不容易。这需要时间，需要用心和持续的努力。这意味着我得去处理我的问题，直面它们，而不能任由它们影响我，或者假装它们没那么严重。这意味着我得**行动起来**。得彻彻底底地反省，弄明白我的坏习惯、不安全感和自我破坏模式的根源和起因，找到改变坏习惯、不安全感和自我破坏模式的动力，就算生活中形形色色的事会不断地触发它们。

有必要的话，我会把所有人和事都从我的生活中清理出去。我会只关注自己。直到我遇到了史蒂文。

* * *

这部剧今天开拍。我坐在拖车里,翻着第二集到第六集的剧本,突然意识到一件可怕的事。

我演的这部剧说不定会是网飞的第一部烂剧。试播集剧本就没法让我产生共鸣,这几集的剧本更是没感觉。而且预算比预期要低——倒不是说低预算有什么问题,只是这部剧讲的是有个小镇病毒暴发,镇上所有超过21岁的人都感染病毒死掉了,它要呈现的是末日浩劫的宏大景象,这点预算恐怕不够。而且在开拍前举行的演员和剧组人员欢迎派对上,一个网飞的代表都没出现,这太蹊跷了。按理说这种活动总会有人事代表出席的。

我拿起手机给几个经纪人打电话。一个经纪人接了电话,我把我的疑虑告诉了他,他跟我解释说,网飞的代表没出现在片场,是因为这部剧是网飞和一个叫"CityTV"的加拿大电视公司合作的。这部剧的制片方是CityTV,网飞只是分销商。

啊啊啊。啊啊啊啊啊……

所以这不是网飞(撒花)的电视剧,而是CityTV(撒……什么好呢)的电视剧。

我的一部分希望自己什么也没问,这样我仍然可以坐在这儿,傻乎乎地以为自己拍的是网飞的剧。另一部分则希望自己能早点问,这样我就可以甩开这部"冒牌"网飞剧了。

我挂断电话,坐在拖车里,看着镜子里的自己。我真为自己丢脸,为我的事业。我也明白,肯定有比出演自己都瞧不上的电视剧更丢脸的事,但明白这一点并不能改变什么。这就是我的真实感受。我觉得丢脸。

我想拍一些好剧。我想做能让自己引以为豪的工作。从我内在的、深层次的需求来看,这很重要。我希望自己是重要的,或者说起码工作能让我觉得自己挺重要。如果没有这种感觉,没有这种联系,我会觉得我的工作毫无意义、索然无味。我的人生毫无意义、索然无味。

我知道,如果现在把自己弄吐,我的脸会肿,眼睛会流泪,在镜头前会很明显。可我忍不住。我必须这么做。我无法忍受那种羞耻感。我需要启动我的应对机制。我需要胃里的东西一吐而空后筋疲力尽的感觉。我从沙发上跳起来,但就在这时,有人敲门。是制作助理,正准备带我去片场。没时间吐了。我走下拖车台阶,跟在助理后面,往第一场戏的取景地走去,这场戏是在风雪交加的户外拍摄。

就在那儿,迎着漫天的雪花和刺骨的寒风,我看到了他:红褐色的头发、深情的绿眼睛,他穿着卡其色长裤和羽绒服,头戴冷帽,帽子顶上有个绒球,样子坏坏的,特别迷人。他靠在一辆思达沃根拖车上,一只脚踩着轮胎,抽着烟——好前卫。他正用苹果手机打电话,蹩脚的意大利语夹杂着英语。

"哎。哎。好的[1]。我爱你,再见,妈[2]。"

休息时间居然会给母亲打电话?这男孩也太好了吧,好得不真实。他挂断电话,把手机塞进大衣口袋。重新掏出一根烟,点燃。

"史蒂文!布景啦!"制作助理向我的新男神喊道。原来他是片场副导演。我的心跳漏了一拍。也就是说,接下来的三个月,每个工作日我都能见到他。

"好。"史蒂文直截了当地答道,往片场走去。

我已经在幻想我跟史蒂文在一起了。我买的心理自助书上说,设定目标时要灵活,要根据实际情况随时调整,我的天哪,我当然随时都可以调整。我已经准备好放弃目标,不关注自己了。我不想去面对我的羞耻感、屈辱感、悲伤和酗酒问题。

也许拍CityTV的剧也没那么糟。也许那些花没白撒。

---

[1] 此处原文为英语。

[2] 此处原文为意大利语。

68

我开始煞费苦心地制造"偶遇"机会,辛辛苦苦地谋划了两个半月,史蒂文才约我出去。

我们去了一家叫 Sassafraz 的酒吧喝酒,它跟我住的酒店在同一条街上。史蒂文点了一杯姜汁黑麦威士忌。我点了一杯金汤力。

史蒂文亲切又温暖,但他跟典型暖男的那种亲切可不一样——说实话——那种亲切挺没劲的。史蒂文的亲切是酷酷的。也许是他嗓音的功劳。哦,天哪,他的嗓音。我最喜欢的就是他的嗓音——轻柔而沙哑,可能是因为他每天抽两包烟,没关系,肺癌什么的等以后再说。

史蒂文有些放荡不羁,却又一点也不张扬,不知为何,这两点在他身上居然能完美地统一起来。我从没见过哪个放荡不羁的人能这样谦逊,也从没见过哪个谦逊的人能这样放荡不羁。他可真是与众不同。我彻底被他迷住了。

第二次约会我们去了加拿大的一家连锁餐厅 Jack Astor's,类似美国的星期五餐厅[1],两人吃了一些烤干酪辣

---

[1] 星期五餐厅是一家有着红白雨篷和黄色店标的普通餐厅,1965 年在纽约开业。

味玉米片和汤。我去卫生间把吃下去的东西全吐了出来，用李斯特林护理条把嘴巴清理干净，然后回到了用餐区，我看到史蒂文向我招手。我无法相信，就在几周前，我还下定决心要摆脱易饿症。现在我感觉它是我的一部分，一个基本习惯。有它做我的依靠，我心里挺踏实。

我们在餐厅喝了几杯，回到我的住处后又喝了几杯，一边喝一边用我的笔记本电脑看脱口秀特辑。我俩在一起时很轻松、很随意。我们聊自己期待从生活中得到什么，不想得到什么。20出头这个年龄段的特别之处。谈过的恋爱。受到的伤害。希望。梦想。美好的东西！我们一直聊到凌晨1点，在沙发上亲热了一个钟头，接着一直聊到凌晨4点。

第三次约会我们出去跳了舞（史蒂文的主意）。我喝得酩酊大醉，一点也不拘束。史蒂文和我一起跳舞。我本以为跳舞是个烂主意，可那天的感觉特别奇妙，这都是因为史蒂文。我从没对哪个男人有过这种感觉。哪怕是对乔——我一直都认为他是我的初恋——但与史蒂文相比，他非常不成熟、非常幼稚。这次是真的。纯粹、深刻。我觉得史蒂文能完全懂得我、理解我，而他也有同样的感觉。

第四次约会我们是在史蒂文的住处看《美国好声音》。他看电视的品位真是……堪忧，但只要能跟史蒂文在一起，哪怕是看克里斯蒂娜·阿奎莱拉[1]连脑子都不过就对选手一阵猛夸我也乐意。我俩喝光了一瓶龙舌兰，喝到还剩几滴时，我们在沙发上亲热起来。他先脱掉我的衬衫，然后脱下自己的裤子。他戴了避孕套。他还很负责任？！

我们的第一次性爱太美妙了。做爱时，我脑袋里时常回荡的评头论足声消失了。

以前做爱时我脑子里总想着其他事。我会呻吟几声，这样他们就看不出我心不在焉。但这次不是。这一刻我彻底地迷失了。史蒂文让我忘记了自己。我喜欢这样。

我哭了。史蒂文问我怎么了。我跟他说了实话。我哭是因为我现在才意识到，做爱应该是这种感觉。他更用力地吻我。我们又做了几次。他让我在他家过夜。他说有我在身边，他希望自己分分秒秒都醒着。电视里克里斯蒂娜正在猛夸一个能飙惠特尼·休斯顿那么高音的年轻女选手。一切都很美好。

---

[1] 克里斯蒂娜·阿奎莱拉（Christina María Aguilera），美国女歌手、演员，曾四次获得格莱美奖，综艺节目《美国好声音》的评委之一。

69

我坐在客厅的软垫沙发上。比利在楼上用电钻打孔。我回到加利福尼亚家中已经三周多了,多伦多的童话仙尘慢慢褪去了魔力。

我一心一意地爱着史蒂文,所以我不那么担心这部网飞冒牌剧的质量和自己的整体状态,可当史蒂文不在身边时,焦虑卷土重来。

这部电视剧会让我的演艺生涯走到尽头吗?或者更糟的是,它会不会突然莫名其妙地火起来,然后我的身份又被角色所遮蔽?

不过话说回来,我的身份是什么?他妈的是什么?我又怎么会知道?我这辈子都在演其他人,从童年、青春期一直演到现在。在本该寻找身份的那些日子,我却在扮演其他人。在本该塑造个性的那些年,我却在塑造角色。

我比以往任何时候都更确信,我必须放弃演戏。表演对我的心理健康和情绪健康都没好处,都有破坏性的影响。我想了想,还有什么破坏了我的心理健康和情绪健康……当然还有饮食失调和酗酒。

然后我意识到,尽管我确信自己必须放弃演戏,戒掉易饿症和酒精成瘾,但我不认为自己能做到。虽然我憎恶它们，可奇怪的是，它们也定义了我。它们是我的身份。也许这就是我憎恨它们的原因。

我想明白了这一点，现在我很想去卫生间，一有压力我就这样。我吐了。我回到刚刚的位置上坐好，看到手机显示有一个史蒂文的未接来电。

离开多伦多那天，史蒂文和我正式确定了关系，上帝，我心里总算踏实了。我很害怕我们之间的感情不过是一段插曲、一场艳遇、打发时间的消遣，要不然整天工作多没劲。如果是这样，那就是我误会了，自作多情了。那也太蠢了。我相信我们之间是真感情，但我需要一个称谓，它能给我底气，能支持我的看法。

航班起飞的那天早上，史蒂文用一封情书把我叫醒，要我做他的"女人"。离开他真的痛心刻骨。坐进出租车，跟他说再见的那一刻，我感受到了从未有过的心潮起伏——颤抖、惊恐、依依不舍却又无可奈何。我不知道今后我们会怎样，更何况我们还隔了那么远。有可能过去的几个月只是我的幻想、我的错觉。也许史蒂文会回到他的生活中，而我也会回到我的生活中，我们都会回到原来的生活方式，慢慢忘记对方，就算有了称谓。

所以史蒂文的电话让我松了一口气。我知道这个电话意味着什么。我们每晚都会打三个小时的视频电话，昨晚他说他要查查飞洛杉矶的航班，要是能赶上飞机，就早上给我打电话,我们再也无法忍受分开了。这个电话说明他赶上飞机了,说明他今天要来看我……说明我们的感情并不是一时冲动。

* * *

史蒂文的飞机降落了。他就带了一个登机箱,因为他只待几天。他很快就坐上了网约车,路上我们一直在来回发短信。我等不及了。我把比利赶了出去。他把工具丢得到处都是。(这家伙**什么时候**才能把房子整修完?都搞了一年多了。)

有人敲门。我开门让史蒂文进来。这三周我只能在视频电话里见到他,看到他本人我简直欣喜若狂。一开始我们都很不好意思,说话不咸不淡的。我很惶恐。换到洛杉矶我们就这样吗?在多伦多是多么美妙啊,到了洛杉矶就这样?

终于,在经历了我生命中最漫长的三分钟后,史蒂文一把抱住我,我们开始亲热。他脱掉我的衣服,我也脱掉他的衣服。他从口袋里拿出一个避孕套(他肯定会这么做的),拉上套,我兴奋极了。我们在沙发上做了三次,然后聊天,感觉一切都回到了以前。轻松。随意。一开始的尴尬只是性吸引在作祟。耶!

我们依偎在一起聊了一个钟头，史蒂文起身去洗手间小便。他慢慢地走回房间，一脸关切的神情。走到客厅拱门那里时他停了下来，刻意跟我保持距离。他看着很小心。一句话也没说。

"怎么了？"我最后问。

"詹妮……"史蒂文担心地说。

"怎么了？"我又问，这次更着急了，"你吓死我了。发生什么事了？"

"就是……"史蒂文低下头，用袜子蹭着硬邦邦的樱桃木地板。我不知道史蒂文要说什么，他这么吞吞吐吐的叫我很伤脑筋。我希望他有话直说。

"你有什么病吗？"他终于问道。

"病？"我问。

"是，病。"

"我不懂你什么意思。"

"马桶盖上有残留的呕吐物。"

"噢，就这个啊？"我问，装出一副若无其事的样子，"好吧，我倒不觉得那是病，我就是……会呕吐而已。"

他不信。

"你懂的，就跟你抽烟一样。"我跟他说实话了，"你抽烟，而我呢是让自己呕吐。我们都有这样那样的毛病。"

"不，不一样，"史蒂文言很肯定说，"易饿症能要了你的命。"

"抽烟也能。"

"没错，但我打算戒了。"

"好。我也是这么打算的。"

史蒂文叹了口气。

"我真的只是希望你能好好的、健健康康的，詹妮。"

"嗯，我基本上算健康吧。"

"你没有。"

"基本上。"

史蒂文狠狠地瞪了我好一会儿。他从没这样看过我。满眼怜悯，像我爹妈一样。我不喜欢他这么看我，但他的眼神意味深长，我知道他不会让步。我根本不可能说服他。

"听着，詹妮，你得寻求帮助，否则我……我没法跟你在一起。我不能看着你作践自己。"

我很吃惊。真的吗？

他的眼睛回答了。真的。

好吧。

70

我坐在劳拉的世纪城办公室里。我从没来过心理咨询师的等候室,这儿和我想的完全不一样。这种地方不应该跟病房差不多吗?可这间等候室却截然不同。很舒适、很温馨。没错,劳拉既是心理咨询师也是生活教练,也许身兼两职的咨询师会把房间装饰得更舒适温馨吧。我也不确定。

房间角落里有一个绿松石色的钩编坐垫,旁边的书架上摆满了一排排心理自助书籍。我坐在橙色的椅子上,椅背上叠放着一条奶油色的针织毯子。"波希米亚风。"要是我仔细看了点评网站的用户评论,也许我会知道这地方是什么样,但一看到评分是五颗星,我当时就预约了,也没重新看评论。另外,谁愿意看那些人写的评论?他们真不嫌耽误时间。这些人的话不能信,他们太闲了。

我一边抚摸着身上柔软的毯子,一边思索着开场白怎么说。我希望能轻松点。我可不想跟那些来咨询的倒霉蛋一样,一屁股坐下来就开始哭诉自己的烦恼,可怜的咨询师只能后悔自己入错了行。这时劳拉出来跟我问好。

"詹妮特?"她问,虽然等候室里就坐了我一个人,也是预约了这个时间段的唯一一个人。

我有样学样。"劳拉?"

她笑得无比灿烂,脸上绽放出我见过的最美的笑容。劳拉一定也用牙齿美白贴片。

"嗨!"她向我走来,确切地说是飘过来。我不确定,她这样轻盈是因为她每向我走一步,身上的花朵草原裙裙摆就摇曳飘动,或许她本来就那么轻盈。我对她很好奇。

她把我拉过去抱住我。我不太喜欢拥抱,但劳拉很热情,我一下子就觉得她很可靠,只好向她的怀抱举手投降。她闻起来像刚洗过的衣物。我闻了闻,希望劳拉没发现。劳拉,让我闻一闻刚洗过的床单上斯纳格洗衣液的香味吧。

劳拉松开胳膊,握住我的小臂,亲昵地看着我的眼睛。如果把劳拉换作别人,那么到目前为止,我与她的一切互动通常会开启我的防御状态。但劳拉就是劳拉,一般规则到了她这儿统统失灵。

"我们开始吧,好吗?"她问道。我向上帝发誓,她的眼睛里闪着光。好,我们开始吧,劳拉。我们。开始。

我在劳拉对面坐下。从审美角度来看,她的办公室跟等候室很相似。她让我彻底解除戒备,我压根没想到还要什么开场白。

她问我为什么来这儿,我告诉她史蒂文给我发了最后通牒,我如何爱他,希望我们把问题解决了,所以我同意来这里。

"嗯,好,没关系。但心理治疗是我们想好了必须做的事。我们必须想去改变,不是为了别人,而是为了自己。"劳拉喝了一大口茶,"那么詹妮特,你想改变吗?"

"想。"我说。我知道我的真实想法比这复杂,但我应该这么回答。就好像劳拉是选角导演,而我是儿童演员,什么样的回答能让我得到二次试镜机会,我就怎么答。是的,我会游泳。是的,我会玩跳跳杆。是的,我想改变。

"嗯,很好。"劳拉说。

劳拉问我目前在与什么抗争,为什么史蒂文建议我来这里,我就干脆直说了——妈妈的死、易饿症、酗酒、工作上的事。我尽量说得简明扼要。我想我们还会见面,细节可以留到以后再说。

劳拉用她醇厚温暖的声音告诉我,下面我们要怎么做。

"我会采用整体心理疗法,所以整个治疗过程会包括很多内容。今天要关注的是生命之轮[1],这样我们可以估量一下你的起点在哪儿,并以此为基准来追踪你接下来的进展情况。"

---

1 生命之轮是人生导师经常使用的一种直观工具,它能帮助来访者从全局上了解自己对生活的满意度。

我跟着点点头："我不知道生命之轮是什么，劳拉，不过还是开始吧。"

"接下来的四个月，我们会一起买菜、做饭，通过不断尝试去发现你的爱好和兴趣，我们要读很多饮食障碍方面的书，做笔记——哪些能激起你的共鸣，哪些不能，还要一起去摸索你可以做哪些均衡性的、非强迫性的运动。"（我的饮食失调症在运动方面也有所体现。我每周跑两次半马，每隔一天跑 5 英里—10 英里[1]。）

听着都挺不错，特别是劳拉会陪着我一起，而且要是不这么做，我会失去史蒂文。"快，合同呢？快拿来给我签字。我太想改变了。"

71

我闻到了一股面包烤煳和狗尿的味道——这是我用的美黑喷雾的味儿，绝对错不了。不知道"巨石"道恩·强森是不是也闻到了。就算闻到，他也没表现出来。祝他好人一生平安。

---

[1] 约合 8 公里—16 公里。

我站在颁奖典礼的后台,是"青少年选择奖"还是"人民选择奖"来着——我也分不清——等广告播完就轮到我上台了。我穿着价格不菲的高跟鞋,脚踝上的鞋带勒到了肉里,礼服是绿松石色花朵图案套裙,虽然我不喜欢花朵,但网络执行官说好,于是我就这么穿了。

网飞的那部剧还没开播,观众现在还只知道我给尼克儿童频道拍的那些玩意儿。《山姆和凯特的新生活》还在播,所以你在所有青少年杂志封面上都能看到我,两手叉腰,笑容灿烂,俨然一个无忧无虑、时髦又自信的小明星,仿佛世界尽在我掌握之中。呵呵。

尽管我和劳拉见面有一个月了,但与第一次坐到她的簇绒椅子上时相比,现在感觉更糟了。首先,史蒂文去亚特兰大拍电视剧了,所以我不能指望他给我多少支持,而我恰恰是因为他才会去找劳拉。其次是我现在意识到事态很糟。我的酒精成瘾(很成问题)和易饿症(更成问题)非常严重,我不能再否认下去了。妈妈去世后我悲痛万分(无法克服),这一点同样不能否认。

治疗前三周,劳拉的任务就是收集信息以准确评估我的状况。我不喜欢收集信息。

我每天大吃大喝、呕吐的次数加起来得有五到十次,每晚至少要喝八到九杯烈性酒。和劳拉相处的这三周,我看到了我有多失败,我的处境有多令人绝望。

按照治疗安排，我们每周要见面五次，现在是第四周。从这一周开始，劳拉才会真正帮助我做出改变，不再评估我每天的生活有多悲惨。我们已经确定了我暴饮暴食、呕吐、酗酒的主要诱因，而在这份诱因清单里，**出席颁奖礼**差不多位居榜首——这不仅是因为它本身的一些特点，让人很有压力，也是因为颁奖礼上总有很多……很多……好吃的。而很多很多好吃的意味着我有很多很多机会胡吃海喝和／或呕吐。所以劳拉和我决定，在接下来的几个月里，她会陪同我参加所有颁奖礼，这样她就能监督我的一举一动，做我情感和心理上的后盾。

灯光很暗。我能看到四下里人头攒动。劳拉坐在前排。我给她递了个眼神。劳拉笑了笑，不出声地张嘴对我说："你知道怎么做。"可就在她说"怎么"时，几个小孩从她身边快速跑过，他们的妈妈喊他们赶紧回来。劳拉摆出"一脸不爽"的表情，可在发现那位妈妈是安吉丽娜·朱莉后，"一脸不爽"眨眼就变成了"哎呀，女神你尽管吼"的表情。

在灯亮之前，我想再看看劳拉的眼睛，哪怕一秒钟也行。我迫切需要她的支持。我确信，我的绝望能穿透她的灵魂，但这无济于事。她的注意力都在安吉丽娜身上。这也不能怪她。我理解。

摄像师奇普——其实我压根不知道他叫什么，但摄像师有90%的可能叫奇普——举起手跟我倒计时。我强忍住内心的紧张。

灯光打过来时我很惊恐。无论参加过多少次颁奖典礼，青少年选择奖也好，儿童选择奖也好，我都适应不了这样刺眼的灯光。我很奇怪，为什么那些在台上颁奖的人或者是领奖的人能不眯眼，那些奖压根没什么分量。

我开始讲话了，提词器上出现什么我就说什么，我笑容灿烂，声音一如既往地"搞笑"。我注意到我的两只手有很多明显的动作，但我控制不了它们。从头到尾，我的灵魂都游离在身体之外。

尼克·乔纳斯大步流星地走上台领奖，灯又灭了。我大口喘着气，仿佛在水下憋了很久才上来。我低头看着我的双手。我看不到它们，因为我的眼睛还没适应黑暗，不过不看我也知道它们在颤抖。

一个保安朝我走过来，那副架势可真像为了证明自己厉害非要点超辣鸡翅的家伙。他把我护送到后台，一股热流顺着我的脸颊滑落。眼泪。

总算走到了脏兮兮的后台通道，通道里有荧光照明，这下可以好好看看我的手了。它们攥成了僵硬的两小团，不停地颤抖着。这足以说明问题了。肯定是恐慌症发作。我很清楚我为什么这样。

因为我一整天都没吐。劳拉说了，她可以陪同我出席颁奖典礼，但前提是在这之前我俩得先见面，一起把午饭解决了。劳拉知道，我的本能反应是先好好饿自己一顿，结果就是我会在颁奖典礼上大吃一通，然后再大吐一场。她点的都是健康食物，我就像个耍脾气的3岁小孩一样挑三拣四的，而她就耐心地坐在那儿。

"我知道你不想吃，但你得吃点东西。饿着肚子没法出席这种活动。"

我们在那儿坐了将近一个小时，那些食物我连碰都没碰，这时接我们去颁奖典礼的车来了。我把椅子往后推，站起身，劳拉给了我一个"没门儿"的眼神。我知道，除非我说话算话，否则她绝不会上那辆凯迪拉克凯雷德。我硬着头皮嚼了几口，劳拉又劝我吃了几口，然后我们出发了。

去场馆的路上太受罪了。我没法集中注意力，脑袋里反复想的都是我刚刚吃了多少东西，这些东西有多少热量。我甩不掉它们，我很羞愧。我只想去卫生间，可路上四十五分钟，收音机里放的都是大人爱听的慢节奏抒情歌曲（劳拉的音乐品位堪忧）。

"嗨，你还好吗，女士？"

不好，超辣鸡翅。我现在战战兢兢，生怕自己精神崩溃。我嘟哝了一两声，擦干眼泪，推开了通往后台区的门。我第一眼看到的，当然是自助餐桌。在颁奖典礼后台总能看到自助餐桌，上面摆满了法式混合沙拉、橄榄、迷你香肠、鲜虾鸡尾酒盅、迷你烤奶酪三明治、鸡米花和烤芝士汉堡。

该死的烤芝士汉堡。我恨不得立刻把中间夹了大块肉和奶酪的汉堡塞进嘴，再去卫生间吐个痛快。呕吐能让我肾上腺素飙升，能让我精疲力竭，吐完了我根本没心力去焦虑。我需要这么解决。

可我知道我不该这么做。这就是为什么劳拉会陪我出席颁奖典礼。劳拉！你才是我需要的。我需要劳拉。劳拉你在哪儿？

我急不可耐地在房间里扫了一圈。《摩登家庭》的曼尼和《生活大爆炸》里的谢耳朵正聊着。菲姬与站在角落里咬着指甲的克里斯汀·斯图尔特攀谈着。我在房间的另一头看到了劳拉，她正笑眯眯地恭维亚当·桑德勒呢。很明显，她对他有好感。谁会对他没好感呢？电影《超龄插班生》里赤裸上身的亚当·桑德勒大喊"洗发水更好"那一幕，对儿时的我来说就是 A 片。

我很纠结。瞧，劳拉跟美国人最爱的、偶尔轧一脚独立电影的搞笑傻憨憨聊得那么起劲，我要不要打断她，告诉她我急性焦虑症发作了呢？还是冲到自助餐桌前胡吃海喝一顿，然后去洗手间把它们吐出来呢？要这么解决吗？

我径直冲向自助餐桌，连餐盘都没顾上拿，两手各抄起一些烤芝士汉堡往嘴巴里塞。我转过身，这样就没人能看到我在干吗了。我一口接一口，很快就干掉了一个汉堡，第二个汉堡干到一半时，我听到……

"你在吃东西啊，很好。不过我希望你能慢点吃。等你吃完咱们得找个私密的地方，这样你就能处理好情绪，而不是用呕吐解决。你看怎样？"

我的心一沉，肚子里的烤芝士汉堡也一沉。胃里像是多了块石头。我知道劳拉为我好，可这一刻我恨她。我恨她打断我，不让我呕吐。

"嘿，干吗不现在就出去呢？"劳拉提议。她一定是看到了我脸颊上已经干掉的泪痕、紧握的双手，也可能是因为她看穿我了，知道我被她逼着放下汉堡有多崩溃。

一挤进车，我就开始啜泣。急性焦虑症全面爆发了，感觉像死了一样。

"不不！不该吃汉堡！该死的烤芝士汉堡，我为什么要吃！！" 我号啕大哭。

"我知道，宝贝，"劳拉亲切地说，她抚摸着我的头发，"你做得很好。你做得很好。"

真的吗？我并不觉得自己做得"很好"。我感觉自己就要崩溃了，刚才看提词器上的句子时我一直手心冒汗，后来吃了两个有钱人才吃得起的白色城堡汉堡[1]却又无福消受。劳拉让我放心,没呕吐的话出现这类反应很正常,长久以来,我的身体已经适应了这个习惯,而这个习惯会压抑我的情绪。可我感觉不正常。我的反应让我觉得很丢脸,可我又克制不住。

我还在号啕大哭。司机茫然地看着前方。瞧这家伙对一个歇斯底里的易饿症患者都能毫无反应,而且这位易饿症患者还把她橙色的美黑喷雾抹到了刚保养过的真皮座椅上,我可真不敢想,他在这辆凯迪拉克的后座都看到过什么。

"你能把电台调到 KOST 103.5 吗?"劳拉礼貌地问。

司机调了过去。格洛丽亚·伊斯特芬开始唱《你找到了节奏》。

"妈妈以前很喜欢格洛丽亚·伊斯特芬!"我抽泣着瘫倒在劳拉腿上。我注意到她的脚趾在点来点去。她确实找到了节奏。

"詹妮特……"劳拉说,她停下来搓了搓嘴唇,每当她觉得自己接下来要说重要的事情时,她总会这样,"这样

---

[1] 白色城堡是美国一家汉堡连锁店,始创于1921年,在中西部和纽约大都会区的影响力最大。

说明你在康复。"

对我来说，更为痛苦的情感脱节就是有人自以为说了些很有意义的话，而我听着却是放狗屁。现在就是这种情况。更要命的是，劳拉还**闭上眼睛**，又重复了一遍她说的话。

"这……"

不，劳拉，请不要故作高深地停一下以示强调。**不要故作高深**……

"这样说明你在康复。"

72

我在劳拉对面的簇绒椅上坐下，叹了口气。但不是那种沉重的叹息，更像是在刚完成一项任务后，你既高兴自己完成了任务，又急于吹嘘自己所发出的叹息。

我终于做到了。整整二十四小时没呕吐。也许这听着没多厉害，但对我来说就是很厉害。三年来，我每天都在暴饮暴食和呕吐，每天，很多次。进食障碍完全控制了我。就算开始治疗之后，我也没有一整天没吐过。我会努力坚持完成治疗，但一回到家，我就会让自己呕吐，直到把从上一次呕吐到现在情绪波动所积压的压力释放掉。第二天去见劳拉时，我会很遗憾地告诉她我又失败了。然后我们会重新开始，再试一次。事实证明，这种模式非常折磨人，我对自己无比失望。但现在我终于做到了。

从昨天早上见劳拉到现在，我一次也没吐。我的叹息是他妈的胜利者的叹息，劳拉看得出来。她微微一笑，问我是不是有什么事要告诉她。我把这个好消息告诉了她。她拍了拍手，问我是怎么做到的，怎么坚持下来的。

这时我的自豪感开始消退。真的太难了，我并不认为下次我还能做到。为了坚持二十四小时不呕吐，我几乎一刻不停地写日记，把感受写在纸上，这对我来说是场考验，因为我很难识别自己的情绪。为什么不能写"统统都是不良情绪"呢？这一天我大哭了几场，昨晚我给劳拉打了三次电话。为了帮助我取得一些实质性的进展，她让我有事就给她打电话。

去**感受**这种混乱的、排山倒海般的情绪，而不是用易饿症来分散自己的注意力，这项任务对我来说太艰巨了。易饿症能帮助我摆脱这些情绪，尽管它只是权宜之计。我感觉自己无法面对这些情绪。如果连识别都识别不出来，那我怎么可能接纳它们呢？

我把我的担心告诉了劳拉，她让我放心，说这是一个循序渐进的过程。这需要时间。但只要齐心协力，我们一定能做到。我听了很欣慰。她还跟我解释说,现在我已经体验到了一整天不呕吐是什么感觉,也知道自己可以做到,下面我们得更进一步。虽然这对我是很大的鼓舞,但我们不能治标不治本。为了弄清楚易饿症的根源,是什么在驱动它,我们得更全面地剖析我的生活。

"好吧……"我有些迟疑。这会带来什么?我讨厌这种不确定性。

"我想更多地了解詹妮特小时候,"劳拉温柔地说,"我知道你小时候压力很大,背负了太多责任。但我想了解一些具体的细节。"

这些心理治疗师总爱扯童年。我看过很多这方面的电影和电视剧,知道心理治疗师喜欢把一切问题都归罪于童年。你的童年很不幸,你的生活一团糟,所以你才会这样。

可我不是。我爸爸不酗酒,父母不在家时,哥哥们也没打我骂我。没错,我们是很穷,住的房子里堆满了乱七八糟的破烂儿,是的,我很小的时候妈妈就得了癌症,所以我担惊受怕的。可其他都还好。我把家里的情况告诉了劳拉,用温和的语气暗示她我可不想玩"倒童年苦水"的游戏。

"好吧。"劳拉会心一笑,不知怎的,她的笑容让我很恼火。我也不明白我为什么这样。平日里我挺喜欢她的。

"给我讲讲你妈妈吧。你小时候跟她的关系是什么样？"我立刻警惕起来。为什么要叫我讲讲妈妈？妈妈有问题吗？没问题。妈妈是完美的。直觉告诉我，我不信这些鬼话，实际情况要复杂得多，可到底为什么我要告诉劳拉具体细节？这些细节我从没对任何人说过，将来也不会说。我甚至不完全了解这些细节。我不想说。也没必要。

"妈妈很好。她真的，算是个完美的妈妈。"

"哦，是吗？哪方面完美？"

我挤出最灿烂的笑容。劳拉很敏锐。我敢肯定，她能一眼看穿绝大部分来访者。但她看不穿我。我，一个演了十年烂俗情景喜剧的演员，当然知道怎么心口不一却又不让人瞧出来。

"所有方面都挺完美，说实话。照顾我和三个哥哥，她很辛苦。"

"这是她该做的。"

我感觉劳拉在审问我，好像我说得都不对。我想把我的意思说清楚，便加快了语速。

"嗯，不过我的意思是她跟大多数父母不一样。"我讨厌自己刚才说的那句话。

"为什么这么说？"

我停下来，定了定神。无论如何都不能乱了方寸。我心平气和、不急不慌地告诉劳拉：

"她为我牺牲了一切。为了照顾我,她总是委屈自己。她把我放在第一位,而不是她自己。"

"嗯,那你觉得这样健康吗?"

我这是受的哪门子罪?考的是哪门子试?我不知道我该怎么回答才能让妈妈听着不错。

"嗯,我的意思是,我也把她放在第一,也算是一种平衡吧。我们把彼此看得很重……把对方……放在第一位。"

劳拉看了我一眼。我看不懂她的眼神。她什么也没说。沉默震耳欲聋。

"我们是最好的朋友。"我解释道。

"哦?你妈妈有同龄的朋友吗,还是基本就你一个朋友?"

你想从我这里打听什么,劳拉?我在椅子上来回扭动着。

"你觉得自……"

"我很自在。"

"你妈妈有自己的朋友……"

"嗯,没,我听见了。"我恶狠狠地说。

劳拉看着有点错愕。我有些抱歉。她刚刚跟我说话的口气一直很友善,带着些许好奇,可自始至终我觉得她是在对我进行人身攻击。也许她并不是别有用心。也许她并不是想伤害我。

"对不起。"

"绝对没问题。"

劳拉，你就不能说"没问题"吗？一定要"绝对"没问题吗？我不懂，她干吗要这样烦我。我冲她笑了笑，我不想那么紧张。她对我笑了笑，我不想她那么温柔。

"那么……"她开始说。

"她有相熟的人，嗯。她总说她没时间交朋友。"劳拉还没来得及问，我就先答了，"我能理解，她真的很忙，要带我去试镜啊，去片场啊之类的。"

"啊，是哦。"劳拉若有所思地点点头，"那你第一次想演戏是什么时候？"

一听我就知道这是个刁钻的问题。

"实际上，是妈妈想让我演戏，她希望我将来能过得比她好。"

"哦，所以你自己并不想演戏？是你妈妈让你演戏的？"

"是的，"我说，我不想自己听着那么生气，"因为她希望我将来能过得比她好。她对我很好，毫无保留。"

"好吧。"

"她确实是这样。"

"我明白。"

片刻沉默。

"你能告诉我,最开始你……"劳拉顿了顿,寻思着下面该怎么说,"注意到自己的体重或身材是什么时候?"

我不想回答这个问题,可如果我避而不答,劳拉后面还会再问,而且会一针见血。我小心翼翼地答道:

"嗯……11岁那年吧,我担心胸会变大,妈妈为了帮我,教我怎么限制热量的摄入。"

"帮你?"

"是的。"

"你说她帮你是什么意思?"

"嗯,我担心胸部会发育。"

"没错。但你妈妈教你限制热量摄入,这对你有什么帮助?"

"控制热量摄入可以推迟发育。"

劳拉又看了看我,还是那种我看不懂的眼神。我不知道她具体在想什么,但我看得出,她一定在东猜西揣。我觉得有必要再说几句:

"演戏也需要。我扮演的角色比我的实际年龄都要小,要想得到更多角色,我必须看着显小。妈妈教我限制热量的摄入也是为了帮我争取到角色。"

我点了点头,示意我说完了。我希望这能改变劳拉对妈妈的看法，但几秒钟后我发现这根本没用。

"詹妮特，听了你的形容……我真觉得你们的关系很不健康。你的厌食症简直就是你妈妈一手纵容、一手促成的。是她……教你这么做的。这是虐待。"

我脑海里闪现出我第一次听到"厌食症"这个词的情景，当时我坐在陈医生办公室5号房间那张铺了纸的桌子上。突然间，我觉得自己就像那个11岁的小女孩一样，困惑、害怕、犹疑不定。那个11岁的小女孩不确定自己是否真的了解自己的真实处境，不确定妈妈是不是她假想的英雄，但她打消了心中的犹疑。

眼泪在我的眼睛里打转。我很难为情。但我早就练就了该哭时就哭，不该哭时一滴眼泪也不掉的本领，所以我故技重演——咬紧牙关，同时飞快地眨了几下眼睛，想把眼泪逼回去。

"哭出来没关系的。"劳拉向前靠了靠。

闭上你的臭嘴，劳拉。我实在受不了了。我都一整天没吐了，可你还要把妈妈打倒在地，把我一辈子都深信不疑的好妈妈的叙述给彻底颠覆吗？

"我得走了。"我连忙说道，起身准备离开。

"等等，詹妮特，这样聊聊很好，也很必要。"

"我得走了。"我回过头又说了一遍，一边拉开门，以最快的速度冲了出去。

开车回家的路上，我的泪水滚滚而下，我迫切想弄明白到底怎么回事。劳拉说妈妈虐待我。我的整个人生，我的整个存在都是围绕着这样的叙述展开的：妈妈想给我最好的，妈妈做什么都是为了我最好，妈妈知道什么对我最好。就算以前我会心生怨恨，母女之间会有隔阂，但我总能控制住它们、遏制住它们，这样我就可以带着这个完整无缺的叙述继续前进，我觉得它是我能活到现在的关键。

如果妈妈真的不想给我最好的，不想做对我最好的事，不知道什么对我最好，那就意味着，我的整个人生、整个观念、整个身份都建立在错误的基础上。如果我的整个人生、观念和身份都建立在错误的基础上，那直面这个错误的基础就意味着要摧毁它，从头开始重建一个新的基础。我不知道该怎么做。我不知道没了妈妈影子的笼罩，没了妈妈的需求、渴望和认可左右我的一举一动，我该如何生活。

我把车停在我那幢孤零零的别墅前，坐在车里，发动机还开着。我掏出手机，给劳拉写了一封电子邮件：

劳拉，感谢你过去一个月的帮助，但我不会再接受治疗了。谢谢你。詹妮特。

我的手指在发送按钮上方停留了几秒钟，接着我快速点了一下，锁上屏幕。我冲上门前的台阶，一进门就跑到了卫生间。我不停地呕吐。我把手指塞进喉咙里，越来越使劲,直到咳嗽为止。喉咙口开始冒血。我继续抠。掺杂着血的呕吐物从我嘴巴里涌出来,涌到马桶里。它顺着我的胳膊往下滑。有几团粘到了头发上。我继续抠。我必须这么做。

然后我泡了个澡,想让自己放松下来。从浴室出来时,我浑身又烧又痛,每次呕吐完都是这种感觉。我拖着疲惫酸痛的身体爬到床上,蜷缩成一团。我划开手机。劳拉给我打了三个电话,发了一条语音信息。我把劳拉的号码删了。看来下次出席颁奖典礼没人陪我了。

73

我站在门旁,两手焦急地在裤子上摸来摸去,这时史蒂文的出租车在我家门口停了下来。史蒂文在洛杉矶有个项目——为期六个月,这期间他会一直住在我这儿。我们要同居啦。这是件大事。这很棒,真的很棒。

可不好的是,我必须告诉史蒂文,我放弃治疗了。我不知道他会作何反应,但我敢肯定他会不高兴,毕竟是他鼓动我那么做的。

史蒂文打开车门走了出来,他穿着圆领羊毛衫和短裤。出租车开走了，史蒂文拎着他的帆布包和滑轮旅行箱跳上台阶。他看着比平时更有活力。史蒂文并不是那种活力爆棚的人。他是个凡事都不慌不忙、优哉游哉的逍遥派。今天这么精神一定是因为看到我很激动，本来放弃治疗我就很内疚，这下更内疚了。他一走进前门就把我抱起来，紧紧地箍住我。

"詹妮，詹妮，波，班妮，班纳，凡纳，芬妮，曼妮，詹妮！"他一边唱一边抱着我转圈圈。

我也跟着他唱顺口溜，可唱到一半就放弃了，因为……词儿太多了。史蒂文把我放下来，我已经做好了思想准备。我得告诉他。我得那么做。

"史蒂文……"

我的话还没来得及说出口，史蒂文就开始滔滔不绝地谈论着他有多兴奋——不过不是因为他来了洛杉矶，不是因为新项目，也不是因为我们可以住一起了。史蒂文很兴奋……因为他要带我去教堂。我没想到他会因为这个而兴奋。

教堂？妈妈葬礼后我再没去过教堂，短期内（这辈子）我也没打算再去教堂。我知道史蒂文从小就是天主教徒，但据说他的家人从没做过礼拜。如果小时候都不怎么在意宗教，那现在更不应该啊。我不明白。史蒂文解释说：

"我也说不清，我只是觉得人活着得有更多追求，更有深度，更有意义。"

我不明白其中的联系。史蒂文怎么能指望天主教让活着更有深度呢？看他那么兴奋，我没忍心打破他的幻想，便无比温和地让他回忆一下，我们最开始约会时都聊了些什么，当时他同意我的看法，认为宗教不仅不会促进人的成长，还会阻碍成长。

"对。"他点点头，"不过现在我完全不同意这个观点。"行……吧。我让他展开讲讲。

"嗯，我看了网飞放的《上帝未死》，真的很有共鸣。我就觉得里面讲的很多都是真的，詹妮。很多很多。我们可以试着去教堂看看。找到某种宗教。"

"等等。你不过是看了网飞上一部关于基督教的烂片，就打算为了耶稣放弃你的人生观？"

我说话的语气让史蒂文很受伤，从他的眼睛我就看得出来。我们沉默了片刻。我不知道他是不是还好。他看着跟平时不太一样。不过话说回来，我们才交往了几个月，还是新恋情。也许过了蜜月期自然会发生这样的转变。也许他本来就这样。

"史蒂文，我……放弃治疗了。"

我居然一口气全说出来了，简直难以置信，就在十分钟前，我还紧张得要死呢。也许我是没话找话，总不能就这么僵着吧。也许我是不想再讨论什么教堂了。不管怎样，我说出来了，现在史蒂文知道了。我等着看他会作何反应。本来在帆布包里找东西的他停了下来，看向我。

"没事的。"

什么？真的吗？难以置信。这也太好了，不可能吧。他张嘴又说了一句：

"用不着治疗了。现在你有耶稣了。"

74

史蒂文和我坐在教堂后排，唱诗班在唱赞美诗，教堂位于格兰岱尔，是南方浸信会教堂。赞美诗倒没什么特别的，但唱诗班几个人女人的风采堪比歌星。

虽然她们唱得很好，但我还是坐在那儿半眯着眼睛。这一周我和史蒂文已经去了四次教堂。我甚至都没表示反对。他没逼我继续治疗，我已经谢天谢地了。依我看，史蒂文要不了多久就会改变主意，就迁就他一下吧，反正也不算麻烦，这样我再也不用去见劳拉或者其他心理治疗师了，这些人一心要把我对妈妈的叙述撕成碎片。

我们最先去的是天主教堂，史蒂文说他感觉不怎好。于是我们又去了好莱坞的非教派教堂，史蒂文觉得这座教堂的礼拜太"好莱坞"了。然后我们去了科学教派[1]中心，史蒂文从一开始就对科学教持怀疑态度，但他还是想试试，说不定合适呢。整个过程就是《金发姑娘和三只小熊》[2]的翻版，只是"金发史蒂文"[3]去的三座教堂没有一座是"刚刚好"，所以我们又出现在了第四座教堂。

史蒂文好像真的很投入。听布道时他频频点头。他打开 iPhone 的笔记标签把经文记下来。唱赞美诗时，他举起双臂表示赞美。仪式总算结束了。哈里路亚[4]。这是我今天最愿意相信上帝的时刻。

一到家我就要喝一杯混了伏特加的葡萄酒，过去几个月我一直这么干。史蒂文一直在唠叨做礼拜的事。我听得心不在焉的，直到他说……

"还有詹妮……我祈祷过了，我觉得我们不应该再做爱了。我发了誓，以后都得禁欲。"

---

[1] 科学教又名山达基教（Scientology），由 L. 罗恩·哈伯特于 20 世纪 50 年代在美国创立。

[2] 《金发姑娘和三只小熊》是詹姆斯·马歇尔创作的绘本故事，主要讲的是一位金发姑娘抑制不住好奇心，闯入小熊家中，喝了小熊的粥（不烫不凉刚刚好），坐坏了小熊的椅子（不硬不软刚刚好）。

[3] 金发姑娘的英文是"goldilocks"，这里作者取了该词的前半部分与"Steven"（史蒂文）构成了"GoldiSteven"（金发史蒂文）。

[4] 哈利路亚意思是赞美耶和华。

"我……不好意思？你能再说一遍吗？"

"嗯，我就是……觉得我们不该再犯那样的罪了。"

我手指死死地紧攥住酒杯。史蒂文继续说道：

"我祈祷过了，我真觉得我们不该再做爱了。那是罪。我希望你别介意。"

我……介意。我和史蒂文的性爱是天底下最棒的。就算生活的方方面面都称心如意，我也还是想和他做爱。可事实不是这样。我的生活一塌糊涂。做爱能暂时地救我于水火。能让我忘掉一切。我不想放弃我生命中的这一线光明。

"如果我介意呢？"我终于哽咽着说。

我把剩下的酒一饮而尽，把酒杯放在桌子上，想方设法地卖弄风姿，手指在杯沿上流连徘徊。该死的玛丽昂·歌迪亚，你可别笑话我。[1] 我俯身亲吻史蒂文。他开始吻我，开始还有些犹疑，后来就变成了热吻。上钩了。

很快我的手就摸到了他的那里。很硬。真的很硬。"那么硬，你是多想要我。"我在他耳边呢喃。

"詹妮，住手。"史蒂文说，他的脸红了。

"想叫我住手？"我努力让自己的声音听着很放荡，又像什么都好奇的一两岁小孩，又像牢骚满腹的十一二岁

---

[1] 推测这里或许是作者家中摆放了一张玛丽昂的照片，或挂了一张海报。

少年，但这招还是奏效了。原来放荡一点那么管用。我正要把手挪开。

"不……不。别停。"史蒂文握住我的手。我拉开他的裤子拉链，把裤子拉下来，弯下腰，我要叫他这辈子都记得。我要全力以赴。我在这儿，我要让你爽透，我要让你领教领教我的厉害。准保叫你神魂颠倒。我吸吮，抚摸，轻声呢喃，使出浑身解数……

我猛地抬起身，一脸骄傲和期待，满心以为史蒂文会说他办不到不跟我做爱。他想，也**需要**，每一天、每一刻都和我做爱。这时史蒂文开始摸他下巴。

"嗯，这么做是不对的，詹妮。我们不能再这么做了。真不能再这么做了。"

史蒂文眼神里有一种决绝，我知道，今后我再也没法碰到那根东西了。我两眼无神地盯着他。我做错了什么？

75

"那么，你和妈妈的关系好过没有，还是说一直是……我记忆中的那样？"

我太熟悉妈妈那一套说辞了，爸爸"很可能外面有女人""为家里做得不够"，反正每天她都看爸爸不顺眼。"不管怎么说，你爸就是又懒又没本事，跟人一点都不亲近，像个土豆一样木讷。"

至于我对爸爸的记忆，倒也有几件温暖的事。我记得我很喜欢爸爸法兰绒衬衣的味道——松木的香味夹杂着新刷的油漆味。有时我会穿着爸爸的衬衣睡觉，那让我觉得很安心。我记得爸爸教我怎么把小熊维尼粉红色鞋子的鞋带系成兔耳朵的样子，当时我坐在山姆会员店的购物车里，妈妈在一旁抱怨说卫生纸涨价涨得厉害。我记得他邀请我参加家得宝举办的圣诞派对。我怎么也不敢相信，他居然要我和他一起参加派对。是我！不过我也没信多久，因为很快我就发现，是妈妈想让我跟他一块儿，妈妈要我帮她收集情报，看他可能与哪些同事有一腿。"唐也不是不可能。我总在想，你爸说不定是同性恋，大家都不知道而已。你看看他坐下来还有跷二郎腿时的那副德行。"不管怎么说，我在派对上玩得很开心。墙上挂着红绿色的雪纺窗帘。房间里摆了一排排没卖出去的圣诞树。我学会了怎么玩 21 点。那天我真的感觉到了爸爸对我的爱。

但其他的记忆就没那么美好了。基本上爸爸总是心不在焉的，对什么都漠不关心。我记得他每天晚上都想给我和斯科特读《热狗人斯坦》，前前后后读了得有三四个星期,最后我们干脆放弃了,因为他总是读着读着就睡着了,从没读完过一本书。我记得他忘记送我去参加舞蹈表演。妈妈张罗一家人一起看我演的电视剧,结果他睡着了。我记得2003年的黄片大败露事件。爸爸看黄片被妈妈逮了个现行——这是摩门教的一大罪过——于是他又一次被赶出了家门,那次他在外面待了一个月之久。妈妈坚持要我直呼其名——"马克"——打那之后。我一直这样喊,直到妈妈去世。

现在,我坐在爸爸和他的新女友对面,我需要的不是妈妈的那一套说辞,也不是我自己的记忆。我需要的是爸爸的解释。

"你知道,那是很久以前的事了,我都不记得了。"十秒钟的沉默后,爸爸最后答道。他看了看他的女朋友,希望得到认可。

爸爸的女朋友是凯伦,妈妈高中时最好的朋友,就是她盗用了妈妈想好的名字。我从房间的另一头端详着凯伦,突然发现妈妈的妆容是在模仿凯伦。或者说凯伦是在模仿妈妈。我也说不清,但无论如何,这让我很不舒服。

我当然希望爸爸开心,但他有点……太开心了。妈妈是一年前去世的,一周后爸爸就开始和凯伦约会。在葬礼后的餐会上(是叫餐会吧?反正到场的每个人都边吃手指三明治,边告诉你他们对你的哀伤有多感同身受,因为几年前他们养的猫也死了），爸爸似乎更关心的是怎么才能搞到凯伦的电话号码，而不是哀悼他三十年的结发妻子。

哥哥们和我都很痛苦，却没想到爸爸那么快就能走出来。日子很难挨，但我们仍然努力与爸爸保持沟通。我们已经失去了妈妈，不想再失去爸爸。

说句公道话，爸爸也一直很努力，比妈妈在世时努力得多。他隔三岔五地给我们打电话，嘘寒问暖，还让我们列了个圣诞节愿望清单，这样他就知道该给我们买什么礼物。

所以爸爸上周给我打电话说他想跟我见面"谈点事情"时，我有点惊讶，这也太正式了，但同时我又以为，今天爸爸找我聊聊只不过是对女儿表示关心。

可当我坐到爸爸和凯伦对面，感觉到大家都很不自在时，我很快反应过来，爸爸压根不是关心我。他的动作比平时更僵硬。我猜他一定是有什么事要告诉我。

我的身体也跟着变得僵硬。妈的。爸爸和凯伦要结婚了。哦，天哪，我是不是还得假装支持他们，甚至表现出激动？我开始抠指甲，这样我就可以躲开他们的眼神，想想下面我该问些什么。

这样我就不必为我将要问的问题做准备时与人眼神接触。

"嗯……为什么要见面呢？"

"哦，嗯，呃……"爸爸看向凯伦。她瞪大眼睛，示意他"接着说"。哦，上帝，不，它来了。

它来了……

"达斯汀、斯科特和你……不是我……亲生的。"

…………

…………

…………

啊？

我非常震惊。我感到脸上慢慢没了血色。我肯定快要晕过去了。

"什……"我口干舌燥，好不容易挤出一个字。

爸爸只是点点头。凯伦的眼睛里涌出泪水。

"但他是你父亲，"她的嗓音因紧张而嘶哑，"这个男人是你父亲。"

眩晕感开始褪去，但我脑子还是不清醒。眼泪从脸上滚落，尽管我已经完全麻木了。

"我就觉得这事应该让你知道。"爸爸说，他低头看着他的双手，揉搓着。妈妈一直很讨厌爸爸搓手。

"买个护手霜吧，马克。"

我俯身拥抱他。他也抱住了我。凯伦就在边上看着。

"谢谢你告诉我。"我说。

我的头埋在他的法兰绒衬衣里。我闻到了熟悉的松木和油漆的味道，眼前只能看到他衬衣胸口的格子口袋。法兰绒被我的眼泪打湿了。

我缩成一团，凯伦靠了过来，右臂搭到我身上，半抱住我。一间房里有三个人，假如两个人拥抱了，第三个人就觉得她也得掺和进来，这是为什么啊？拥抱是两个人的事，不是三个人的事。我们不需要你，围观群众。谢谢你。

"他先告诉了我，我跟他说，这事必须让你知道，"凯伦贴着我的头发轻声说，"我跟他说了，这事必须告诉你。你应该知道。"我总算挣脱了"三人拥抱"，朝窗外望去，这样我就不用看爸爸或者凯伦了。这根本就是在演戏，目光的接触只会更戏剧化，更叫人无法忍受。戏上加戏。本来已经够夸张了。我们才不要你管。

我看着窗外，想问爸爸我的生父是谁。我想问极了。我很想知道。他是谁？我和他有什么共同之处吗？他会不会比马克更好相处？相处起来会不会很自然？我差点就要问了，可我忍住了。我不想叫爸爸难受。也许爸爸这俩字得加个双引号。今天晚上就这样吧。一肚子的问题等以后有时间再问吧。

"那，我们现在是去看场电影，还是……"爸爸问。

没劲的土豆。

76

我不敢把这事告诉史蒂文,就一直拖——一直拖到现在。一小时后我要飞澳大利亚,那边有个媒体采访活动。网飞即将进驻澳大利亚,于是派了一些演员去海外做宣传。演员们来自不同的剧组,除了我还有达里尔·汉娜、艾丽·坎伯尔、阿兹·安萨里,甚至有传言说女神罗宾·怀特本尊也会前往澳大利亚。但愿吧。

"有件重要的事得告诉你。"我对史蒂文说,我们面对面坐在餐桌旁。

从马克告诉我他不是我亲生父亲到现在,已经过去了一个星期了,可我还是无法接受这个事实。每天我都迷迷糊糊的。这一周基本上就是靠呕吐和喝酒撑过来的。

我有一肚子疑问,有些我问了马克。妈妈有外遇时他知道吗?(他说他知道。)哥哥们知道整件丑事吗?(他说他们不知道。)他有百分之百把握这事一定是真的吗?(他说他有。)他知道我的亲生父亲是谁吗?(他知道。)也就这几个问题他给了我清楚明确的答案,至于其他问题,他统统搪塞了,说什么"我不知道"之类的。

你明知道妈妈婚内出轨,还跟别人生了三个孩子,你怎么能跟她一起过了那么多年的?("我不知道……")我的亲生父亲知道有我吗？（"我不清楚……"）他们最后怎么就分开了？（"呃……不知道。"）

现在我最想问的是，为什么妈妈不告诉我们？她活着时为什么不告诉我们？她怎么能不告诉我们？

我也想替妈妈开脱，想弄明白她为什么这么做。可越是冥思苦想，越是给她找理由，甚至试图理解她的决定，我就越愤怒。

不管为什么，总之她就是没告诉我们。这本身就对我造成了伤害。

对我来说，这个人比世界上的任何人、任何事都重要。这个人是我生命的中心。她的梦就是我的梦，她的幸福就是我的幸福。我为之存在、为之呼吸的那个人，怎么能对我隐瞒如此重要的身份信息呢？

我可以假装她自始至终就没机会告诉我们，她很想告诉我们，但一直没找到合适的机会……可事实并非如此。她有机会，比如说她以为自己快要死了的时候，知道自己就要死了的时候。我觉得她临终的那些天是个很好的机会——收拾残局，交代身后事，告诉孩子他们的生父是谁。可为什么妈妈没这么做呢？为什么她还是继续隐瞒真相？

没有答案，也没个了结，真叫人火冒三丈。得不到答案的问题越多，我的疑问就越多。疑问越多，得不到答案的问题就越多。为了找到答案，我都把自己逼疯了。我需要一个能听我发泄、能替我出主意、能理智思考的人。

这一周我故意没把亲生父亲的事告诉史蒂文，因为我心里还指望着他对宗教的狂热能慢慢消退。要么是我出状况，要么是他出状况，总不能两人同时出状况。可现在马上就得去赶飞机了，我别无选择。我不能等到回来再把这事告诉史蒂文——我生命中最重要的人，那不太正常。

"好吧……"史蒂文说，明白我有大事要宣布，"实际上，我也有件重要的事得告诉你……"

"好吧……"我有点困惑，"嗯，你先说，因为我的事挺重要的。"

"不，你先说，我的事才真的重要。"史蒂文信心满满地说。

"哎，你先说吧。求你了。"

"好吧，"史蒂文重重地喘了口气，"我……是耶稣基督转世。"

…………
…………
…………

啊？

我的第一反应是想大笑，那种狼狈的笑，震惊、悲伤、愤怒和难以置信让我不由自主地想笑。史蒂文以为他是人类的救世主,我们的主基督耶稣?拜托。你是在跟我开玩笑吧?在我意识到他压根儿不是的那一刻,第二反应向我发起了冲击。我想哭。我想缩成一团,把一切都发泄出来。

"你一定得相信我,詹妮,"史蒂文一本正经地说,"我知道这听着很疯狂,但你一定得相信我。"我定了定神,去卫生间吐了一场,边吐边想对策。在回去时我得想清楚,还有几分钟就要出发了,我该拿我那以为自己是基督转世的男朋友怎么办。

很明显,史蒂文有病,但我没人可告诉,也没人能帮忙。我没有他家人和朋友的电话号码——我们的关系还没到那一步。他有个朋友住在附近,我小心翼翼地问他这个朋友的电话号码,可史蒂文突然大哭起来,求我别把他告诉我的秘密说出去。

"只有你知道,詹妮。"他哭着说。

"我觉得你应该告诉家里人。"我劝他,我知道,要是告诉了,他家里人知道他不对劲,多半会飞过来照顾他。

"不行,"他说着摇摇头,"就是不行。他们不会相信我。只有你会相信我,詹妮。"

我没理他。没精力理。我无能为力。心急如焚。这是我人生中的第一份真爱。就在十分钟前,我从这份恋情中收获的快乐还是我近期生活中唯一积极的力量。我没打算跟他分手。我用袖子擦掉一滴眼泪,目光看到了墙上的钟。要赶不上了。我得走了。

我拥抱了史蒂文。他也拥抱了我。在去机场的路上,我收到经理人的短信。罗宾·怀特确认出席活动。

77

飞悉尼要十四个小时,在飞机上的卫生间里来回呕吐,那滋味儿可真是生不如死。两顿飞机餐把我塞得饱饱的,但吃完我就全吐了,空姐还接二连三地为乘客提供零食——小熊软糖、全麦饼干、多力多滋薯片。每一样零食都是吃下去、翻上来,再吐出来。混乱不堪。在这十四个小时里,我不是在吃就是在吐,或者是介于吃和吐之间,盘算着等第十四次起身去洗手间时,怎么才能让坐我旁边的那位戴假发的商务人士别用奇怪的眼神盯着我。

最后一次呕吐时,我感觉自己快要晕过去了。呕吐物把嘴里搞得一股子酸腐味,因为反复呕吐,嘴巴还很疼。我把手指塞进嗓子眼,这个动作的连带作用是让我的双眼突出,接着棕色的块状液体从我嘴里涌出,像污秽的瀑布一般,流入灰色的马桶,这时我看到一小块白色硬块。我舔了一圈牙齿，发现有颗牙没了。胃液中的酸性物质已经慢慢地腐蚀了牙釉质，左下面有颗臼齿掉了。

我尝到了金属硬币的味道，便往水池里吐了口唾沫。一股鲜血。飞机上的水怕是不干净，我很不情愿地把手伸到卫生间的水池下面，接了捧水漱口。来回接水漱口四五遍，这时我看到镜子里的自己。我不想看，但做不到。空间太小，镜子又那么大。我看了自己很久。我不喜欢自己的样子。

飞机降落了。接机的尼桑轩逸在等我，我往车那边走去，看到有一封语音邮件，号码我不认识。我划开屏幕。是史蒂文的父母。他们告诉我，史蒂文给他们打了电话，听着疯疯癫癫的，他们很担心，就飞过去看他了。他们陪他去了一家精神疾病治疗机构，正在做检查，医生认为史蒂文可能患有精神分裂症。我回完信息，坐进车后座。

"嘿，最近咋样？"乐呵呵的网约车司机问。

我眼睛直视着前方，没吭声。最近咋样？太糟了。妈妈骗了我一辈子，我自己深受易饿症的折磨，左下角臼齿掉了一颗，可新闻记者会还得照参加不误，男朋友还患有精神分裂症。还能更糟吗？

"哈，我爱死这首歌了。你介意我调大点声吗？"

还没等我说话，司机就转了转音量旋钮。爱莉安娜·格兰德的热门单曲《专注自己》。

"比她上一支单曲还好听,是吧?"司机问。他摇头晃脑跟着哼唱,高兴地拍着仪表盘。

我看向窗外,看到远处的悉尼歌剧院。我舔了舔牙槽上的那个空洞,陷入沉思。也许爱莉安娜说得有道理。也许是时候把注意力放在我自己身上了。

78

"你好,詹妮特。"

"嗨,杰夫。"

"先站到秤上称称体重吧?"

哈?你说什么?咨询合同里可没这样的条款——第一次治疗就要称体重。这位饮食障碍专家是我在网上找的,要是看到合同里有这么个条款,我都不知道我会不会跟他预约。就算稀里糊涂地预约了,我也会穿上我那套"公共场合称体重"的行头,甭管天气怎样,我都会穿上这套行头去看医生——府绸裙搭配最轻薄的吊带。(衣服最好能少占点分量,越少越好。)我绝不会穿牛仔裤。该死的牛仔裤,又厚又沉。还有毛衣,笨重的粗线毛衣。

"必须称吗?"

"是的，不过你不用看数字，我也不会告诉你。这只是我治疗需要。每次治疗前，我都需要记录你的体重。"

我不安地绞着双手。

"你看着很苦恼。"

"我不想称体重。"

"这就是治疗的一部分，我明白它会让人苦恼。说实话，与我看到的很多情况相比，你的反应还算温和的。"

"你都看到什么了？"

"他们会哭得上气不接下气，有时大喊大叫，有回还有个人把包砸到房间那头。真有意思。"

我笑了。

"在康复过程中，正视你的情绪体验能带来最大的改变。首先要正视你对于食物、饮食、身体的情绪体验，是的，我们得称体重。我会帮助你经历这一切，但要想好转，你必须面对这一切。"

"听起来好像没有商量的余地，杰夫。"

他笑了笑，接着他的笑声戛然而止，他什么也没说，只是定定地看着我。

杰夫个子很高，大概有 6 英尺 3 英寸[1]，一双蓝眼睛看着非常和善，金色的胡须修剪得整整齐齐，与他一丝不乱、

---

1 约合 190 厘米。

整整齐齐地梳向一边的金发很相配。他穿着休闲裤、格子纽扣衬衫，打着领带，腰上是一条银扣黑色皮带。他的手势和他的措辞一样准确——无论是言谈还是举止，都毫不含糊。他绝不会支支吾吾。我很尊重他。想不支支吾吾可不是容易的事。我站起来，走到秤前。我闭上眼睛，深吸一口气，然后站了上去。我听到他在写字板上做记录。

"可以下来了。"

我走下来，回到沙发上坐下来。杰夫对我笑了笑——他的笑容有那么一丝温暖，但更多的是一板一眼。

"我们开始吧。"

79

"真不敢相信，我居然以为自己是耶稣。"史蒂文一边嚼薯条，一边笑着说。

我和史蒂文面对面坐在斯蒂迪奥城劳瑞尔酒吧的桌子旁。我不紧不慢地啜着梅斯卡尔骡子[1]，心里庆幸我还有史

---

[1] 原文为"mezcal mule"，一种鸡尾酒，主要由梅斯卡尔酒、青柠汁、龙舌兰花蜜调配而成。

蒂文，就像以前每次妈妈与死神擦肩而过后那样庆幸。纯粹的庆幸。又惊又喜。他们在这儿。他们还在这儿。

我原本以为，史蒂芬被送到精神病院也许是我最后一次听到他的消息。没想到他拿到手机后立刻给我打了电话。我们都哭了。他听着就像昔日的他，有点像。但语气更慵懒了，有一种过去没有的麻木。他告诉我，这是因为他正在服用锂，过些日子他就能恢复到诊断前的状态。我期待着他能回到以前那样。

现在已经过去了两个月，我坐在他对面，觉得也许他说的是真的。我们又住在一起了，他状态挺好。他主动去看心理治疗师和精神科医生。他正在接受药物治疗。他不再提禁欲的事了，我们的性生活也很和谐。他现在没把精神分裂当回事，只有当一件事真正成为过去时，你才能像他那样轻描淡写。

"我也不敢相信。"我附和道。

史蒂文从桌子对面握住我的手。他的手指被薯条弄得油腻腻的。但我不在意。

"你一定被我吓到了。"他说。

"是的。"

"对不起，我没能陪在你身边。"

"没关系。说实话，我也没能陪你。发生了这么多事。"

"我知道。但我们现在都在努力解决自己的问题。我们会互相陪伴的。那太好了。"

我点点头。我相信他。

80

我盯着面前那盘意大利面。我起码盯了十分钟了，在开动之前，我要处理好一切想法和情绪。

我拿起铅笔开始填表。

想法：这盘意大利面我既想吃又不想吃。我害怕吃了会长肉。我不想觉得累赘，不想身体很笨重。我总觉得身体很笨重，我受够了。我害怕吃东西。我不想吃了再吐出来。

感受：恐惧——8分/10分（满分10分，下同）；焦虑——8分/10分；恐惧——7分/10分；欲望——6分/10分。

我深吸一口气，接着吃了一口。更多的想法。更多的感受。总有更多的想法和感受。不断地涌现出想法和感受，叫人筋疲力尽。我把表拿到跟前又开始记录。

吃面时的想法：妈妈总说钠会让脸浮肿。我害怕明天脸会浮肿。妈妈要是看到我吃这个肯定很生气、很失望。

我是个失败者。

感受：悲伤——8分/10分；失望——8分/10分。

我开始哭。按照杰夫的要求，我放下铅笔，让眼泪掉下来。

我接受杰夫的治疗已经有三个月了，情况在稳步好转，虽然速度很慢。我们做了很多努力，多到让人记不清楚。

首先，杰夫要我把所有的减肥食品（速冻的"瘦身特餐"，瘦身蔓越莓汁、减肥茶等）和健身服都扫地出门。在康复阶段不需要锻炼。拉伸、适度散步可以，但不能再跑半马。一切和减肥有关的东西都得从我的生活中消失。

然后杰夫要求我记录自己暴饮暴食和呕吐的情况，以及吃的每样东西和吃的时间。我能理解他为什么让我记录呕吐的情况，劳拉也让我那么做，这我一点也不奇怪，可我不明白为什么要记录食物的摄入。这难道不是进食障碍吗？这难道不是一种强迫性、不健康的行为吗？

"是的，我们最终想做的就是不去关注你吃了什么。事实上，最后我还会让你记录你记录的频率，这样我们才能努力把这个数字变成零。"

"就是要，记录……记录。"

他轻轻笑了两声，陡然停住。"没错。"

"好吧。如果最终目标是不记录食物的摄入，那为什么我现在要记录呢?"

"我需要了解你对食物采取的行为。知道你吃了些什么进肚子,什么时候吃的,这有助于我了解情况。"

记录了两周后,现在杰夫一边阅读我填的表,一边捋着胡子。

"嗯。是。有意思。嗯。是的。"

什么?什么?杰夫?什么?

"有意思……"

"什么有意思?"我终于忍不住问。

"你几乎每天都不吃早饭,然后下午两三点吃一顿晚午饭。但那不是正经午饭。你都没吃饱。我看你表里写了,星期二吃了八口三文鱼——非常具体——星期三吃了一根蛋白营养棒,星期四吃了两个鸡蛋。为什么你连鸡蛋都要吐?"

我耸耸肩。

"我们会做到的。嗯,你午餐吃得很晚,很马虎,然后晚上8点左右吃晚饭,一样是应付差事。我有点明白怎么回事了,到了晚上大概11点,你说你会大吃一顿。一整盘泰式炒饭,再加上一个德尔塔可的墨西哥卷饼。你好像每晚都会把那个点吃的东西再吐出来。"

嗯,我知道,杰夫。这表是我填的。

"对哦。"我说,假装明白了什么。

"所以事情是这样的,詹妮特。每天的前半段你都在饿自己。你不吃早饭,午饭和晚饭吃得很晚,而且是糊弄,到了晚上11点,你已经饿到了饥不择食的地步,你吃东西是因为你的身体在乞求你。正因为如此,你才会选择那样的食物。你太饿了,你想吃点丰盛的、能维持生命的东西。但因为你对这些食物有成见,因为你破坏性的思维模式已经根深蒂固,你当然要把它们统统吐出来。第二天再重复这个循环。"

"说实话,这周情况还不错了,"我辩解道,"我猜这大概是因为我想'好好表现'吧,不管是治疗还是其他方面。"

"我理解,"杰夫让我放心,"咱们没必要小题大做。接受它。这就是进步。"他礼貌地点点头,低下下巴,坚定地看着我,"但我认为,我们有能力做得更好。"

我相信他。他是那么有把握。一个从不支支吾吾的人那么有把握,一定有他的理由。一个从不支支吾吾的人只对他有把握的事有把握。

"下面我们要这么做:你得恢复正常饮食。一天三顿正餐、两顿零食,时间固定。没什么好商量的。在恢复正常饮食之前,我们得弄清楚哪些食物对你有风险。也就是你有成见的食物,也就是你觉得有必要吐出来的食物。"

不用解释两遍。我一口气列了好多:

"蛋糕、派、冰激凌、三明治、炸薯条、面包、奶酪、黄油、薯片、饼干、意大利面……"

"很好，很好。"杰夫一边说，一边认真地做着笔记，但他没让我慢点说。他肯定是个争强好胜的人。他飞快地写着。他的目标是拿金牌。他在"pasta"中的"t"上打了个叉，抬头看着我。

"减少你对食物的成见是我们治疗的最终目标之一。一切成见。我希望你能客观地看待食物。菠萝也好，松饼也好，食物其实就是你吃进肚子的东西，既不好也不坏。"

"我觉得这两样东西都不好，糖分太高。"

杰夫眨了一下眼。

"对，这就是我们要改变的。"

"好。"

"我要提醒你，詹妮特，想让你恢复正常饮食，客观地看待食物并不容易。非常不容易。从情绪方面来看，这个过程会很艰辛。你的饮食习惯一直……太他妈糟糕了。"

你还会说"他妈的"啊，杰夫，不过我挺喜欢听你"骂娘"的。

"会很辛苦。但我会帮你渡过难关。"

* * *

我坐在这儿，咸咸的泪水落在意大利面盘上，冲淡了番茄酱。杰夫说得对,要想恢复正常饮食,客观地看待食物,最难对付的就是情绪。

我越哭越凶,胸部开始跟着起伏。我很生气,为什么要哭?这让我感觉很离谱、很失控。

泪水落在工作表上,墨水晕开了。我朝湿掉的那一块吹了口气,想把它吹干,可鼻涕又从鼻子里淌出来,滴在纸上,这下更糊了。我把纸揉成一团,朝房间对面的垃圾桶扔过去。纸团落在离垃圾桶十万八千里的地方。老天爷。

去他的。我站起身,急急忙忙去洗手间,我要呕吐。

81

"犯错很正常。犯了就犯了。它就是个错而已,并不能说明什么问题。不是说犯了错你就完蛋了。最重要的是,你不能让小错变成大错。"杰夫说着递给我一个纸袋,上面写着"别让小错变成大错"。(我感觉这套操作他应该提前练过。先说问题,然后把材料递给来访者。没错,这么操作更有效。)

杰夫每周都会给我一个纸袋。每次治疗结束时,他都会递给我一份新的资料。纸袋里一般是一篇文章、一两个测试,还有些表格。主题范围很广,从"如何建立健康的人际关系(以及如何评估你目前的人际关系)"到"如何摆脱饮食失调影响,建立自我认同",再到"究竟什么是自我关怀"。

我喜欢这些材料。我喜欢把自己写在纸上。对我来说,这能让一切事情都变得简单。脑子里的各种思绪和情绪会让我感觉杂乱无章。可当我低头看着纸,看到自己的思绪和情绪通过文字、统计和图表反映出来,脑袋就会变得明晰。

每次拿到的材料都是把治疗的内容再强化一遍,所以我知道今天的治疗是关于犯错。

"詹妮特,这是整个康复过程中最重要的一部分。接受自己犯的错,继续前进。"

我点点头。

"有进食障碍倾向的人往往是那种陷入错误而难以前进的人。完美主义者。你有同感吗?"

"是的……"(这么贴标签让我有点不爽,但我确实有这种感觉。)

"这样做的问题在于,本身犯错就会让我们觉得内疚、觉得受挫,而自责会让我们羞愧。内疚感和受挫感可以帮助我们向前迈进,但羞愧……羞愧会把我们困在原地。它会让人动弹不得。当我们陷入不断、不断增强的羞愧感时,往往会犯更多同类型的错误,也就是之前让我们觉得羞愧的错误。"

我点点头,明白了。

"所以它会让小错变成大错。"

杰夫骄傲地指着我。

"答对了。"

我本来并不想说"答对了",可我发自内心地觉得杰夫说得太对了。我意识到,越来越严重的羞愧感是我患进食障碍的罪魁祸首。我受够了一而再、再而三地发誓"这次真的是最后一次了"。也许我需要做的就是接受自己犯错的事实。如果犯了错能承认自己很失望、很受挫,这样就不会陷入羞耻的旋涡。这样我就不会犯更多错,更多更多的错,小错自然也没法发展成大错。就像杰夫说的那样,犯了就犯了。它就是个错而已。

82

该死。开会要迟到了。我抓起包,急急忙忙下楼,我看到他坐在那儿,望着窗外,食指绕着头发。他的表情很紧张,最近他经常这样。看到他这副样子我很害怕。第一次出现这种情况时，我还以为是因为医生给他开的锂的剂量太高了。可后来剂量调整了十几次，他的紧张症还是没见好。那时我才意识到有其他原因。

"嘿，帅哥，"我假装漫不经心地说，"怎么样？"

他好像没听见。

"史蒂文？"

毫无反应。我咬了咬嘴唇。

"嗯……我得出门开会。你要一起吗？开会时你就在附近逛逛吧？要不了一个小时。"

现在不管是出门见谁，上班还是开会，我都会喊史蒂文和我一起。不然我怕他会一直闷在家里。

史蒂文已经彻底不工作了，他似乎也不愿意再回去工作。他声称"工作是在浪费生命"。他没有任何爱好，也不喜欢和朋友待在一起。这些日子史蒂文只做了一件事，那就是抽大麻。早上一起来就开始抽，一天到晚都在抽。醒着的每一分钟他都很 high，非常 high。比我见过的任何人都 high。high 到神志不清。

一开始我觉得没事。被确诊患有精神分裂后，他压力非常大，抽大麻就权当缓解吧。我很支持他。他抽得特别多，我甚至给他找了个能跟得上供应的大麻贩子。

但后来就成了这样。我也不是不理解。我理解。我非常理解，他需要让自己对一切都很麻木。可我不再麻木了。也许这就是症结所在,至少对我俩来说是这样。易饿症的康复进展很大。我不再像以前那样虐待自己的身体了。每天都在努力面对自己。虽然结果不尽相同,但我一直在努力。

我的康复每进一步,史蒂文对大麻的依赖就越进一步。我们渐行渐远。所以,几周前我想了个很不错的主意,那就是我们得共同进退,不管付出什么代价。史蒂文想办法帮我对付易饿症,我也会想办法帮他戒掉大麻瘾。

我打印了一堆关于如何戒掉大麻的文章。我查询了互助小组的相关信息。我建议他换个专门治疗成瘾问题的医生。我还安排了一些活动,如果我们能出去走走,他就没那么多机会吸大麻了。为了方便监视他,不管去哪儿我都会喊上他。我给他推荐了一些他也许会感兴趣的爱好,还把家里的大麻全扔了。

统统没用。他压根不愿意读这些文章。不愿意去互助小组。不愿意换个医生,甚至不愿意去看现在的医生。他不想有爱好。又买了很多大麻。

我很无助。我对他无能为力。但我爱他。我希望我们能在一起。所以我会继续想办法。

"那一起吗?"我又问了一遍。

"哦,呃……不……不……了,詹妮。我只想待在这儿。谢谢你喊我。"他边说边不停地用手指绕着他的头发。

83

"鲍勃,你听到她说什么了吗?她把钱都用光了!"外婆号啕大哭,她把头靠在外公肩膀上哭泣着,可一滴眼泪也没哭出来。外婆连让眼泪在眼眶里打转都演不出来。

"亲爱的,她没这么说。"外公叫她放心,我很奇怪外公哪来那么多耐心。

我和外公外婆坐在斯蒂迪奥城我家的客厅里。外婆还在我通讯录的黑名单里,她不准外公见我,除非她也在场。我刚给他们放口风说我打算把房子卖了。他们听了很不高兴。

"我怎么跟琳达说呢?还有琼妮?还有路易丝?"外婆挥舞着胳膊大喊,她压根没搞清状况。

"我觉得你可以实话实说。"我提议。

"这世界上我最最珍爱的外孙女怎么能那么任性,这么漂亮的家怎么能说搬就搬,要搬到小得可怜的一室一厅?"

"没错。"

"不行!"

"没事的,亲爱的。"外公拍着外婆的手说。

在接受杰夫的治疗时,我们会经常讨论生活中的哪些方面会给我带来压力。我多次提到这套房子，所以杰夫问我为什么不卖掉它。

"嗯，之前我就想卖了，但我不能这么做。"

"为什么不能？"杰夫问。

"因为那……不聪明。"

"为什么不聪明？"

"房子是不错的投资。"

"嗯，说说看，为什么房子会让你有压力。"

"嗯，它老是出问题，总有修不完的地方——包工头几乎天天都得来。我没想到有了房子我还得多干份工作，而我既没兴趣，也没时间。"

"还有别的原因吗？"

"感觉很孤独。有点吓人。房子对我来说太大了。我也不喜欢住在那一片。有人在网上泄露了我的地址，有时会有跟踪狂在房子周围转悠，还留下些叫人毛骨悚然的小纸条，有回还有个人放了一束滴血的玫瑰……"

"那是会让人很有压力。"

"是的。"

"但你还是没卖，就因为它是不错的投资？"

"是的。"

"为什么它是不错的投资？"

"我也不是很清楚。听别人说的。对吧？大家都说买房是不错的投资。"

"对别人来说不错不见得对你来说也不错。"

"好吧。"

"你对你心理健康的投资呢？安全感对心理健康很重要，但你说你没安全感。"

"我是没有，可是……我不知道。我就觉得我不能卖。"

杰夫目不转睛地盯着我。

"我可以买些绿植。"我耸耸肩。买绿植能让我的生活有所改变，这个主意我不知道想过多少次了，说了你可能都不信。

"还有其他想法吗？"杰夫问。

"多出去度假。"

"可这不会直接影响你的主要生活环境——你的家。它也是影响你心理健康的主要环境。所以为什么不关注你的家呢？"

"没有绿植？"

"不仅仅是绿植。"杰夫点点头。

"我可以……请一个室内设计师？"

"嗯，那怎么就能减少你的压力呢？"

"嗯，我那房子看着空荡荡的。感觉，感觉很孤独。"

"铺几块地毯就能有用吗？"

"大概。"我说，口气带着一丝讽刺。杰夫，我不喜欢这个带有评判意味的问题。

"好,"杰夫淡淡地说,"那为什么不从这儿着手呢?"

回到家后,我给房地产经纪人打电话,问他知不知道有什么好的室内装饰公司。他说他知道有一家很合适。

* * *

穿着飘逸的黑色上衣和豹纹紧身裤的丽兹出现在我的住处。我当时就该察觉出哪里有些不对劲。毕竟,全世界只有仙妮亚·唐恩一个人穿豹纹不难看。

"你想把家里装成什么风格?"丽兹在餐桌旁坐下后问道。她把她的大水桶包放在餐桌上,开始往外拿面料样品、材料夹和厚厚的家居杂志。

"呃……"我看了一圈空荡荡的房间,"我没概念。我想,要不就按照你的想法装饰吧。"

"哇哦,太好了,"丽兹兴奋地说,"我的想法可多了。我看啊,我最先想到的就是……带有动物纹饰的时尚风格。"

我千方百计地不去看她的紧身裤。

"我不是很喜欢动物纹饰。"

"噢,"她说,有点不高兴,"好吧,那就拿动物纹饰做点缀吧。我们可以做猎豹纹、奶牛纹或者斑马纹,现在很流行。"

干吗硬要让我用斑马纹,丽兹?!我可不想我的枕头、毯子或窗帘上有斑马纹。我不明白,为什么非要在枕头、毯子和窗帘上搞印花,弄得"花里胡哨"的。这些东西买回来又不是为了好玩,关键是好用。给我整点简约素净、跟整体风格搭配的软装,咱们今天就到此为止了。

"不用了,"我尽量温和地说,"不过我只是想要点简单的。虽然我眼光不行,但我知道我喜欢简单的。"

"可你那么年轻!那么有意思!难道你不想把这点体现出来吗?"

不。

"呃……"

"干吗不试试呢?就先按这个想法来,到时候只要有你不喜欢的,能退的我都给你退掉。"

一个人耳根子软已经够糟了,有主见还耳根子软更糟。耳根子软的人脾气好,别人说什么都愿意听。而有主见还耳根子软的人虽然明面上不生气,别人说什么都愿意听,却在暗地里生闷气。我就是有主见还耳根子软的人。

"好吧。"我礼貌地说,还在怄气。

三天后,薄荷绿和奶油色的猎豹图案窗帘出现在我的门口,还有一张收据:14742 美元。显然,跟丽兹打交道的都是只要能遮住阳光,压根不介意花 15000 美元的顾客,但我不是这样的顾客。

这房子没法住了。一来是因为印花窗帘又贵又丑,二来就是我开始接受这样的事实:不管什么样的毯子、窗帘和枕头,都无法弥补隔三岔五就要修修补补的房子、孤独和留下带血玫瑰的跟踪狂给我带来的伤害。

我打电话给丽兹,告诉她不用再帮我装修房子了。

"噢,虽然我很失望,"她说,"但我完全理解,祝你装修一切顺利。"

"谢谢,实际上我打算把它卖了。"

"啊?"

"是的。"

"哦,好吧……"

"是的。所以,不管怎样……告诉我,你看我把豹纹窗帘放哪里合适,方便你退。"

"呀,窗帘不能退。"

***

这是几天前发生的事,现在我正想跟外婆讲道理。

"搞不懂,卖房子的是我,你干吗大惊小怪的?"

"因为!"外婆喊道。

我总是记不得,跟不讲道理的人讲道理是……没道理可讲的。

"对我来说这是最好的选择。如果你能支持我的决定,我会很感激的。"

"嗯,我不支持。我就是不支持!"外婆把头埋在外公的腋下。

"没事,亲爱的,会没事的。"外公说。

"你到底要搬到哪儿,姑娘?"外婆抽泣着问。

"搬到美利坚品牌购物中心楼上的公寓。"

"美利坚品牌购物中心?"外婆转过身来面对着我,鼻子不抽了,"那个有喷泉,会放法兰克·辛纳屈歌的高级购物中心?"

"就那个。"

她迟疑了片刻。

"那倒也不赖。那里有家安·泰勒女装店……"

84

"这身打扮是不是太过了?"我问科尔顿和米兰达。我要去见一个重要人物,他们正在帮我选衣服。

"我要是你不会穿裙子。有点……过了。"科尔顿说。

我很感激他能有话直说，于是换了条牛仔裤。

"这样更好。"他点头说。

"万一他不喜欢我怎么办？"我一边冲他们大喊，一边去卫生间换衣服。

"他会喜欢你的！"米兰达喊道，让我放心。

我心里七上八下的，比第一次约会时还紧张。也许是因为这次见面更要紧。不是去见一般人。是第一次见我的亲生父亲。

我们坐着米兰达的保时捷行驶在405公路上，目的地是纽波特海滩的一家酒店，今晚那里有场音乐会。

"你亲爸爸是吹小号的？"快到目的地时，科尔顿问。

"长号。"我纠正道。

"一回事。"科尔顿耸耸肩说。

我知道他是在没话找话，因为离酒店越近，气氛就越沉重。这无可厚非。连声招呼都没打就出现在生父的爵士音乐会上，我甚至都不确定，他知不知道我的存在。

虽然从马克爸爸那儿没打探到多少信息，但他还是把生父的全名和职业告诉了我，根据这两条信息，我很快就在网上找到了他的个人官网。在网站上能看到他的成就是长长的一串，他担任过很多电影的配乐——《星球大战》系列、《侏罗纪世界》《迷失》等，数都数不过来；还能看到他所在的爵士乐队的巡演日程表，这是他业余时间的兴趣爱好。我决定参加他在洛杉矶地区最晚的那场音乐会,因为我想有尽可能多的时间做好心理准备。

现在我就在这儿,离音乐会开始还有几分钟,我好几个月前就决定要来,可直到现在我还没做好心理准备。

安德鲁知道他是我父亲吗？他知道他是达斯汀和斯科特的父亲吗？我小的时候他在我身边吗？他和妈妈什么时候分手的？他和她一直有联系吗？他知道她已经死了吗？他现在有家庭吗？他们知道这些吗？

我有太多的问题,答案又有很多种可能,我很忐忑。我想过,他也许有家庭,他的孩子可能就在演出现场,但他们对此一无所知。我不想做那个把噩耗带进他们生活的人。我想好了,等音乐会快结束时再去找他,等到他离开舞台,身边没别人的时候。

我也想过,也许他会矢口否认。也许他会说"滚开"。也许我不会告诉他。我也不知道我来这里要干什么。

米兰达把车停到泊位上,我们跳下车。科尔顿抓紧我的胳膊,他是想安慰我——但米兰达没有。很多时候,女性之间的友谊似乎都离不开身体接触——握紧对方的手、频繁地拥抱、抚摸头发等。米兰达和我并不是从不接触,我们只是偶尔那样。我们很少拥抱,但我感觉这样挺好。

我们走过酒店的走廊,中途我去了卫生间小便。米兰达也跟进来了,我想她是为了确保我不会呕吐。虽然她从没直接对我说过这些,但我看得出来。她并不会每次都陪我去卫生间。她不是那种会把关心表现出来的人。

这种情况我通常会焦躁不安,就像史蒂文总是阻拦我呕吐时那样。但这次没有,因为这次我没打算这么做。胃里没什么好吐的。一整天我都觉得恶心,什么也吃不下。我已经在心里记下来了,明天治疗时要跟杰夫说说这种情况,但现在我只想把今天挨过去。

我洗了很久的手,我不想手心黏糊糊的。又涂了点睫毛膏,补了点腮红。为什么我那么在意自己在亲生父亲眼中的形象?一整天我都在关注我的外表。我把睫毛膏塞回包里,穿过酒店,来到院子里,那里正在举行现场音乐会。我讨厌"现场音乐会"[1]这个词,但我很肯定,这是专业的说法。

还有几分钟演出就要开始了,科尔顿、米兰达和我坐在靠后面的一张桌子旁。听众大多四五十岁,看着很有钱。满眼看过去都是古驰。

"你们这些孩子怎么会来这儿?"坐在我旁边戴珍珠项链的女人问。她喝得醉醺醺的。

我想说"我从未见过面的亲爸爸是这个乐队的长号手,等演出结束我想跟他聊两句,看看能不能弄清楚为什么我的童年那么混乱、那么不幸",但我没说。

---

1 原文为"gig"。

"就是喜欢爵士乐啦。"最后科尔顿答道,因为他发现我只是两眼无神地盯着她什么也不说。

"哦,很好。我们需要更多像你们这样的年轻人。有文化的。你们喜欢哪些爵士乐队?"

"都喜欢。所有……只要是爵士。"科尔顿点点头。

"很好,很好,"珍珠项链笑着回答,似乎对这个似是而非的回答非常满意,"啊,出场了!"

珍珠项链欣喜若狂地鼓着掌,我们三个人转过头,看到乐队走到舞台上。我热切地注视着爸爸,他手里拿着长号。我跟他一点也不像。也许我坐得太靠后了。也可能是妈妈的基因更强大。

乐队开始演奏。有好几次,科尔顿抓紧了我的手。米兰达用余光看着我。整场演出我感觉自己一直很恍惚。

一个小时后,萨克斯手宣布他们马上要演奏最后一支曲子。我口干舌燥,手心汗涔涔的,心怦怦直跳。

"好啦,走吧。"科尔顿说着拉住我的手。我们仨从桌旁站起来,朝舞台出口走去。

"你们要去哪儿?"

别节外生枝,珍珠项链。

最后这支曲子已经演奏到了末尾几段,可我们还没走到舞台出口。我们加快脚步。

"你们不能来这儿。"保安对我们说。

"对不起,她有件要紧事要处理,很快。"科尔顿说,一副理直气壮的样子。

保安也搞不清楚怎么回事,就让我们过去了。我抬起头,看到他走下舞台——我的亲生父亲。

"快!"米兰达说。

最后30码[1]左右我是跑着的,直到他下台阶时,我才跑到他跟前。他察觉到了我。我们看到了对方。他看着很疑惑,也许有点惊慌。

"我觉得我们挺有共同点的。"我嘴里居然冒出这么一句话。

他满眼都是泪。我也是。

接下来的十分钟,我也不记得我们瞎聊了些什么。我问他知不知道我,知不知道我的存在。他说知道。还有哥哥们。他说他一直在等我们主动联系他。他不想联系我们,因为他也不确定我们知不知道。他问我是怎么发现的。我把事情经过告诉他。他说,他和妈妈分手时闹得很不愉快,我们小的时候他俩爆发了一场争夺监护权大战——妈妈说他有肢体虐待行为(他跟我保证他没有)。妈妈赢了。我问他知不知道妈妈死了。他说知道,他在《E!娱乐》新闻上看到的。这话听着很奇怪。

---

[1] 约合27米。

技术人员告诉我们，我们得离开了。我的亲生父亲把他的电话号码给了我，让我给他发信息。我们拥抱着说再见。米兰达和科尔顿过来找我。我心里有很多感受，并且我能分辨出它们。我感觉自己进步了。

我很高兴他知道我们的存在。我松了一口气，总算见过面了。同时又有些失望，因为见面的时间太短了。我也觉得困惑、难过，因为他没先联系我。我永远也不知道，他想不想见我，还是只是随便说说，毕竟换谁都会这么说。

这无疑是我经历过的、最有意思的初次见面。我也不知道会不会有第二次。

85

它在我手里，冰冷、沉重。我慢吞吞地走着，我在拖延时间。我扔过这玩意儿，扔了七八次。但每次扔完，第二天我都会回去买个新的。至今我还没能坚持二十四小时不买新的，不过这回我对自己有信心。这一回我可是认真的，扔掉它——这是我送给自己的24岁生日礼物，我要永远跟它说再见。

我被体重秤定义得太久了。秤上显示的数字告诉我，我是成功还是失败，我努力得够不够，我是好还是坏。我知道，什么东西都不该对我的自我价值有那么大的影响，这很不健康，可无论我多使劲地抗争，我仍然觉得自己就等同于秤上的数字——也许是因为，在某种程度上，这么做更容易。给自己下定义很难。复杂。烦乱。而让秤上的数字代劳很简单、很直接。

95磅。105磅。115磅。或者125磅。不管秤上的读数是多少，我都是读数，不是别的。读数决定了我是谁，或者说，我曾经是谁。我不再希望这个数字代表我的全部，定义我。我准备好了，要体验不被体重秤定义的生活。

这听着很荒谬，"不被体重秤定义的生活"。听着很离谱，但不幸的是，我就是这么想的。我觉得很狼狈，这就是我的现实生活。也许这是件好事。也许这就是成长。

我走近垃圾房，拉下门闩，打开滑道门。我把秤放进滑道。我听到秤滑了下去，往下落，撞击着滑道四周，落到地上。我走了。

第二天。天亮，天黑。我没买新秤。

86

我们坐在回声公园湖的天鹅游船上。这该死的游船真是丑毙了。刚刚五分钟我俩一句话也没说,坐在这该死的天鹅游船里,五分钟都显得格外漫长。

我盯着史蒂文。他没感觉到我在盯着他。他半是伤感半是愁闷地望着远方。这些天他一直在想事情,可他那方法根本不管用。就像车轱辘不停打转,脑袋来回兜圈子,一步也没往前移。

我一直在帮史蒂文。也可能是在控制他。我也不确定,因为这两者很难分清。但几个月前,我放弃了。

起因是杰夫给了我一些关于依赖共生关系的材料让我阅读。我对材料里提到的每一点都非常有同感,我不得不接受一个事实:我和史蒂文就是极度依赖的共生关系。杰夫建议我先集中精力解决我自己的问题。

"可我在努力,在努力解决我的问题。"

"而且你做得很棒,"杰夫点点头,表示肯定,"但我有种感觉,要是你能把管理史蒂文生活的所有精力都用来管理你自己的生活,你的进步会更大。"

变化来得很快。按照杰夫的建议,我每周的自我提升方案中又增加了小组治疗这一项。我还读了一些关于进食障碍康复方法的书籍。花在自己问题上的时间越多,关注史蒂文问题的时间就越少。关注得越少,我们就越疏远。

我意识到,我们之间的关系一直以来都是靠治病来维系的,我很难过。不管是史蒂文帮我治疗易饿症,还是我帮他戒掉大麻瘾，逼他找到合适的用药方案，这些都是我们关系的黏合剂。如果不用帮对方治病，我们其实没什么话说。就像现在。

"史蒂文。"我终于开口了。他从恍惚中清醒过来，看着我。

我什么都不用说。他知道接下来会发生什么。他哭了。我也哭了。我们一边哭一边抱住对方，双脚不停踩着踏板，这该死的鸟游船蹬着真费劲。

87

"詹妮特，整个团队都在。"经纪人助理在电话那头对我说。

"整个团队"都参加会议只有两种可能：要么是非常好的消息，要么是非常坏的消息。要么是庆祝，要么是安慰，没其他可能。团队成员一个接着一个入了会。我倒要看看是好消息还是坏消息。

"大家都在吗？"一个声音问道。

"是，都在。"另一个声音回答。

"嗯，詹妮特……"

坏消息。停顿肯定是坏消息。

"……你网飞那部剧被砍了。"

鸦雀无声。这对经纪人来说也许是坏消息,但对我来说,这消息不错。我觉得……挺好。

"好啊。"

"好?"有个声音疑惑地问。

"好的,"我重复道,"谢谢告知。"

"好的,"另一个声音说,听着如释重负,"嗯,那好。呃,嗯,那么……好消息是,网飞那边既然搁置了,我们可以推荐你出演其他角色了。"

"实际上……"

气氛变得很紧张,他们等着我继续说下去。隔着电话,我几乎都能感觉到他们的恐惧。她是要哭吗?这位女演员你可千万别哭啊。上帝保佑。

"实际上,这个问题我考虑了一段时间,之前我们不是一直在等网飞那部剧的消息嘛,会不会拍第三季。我想好了,如果继续拍,我就继续演。但如果砍了,我想休息一下,暂时不接戏了。"

鸦雀无声。

"噢,"终于有个声音插话了,"好吧,嗯……哼。你确定?"

"是的,我确定。"

"嗯,百分百确定?"另一个人问。

"是的,百分百。"

"好吧。嗯……要是改变主意了告诉我们。我们很乐意继续派你出去演戏。"

"我会告诉你们的。"

他们很不自在地说了几句告别的话,会议就结束了。就这么简单。十八年的演艺生涯,两分钟的电话会议就了结了。

对这个决定,我现在很平静。尘埃落定。起初我并不能接受。这一年多的时间,我一直在琢磨这件事,跟杰夫反复讨论了很多次才走到这一步。我早就知道,我与演戏的关系非常复杂,跟我与食物和身体的关系一样复杂。

我感觉它们都在不断地拉扯、渴望、乞求、抗争。我拼命想得到它们的欣赏和喜爱,可我似乎从没彻底成功过。我从来都不够好。

我厌恶这样的争吵,感到筋疲力尽。

对我与食物的关系,我终于获得了一些控制,而我们之间的关系越健康,我就越觉得演艺事业不利于健康。我知道,无论什么样的工作,总有很多方面是从事这个工作的人无法控制的,但演员尤其如此。

身为一名演员,你没办法控制什么样的经纪人愿意代表你,经纪人给你物色什么样的角色,你能参加哪些试镜和二次试镜，你能得到哪些角色，角色的台词如何，角色适不适合你，导演怎么指导你表演，剪辑怎么剪辑你的戏份，电视剧会不会被砍，电影受不受欢迎，剧评人喜不喜欢你的表演，你能不能红，媒体怎么报道你等。上帝保佑那些能忍受生活中有那么多不确定的人吧，反正我是忍不下去了。

生活中有太多我无法控制的事了。太久了。我受够了这样的生活。

我想把生活牢牢握在自己的手中，而不是易饿症、选角导演、经纪人或妈妈的手中。是我自己的手中。

88

"我好喜欢。"我说，这次我可没像6岁生日那天打开淘气小兵兵睡衣时那样撒谎。我真的好喜欢。

我的背包已经用了三年了，又破又旧。我得买个新包，我已经念叨了几个月，可还是没看到合适的。但米兰达做到了。黑色的涂明背包，金色的五金件，非常漂亮。太完美了。

比她的礼物更好的东西只有一样，那就是她写的生日卡。我拿出生日卡读了起来。她的字迹一丝不苟。她的话语简单却很体贴。她总会插进几个恰到好处的笑话。她总爱在卡片上签亚历克·鲍德温[1]的名字。我甚至不记得这是个什么梗，但每次看了我都会大笑。

"我们是先去迪士尼还是先吃晚饭？"米兰达问。

今天是我 26 岁的生日。外公已经不在迪士尼了，但作为工作了十五年的老员工，他可以终身享受员工折扣和快速通行证服务。我们要入住的是加州大酒店，外公用他的员工待遇给我争取到了庭院景观房的六折折扣。谢谢你，外公。

"先去迪士尼吧。"

我当然会选迪士尼。不仅仅因为它是迪士尼。如果给我两个选择，晚餐和其他，我一定会选其他。

我治疗进食障碍已经好几年了，但这条路仍然磕磕绊绊。几周吐。几周不吐。根据诊断标准，每周至少有一次暴饮暴食和呕吐，并持续三个月才是易饿症。虽然我有时每周呕吐不止一次，但杰夫说我已经不算易饿症患者了，因为我的呕吐不会持续三个月。我只是"有时会表现出易饿症行为"。但我觉得情况仍然不是很乐观。

我很高兴，虽然我会犯错，但起码小错不会发展成大错。这是很大的进步，我知道。不过我还是反复跟杰夫说，

---

[1] 亚历克·鲍德温（Alec Baldwin），演员、制片人。——编者注

我不想"有时表现出易饿症行为"。我想变得更好，更坚定，对康复更有信心。我想感觉到自己已经摆脱了进食障碍的阴霾，它们已经成为过去。可到现在也没实现。

食物——缺少食物、渴望食物、对食物的欲望、对食物的恐惧——仍然消耗了我大量的精力。只要提到吃饭，只要让我想到吃饭，我浑身上下仍然会感到焦虑。

所以如果给我两个选择，晚餐和其他，我一定会选其他。我要尽可能地拖延吃饭所带来的困扰。

我从床头柜上拿起乱蓬蓬的赤褐色假发和太阳镜。现在我会乔装打扮一下，以防被人认出来。米兰达和我走到迪士尼，先跳上"飞跃太空山"，接着又跳上"云霄飞车马特洪峰"，这两个项目离得很近，但我们都不太喜欢。我们又走到同属迪士尼旗下的加州冒险乐园，先是玩了"银河护卫队：使命突围"，然后走到动画艺术教室学怎么画辛巴。我和米兰达正把画好的画折好，一件在所难免的事发生了：我的肚子开始咕咕叫。我俩笑着一致决定现在就去吃晚饭。

米兰达很清楚我有饮食问题。她很久前就知道了——刚开始治疗时就有人建议我把情况告诉几个信得过的朋友。从那时起，米兰达就很支持我。

我很感激她的支持，但有时也很艰难。以前只有我知道的时候，我可以自己面对时好时坏的状态。只有一个人要对我的行为负责,只有一个人会感到失望,那就是我自己。可现在她知道了这个秘密,我看得出,她对我的饮食动向高度警觉。她一直在观察。失望的不仅有我自己,还有她。

"你想去哪儿?"米兰达问道。

"只要不用排队等座就行。"

我只想速战速决,这样我才能为情绪的冲击波做好准备,才能抵御住情绪的猛烈攻击,才能坚持住不呕吐,直到情绪消退。但愿吧。

我们走到迪士尼综合商业区——与主题公园毗邻的购物区,往乔墨西哥风味餐馆走去,通常他们家排队的人最少。我们找了个角落的隔间坐下来,立刻开始点餐——我俩一起点了薯片蘸鳄梨酱,米兰达给自己点了墨西哥玉米肉卷,我给自己点了三文鱼沙拉。我总以为,只要点了健康的食物,就没那么容易呕吐。吃三文鱼的羞愧感肯定比吃汉堡包的要少吧。或者说,我以为这样我就能次次都管住嘴。但事实并非如此。

我太饿了,忍不住想吃薯片蘸鳄梨酱。我跟自己说,只能吃一片、两片、四片、六片,但每次我都停不住嘴,一直吃。我脑袋里乱糟糟的,却故意装出一副没事人的样子。

烦死人了,有进食障碍的大脑。一边吃饭一边跟人说话时，我的脑袋里会进行另一场对话——批评自己、厌恶自己、对自己评头论足，它们重重地向我压来，毫不留情地打断我。无论和谁在一起，我都没法用心交谈。我总是关注食物，而不是人。

有人告诉我，这种叙述，这种思维方式，这样"有进食障碍的大脑"，会随着时间的推移而好转。我想我们会等到那一天的。

主菜来了。从米兰达看我的眼神我看得出，她知道我很焦虑。我提醒自己要细嚼慢咽，要平静，要跟平时一样。然后我找借口说我要去小便。

我走到卫生间，往下面看了看，确保每个隔间都没人。第一次这么干是三年前来迪士尼的时候，当时我刚从"丛林奇航"上下来，径直往冒险乐园的洗手间走去，我想把吃下去的蛤蜊汤吐出来。吐到一半时，一只小手从我旁边的隔间下面探过来，拿着米奇和朋友们的签名本，要我签名。但我签不了啊，我是右撇子，而且我刚吐过，回流上来的一点蛤蜊浓汤正顺着我的胳膊往下淌。要是把她的签名本弄脏了，小仙女怕是会有心理阴影吧。

庆幸的是，每个隔间都没人。我必须速战速决，这样才不会被人抓个现行。我赶忙走进最大的隔间，把手指塞进喉咙，反复呕吐，直到没东西往上冒了。我用卫生纸把胳膊上的呕吐物擦干净。我讨厌迪士尼的卫生纸，太薄了，每次一碰到呕吐物就软耷耷地吸在胳膊上，我只能再扯纸，把这摊像屎一样的呕吐物和烂纸浆的混合物给擦掉，然后再扯，再擦，再扯，再擦。

我弯腰趴在马桶上，想起杰夫跟我说过的话："你该不会想等到了45岁，要养活三个孩子、还房贷的年纪，公司开圣诞派对时还偷偷溜进卫生间吐洋蓟酱吧？"

当然，我还没到45岁。我也不喜欢洋蓟酱。但今天是我的26岁生日。我的年纪也越来越大。

我想起了妈妈。我不想变成她。我不想靠吃谷物棒和蒸蔬菜过活。我不想一辈子来回看的都是《女性世界》杂志时尚与减肥那几页。妈妈没能变得更好。但我能。

89

我站在布伦特伍德一家人的斜面草坪上，这家人可不是一般的富。高跟鞋陷进草地里。我就不该穿高跟鞋参加草坪派对，可我自己不知道该怎么穿，也没尼克儿童频道的造型师帮我穿搭。

天已经黑了，周围彩灯闪烁，名人云集。这算是个业内人士的周末派对，是新的经理人邀请我来的，他负责打理我写作方面的业务。(之前那些经纪人意识到我打算永久退出娱乐圈后便放弃了我。)

我把高跟鞋从草地里拔出来,往自助餐桌走去,我惊喜地看到,桌上摆了一些迷你芝士汉堡……但我现在不想吃肉和芝士。我想吃点甜的。这几天我很关注自己的感受。我看到一块热乎乎、沉甸甸的巧克力曲奇。完美。

我嚼着曲奇,意识到在患厌食症的那段日子里,我从不允许自己吃巧克力曲奇,在我患易饿症的那段日子里,我一定会把它吐出来。但现在呢,我既不会计算热量,也不觉得焦虑。

我想了想,我已经有一年多没吐了,实际上,有几个月我已经能从吃中找到乐趣。现阶段的恢复,从某些角度来看,与治疗易饿症和酗酒一样困难,却又有差别,现在我是第一次面对自己的问题,而不是用进食障碍和酒精来逃避它们。我不仅在消化母亲去世带来的悲痛,还在消化童年、青少年和青年时期遗留下来的悲痛,我觉得我从没真正为自己而活。虽然消化起来很困难,但我为自己骄傲。

我听到身后传来一个洪亮声音,很耳熟。我转过身,看到道恩·"巨石"·强森。他看着很和善,灿烂地微笑着,那是"巨石"·强森的招牌笑容。这个男人真是魅力四射。

我想走上前跟他介绍自己,告诉他几年前在颁奖典礼上我们见过。道恩·强森能看出上次见面时我活得多悲惨吗?现在他会感觉到我的不同吗?他会不会明白,这块曲奇代表的是我克服的每一个障碍,取得的每一个进步?道恩·强森是上帝吗?

我想说些搞笑幽默、叫人听了乐不可支的话,可我想不出来。在社交场合,我的脑袋根本转不动,特别是"巨石"/上帝在场的时候。我错过了机会。他走到人群中去了。我继续吃我的曲奇,享受我的曲奇。

90

我正在公寓吃晚饭,电话响了。是米兰达。现在我一般不指望她会给我打电话。我们渐行渐远。对于快 30 岁的我来说,这是个可悲的现实。20 出头时,我以为走得近的人会是一辈子的朋友,我没法想象每天看不到他们会怎样。但生活就是这样。爱上。失去。不同的人以不同的速度变化和成长,有时节奏会不一致。不过一般我不想那么多,想太多我会崩溃。

但我知道她为什么今天打电话来。我一直在等她的电话,只是不知道她什么时候会打来。

"喂?"我说着从桌边站起来,匆匆套上运动鞋。

"嘿。"

我们都笑了。我不记得我们上一次说话是什么时候,可一接通电话,我们都笑了。

我走出前门,这样就能边聊天边在附近散散步。我们聊了聊彼此功能不健全的家庭的情况,最近发生了哪些大事,然后是短暂的沉默,这个停顿预示着米兰达下面要说她打电话的真正用意。

"米兰达,我不打算复出了。你说什么也没用。"

"那我还是要试试!"她笑了。我也笑了。

她告诉我,她觉得我的复出能让《爱卡莉》的所有演员悉数"回归",也许这是个契机。几个月前,当我第一次听说《爱卡莉》要重启的时候,网络执行官也说了同样的话。

我知道网络执行官和米兰达这么劝我都是好意。但我不赞同他们的看法。现实地看,我并不觉得复出是个契机,如果《爱卡莉》的演员在过去的这些年里并没有取得瞩目的成就,那复出季不过是怀旧罢了。第一季播出距现在至少有十年了,复出只会让本来在观众心里就根深蒂固的形象更加根深蒂固,而这个形象很可能让他们的演艺事业停滞不前,而不是蒸蒸日上。

这一行不好做。在这一行,角色回归并不能代表你事业回春,却能说明你的事业走到了尽头。

"可他们开的价很高,"米兰达说,"我问了给你跟给我是不是一样多,他们说是的。"

米兰达说得没错——片方给片酬确实挺大方的,米兰达大概也出了不少力。

"我知道,"我对米兰达说,"可有些事比钱更重要。比如说我的心理健康和幸福感。"

片刻的沉默。我觉得自己说得不多也不少,我很少能做到这样。我不仅准确地表达了自己的想法,表达的方式也无可指摘。我很自豪。聊完后,我们答应对方要保持联系,然后挂断了电话。我回到家把晚饭吃完。

91

"嗨,妈妈!"我差点就大声喊出来了,但我忍住了,我可不希望周围来祭悼的人们把我当成疯子。说错了,应该是"人",不是"人们"。只有一个人,而且我每次来看到的都是这同一个人。他坐在户外折叠椅上,头上撑着把遮阳伞,音响里放着软摇滚,两眼盯着墓碑,我猜那是他妻子的墓碑。

我看了看妈妈的墓碑，上面列了大概有二十个形容词，家里每个人都想了一个词，谁也不愿意落下自己想的词。

"得把'风趣'写上去。"外公坚持说。

"怎么没人喜欢'勇敢'这个词？'勇敢'多好！"外婆哀号道。

于是我们就一股脑儿把这些词全刻了上去。妈妈的安葬处乱糟糟的。

从去年7月妈妈生日到现在，这是我头一回来给妈妈扫墓。这些年，我来的次数越来越少，虽然妈妈的每一个要求我都答应了，我答应每天都来看她。最开始每周来一次时我心里十分内疚，觉得自己来得不够勤。但随着时间的推移，再加上迫于现实的无奈，我来的次数越来越少，内疚感也越来越少。

我盘腿坐在她墓前，仔细看了看她墓碑上的字。

勇敢、善良、忠诚、友善、深情、优雅、坚强、体贴、有趣、真诚、充满希望、风趣、有见地……

可她是吗？像哪个词说的那样？我很生气。再也看不下去了。

为什么我们要浪漫化死者？为什么我们不能如实地看待他们？尤其是妈妈。她们是最被浪漫化的人。

妈妈们都是圣人。母亲的身份就决定了她们是天使。

没人能理解当母亲的感受。男人永远不会理解。没生过孩子的女人永远不会理解。除了妈妈们，没人知道当母亲的艰辛，而我们这些没当过母亲的人要做的就是对妈妈们大加赞扬，因为与被称为母亲的女神们相比，我们这些卑微的、没当过妈妈的可怜虫是什么也不懂的乡巴佬。

我现在会有这种感觉，也许是因为长久以来我一直这样看待我的妈妈。我把她捧上了神坛，我知道这个神坛对我的幸福和生活非常不利。她让我陷入困境，情感发展停滞，生活在恐惧中，过于依赖他人，几乎无时无刻不被情绪的痛苦所折磨，甚至没办法识别出这种痛苦，更别提如何处理。

妈妈配不上神坛。她自恋。她拒不承认她有问题，尽管她的这些问题对整个家庭造成了极大的伤害。妈妈在情感上、精神上和身体上虐待我，这会永远影响我。

她检查我的乳房和阴道，直到我17岁。这些"检查"让我身体僵硬、极度不适。我觉得受到了侵犯，但我没有发言权，也不会表达。在妈妈的长期影响下，我以为渴望边界就是在背叛她，无论是怎样的边界，所以我只能默默地忍受，配合她。

6岁那年，她逼着我做我不想做的职业。我很感激这份职业能让我衣食无忧，但仅此而已。我没能力应付竞争激烈、追名逐利的娱乐行业，这个行业很残酷，一步走错，满盘皆输,还会被拒之门外。我需要时间,需要几年的时间,像其他孩子一样发育,确立我的身份,成长。可我再也找不回那几年的时间。

11岁那年,她教会了我进食障碍——它夺走了我的快乐,夺走了我的一切自由。

她从没告诉过我,爸爸不是我的生父。

她的死给我留下了更多的问题而非答案,更多的痛苦而非治愈,还有一层层的悲伤——最初是她去世带来的悲伤,然后是接受她虐待我、剥削我的事实而带来的悲伤,最后是现在我想她想到哭时浮现出的悲伤——我确实仍然会想她想到哭。

我怀念她的鼓励。妈妈有个本事,总能在人身上发现闪光点,让他们振作,让他们相信自己。

我怀念她孩子般的热情。妈妈有一种活力,有时特别讨人喜欢,甚至让人着迷。

我怀念她高兴的时候。我希望她能常常高兴,可她没有,我想方设法地哄她高兴,可她没有,但她高兴的时候非常有感染力。

想念她时我有时会幻想,要是她还活着,我的生活会是什么样,我幻想她也许会跟我道歉,我们会相拥而泣,答应对方要重新开始。也许她会支持我拥有自己的身份,自己的希望、梦想和追求。

但转念一想,我不过是跟其他人一样,把逝者浪漫化了,而我希望大家别这么做。

妈妈说得很清楚,她不想改变。要是她还活着,她仍然会尽力操控我,让我成为她想让我成为的人。我仍然会呕吐、节食或者暴饮暴食,也可能同时患三种病,而她仍然会支持我这么做。我仍然在逼着自己演戏,在看似光鲜的情景喜剧中装装样子。在灵魂死去之前,你能忍受在红毯上摔倒多少次,能忍受说多少言不由衷的话?很可能灵魂还没死,我就会在众目睽睽之下彻底崩溃。我仍然很不开心,心理也很不健康。

我又看了看那些词。勇敢、善良、忠诚、友善、深情、优雅……

我摇摇头,没掉眼泪。那个悲伤的男人的音响里开始播放杜比兄弟的《傻瓜相信什么》。我站起来,擦掉牛仔裤上的泥土离开了。我知道,我不会再来了。

鸣谢

感谢我的编辑肖恩·曼宁（Sean Manning），感谢您对这本书所做的贡献。感谢您不仅理解我的个人写作风格，还让它变得更加有力。

感谢我的经理人诺姆·阿拉杰姆（Norm Aladjem），一开始您给我的支持和鼓励对我非常重要。您做事睿智、讲策略，遇事非常冷静，考虑问题也很周到，谢谢您。

感谢彼得·麦克吉根（Peter McGuigan）、马赫迪·萨利希（Mahdi Salehi）和德里克·范佩特（Derek Van Pelt）——感谢你们的才华和幽默，没有你们就不会有这本书。

感谢吉尔·弗里佐（Jill Fritzo）和吉尔·弗里佐公关公司的所有人，每个人都非常出色，也很专业。

感谢埃琳·梅森（Erin Mason）和杰米·C.法夸尔（Jamie C. Farquhar）——二位给予我拨云见日的引导和写作方法上的指引。

最后，感谢你，阿里（Ari），感谢你给予我无限的爱、支持和鼓励。我非常爱你。你是我最好的朋友。我很高兴我们是队友。我很高兴我们是队友。（来，一起唱）我们一定会相互支持的。